上海三联书店

卢小波 著

我为什么没有成为江洋大盗

一个夜班编辑的奇遇、奇闻与奇谈

充满小说质感的随笔

● 须一瓜

这个人是个杂货店。是个有点黄的、丰富的杂货店。你要什么，他有什么。

多年以前，还是在一家晚报上早班的时候，编辑大厅紧张忙碌得像车间，但是，我们很容易听到他主理的黄段子，在一排排电脑、一张张大样的间隙飞过。他的敌人进谗言说他不敬业，他很委屈很无奈。我们也觉得他很冤。事实上，黄段子并没有那么多，而且总量、成色都控制得非常精准，他只追求打鸡血、喝参汤的促生产效果，更遑论扰乱工作秩序。估计是在要闻部笑声的爆裂感太强，让没有听明白的邻居部门，感到了空受骚扰白吃亏。

事实上，他是新闻高手。他的精神视野、政治敏感，他的新闻理想、文字修养，审美情趣及人情世故，使他驾驭一叠新闻版面，胜于一个船长驾驭一艘远洋船。小的们一致认为，他一边干活，一边不时舌粲莲花，工作局面便是和谐甜美的，稿子和版面笃定是让他比较满意的。如果他咬着牙、脸很臭，幽默诙谐感荡然无存，那大家就要小心吃不了兜着走。他发火的时候，像发狂的斗鸡，尖酸刻薄、面目可憎。据说要闻中心的每一个女编辑都被他骂哭过，男编辑也几乎都被骂得血流满面。一个聪明家伙，老以傲慢的微笑挑战他的咆哮，他就狗急跳墙，摔他的大样，丧心病狂地怒斥人家为"白痴的笑"；但私下里，他们是越吵越好的朋友，他从心底里欣赏"白痴的笑"，认定他是极为智慧的家伙，那"白痴的笑"也非常激赏他的才情与直率。有个女编辑，被他骂哭了很久都止不住伤悲，因为他对她使用的一个品性定语"自私"一词，他消气之后，惊闻女子还在哭泣，便赶忙请人家吃饭赔罪。那是个大餐，人均消费够善持家者一月日常开销。但是，吃着吃着，女编才刚刚情绪好转，他突然又严正指出她的毛病是——"太自私"。那好容易瞒着他老婆、从他小金库高开高走的大餐，算是彻底白吃了。还有一个才华美貌兼具的女记者，至死都是他的好朋友，但是，她也被他骂哭过，那一场工作引发的沮丧与哀伤，真是梨花带露霜满天啊，让他好生心疼；不过，毕竟狗改不了吃屎德性。那个让他终身怀念的女记者，对他的评价是"狷介之徒"。

这么一个恶人，这么一个成天指点别人的审美境界，修理别人的文字版面的恶人，基本不写什么文章。大家以为他武功被废，有点藐视的疑惑或疑惑的藐视；四年前的有一天，他突然开博，写起博客。第一篇就出手不凡，然后手起刀落，三篇、五篇、十五篇，五十篇……它们就像夜色中忽然冲出原野的火车，裹挟着大量的人头和行李、厚重的历史记忆、丰富的情感、古怪的心机、纷呈的杂趣、别致的感觉、独出心裁的评判，还有些亦正亦邪、充满小说质感的鬼斧神工，真是篇篇出彩，满园春色关不住，当然，还有他抹不掉的——一点黄色透墙来。他的粉丝拥趸与日俱增。他的粉丝年龄跨度很大，我们说他是中年妇女杀手，有人立刻校正说，哪里！很多八九十年代的粉丝也在留言啊！如果他更新慢了，他的粉丝就会撒娇、撒赖、撒泼，说：——哦，原来你还活着！——千年等一回啊！这么久才回来呀！——不看文，先批评！再问新年好！还有粉丝喜欢重复他的话，什么"屁话说得及时，就是情话，情话说得不及时，就是屁话""不懂尿动力学，也要懂大事之前先尿尿""好吃啊，好吃得我都快哭下来了"云云。

很多粉丝跟着他的博文越陷越深，尤其是一些浪漫粉丝。他们就像在苍茫人生，找到一棵情感巨树，疲惫的心，终于有了倚靠……

他也终于在八小时以外，找到自己的基地，安顿下自己几十年人生积攒的驳杂库存。那些新闻界用不着、不敢用的东西，一一都有了好去处。纵情恣肆、嬉笑怒骂，他和这世界，找到了另外一种自由连接。全国各地很多编辑，去他的博客摘苹果一样地摘稿子用；他也在多家出专栏；还有人要出这个中年男人的书，他拖拖拉拉的不整理文稿，而且一拖拖了两年，这期间，他向一个声音性感的女编辑献殷勤保证说，哦，我出书一定找你。现在，又有个帅哥给了他更好的条件，他立刻花心变节。

真正促使他整理自己文稿，是他病了。或许，人生，也到了一个需要总结的段落吧。他对出书的事，真的上心了。

　　那天，是他手术前几日，我们一起在咖啡店用餐，商量书稿。看到我和粲然用大号吸管，勾着脑袋，噗哧噗哧地在吸见底的花生冰沙，突然，他就火了："太过分了！我都快死了，你们竟然还吃得这么响！"

　　这么有趣的人，这个世界少了他，多没意思。他应该还能活上很久。

目　录

向上爬的事

一般说来，凡是向上爬的事，都特别容易遭人误解。所以，爬山时，我一般不敢接手机。好几次，正呼哧呼哧地爬着，电话一响，对方往往是位贤淑女士，而且反应极快："呃……对不起……"然后，手忙脚乱地挂了。

怎么办呢？再追一个电话，说那个呼哧呼哧的喘气，其实没有您想得那样暧昧，说我正在灿烂阳光下，干一件特别健康的事？可是，谁说在阳光下，就不能干点别的事呢？再说，那个什么事，本来就是健康的，你解释个什么劲？

这是我唯一的锻炼方式。那座山离家不远。重要的是，它足够陡峭，从山脚到山顶，都能让心脏强劲地搏动。

向上爬的事，我的理解是，肉身在向上运动，灵魂却在向下滑落。比如，我鼓励自己攀爬的方式，常常是以一个长腿细腰翘臀的女子为目标，远远地盯着，不让自己落下距离。当然，我也决不会勉力追上，回头打量。以我的经验，这山上的女人，如若细腰翘臀，那一定是满脸沧桑。细腰翘臀，还能貌美如花，那她还用得着在山路中蹉跎么？红尘之中厮混，才是常态。

没法子，肉体运动的结果，就是会乱了脑子。虽然，这山脚下就是闽南最大的尼姑庵，但四大皆空的修行，男人也许有另外的理解。女人的大眼大腿大胸大臀，这么美妙的"四大"，哪一样能舍得空啊？真是罪过罪过。

有一回，在山上与一朋友聊天，他称我为山友，我叫他为爬友。仔细想想，都是登山，爬友之称呼，显得狗苟蝇营；山友的叫法，则透着优雅从容。我一不小心，把他污名化了。

向上爬的状态，无非两种。一种人不疾不徐，呼吸深而长，每一步都有效率；另一种人步履散乱，呼吸浅而急，有时候几步就超越了你，但路程稍长，他就狼狈不堪。山友与爬友，区别在此。

不要以为，这个说法有什么微言大义。人生的状态，哪有这么单纯。比如我，不紧不慢上山，风清云淡聊天，有谁会知道我是靠着女人的奶子跟美臀来鼓劲的？你说，我是山友还是爬友？也许，体力上是山友，脑子属于爬友？

虽说此山清幽，但不论是山友还是爬友，把烦恼背上山是一种常态。

有个中年男人，每次都把宝马车停在山脚下。上山时，手里总拎着一根铁棍，爬一爬，停一停，一边爬一边警惕地回头。以前读古书时，不太明白"狼顾"这个词，看看他的神态，一下就理解了。好玩的是，这个中年人手中的铁棍，仿佛时装一般变着花样，次次不同。有时长，有时短，有时铮亮，有时乌黑。每遇他上山，我就有草木皆兵的感觉。甚至担心，草丛里会跃出剪径的大汉，而且还是那种古装打扮的。

还有一个三十七八的女人，多数时间都浓妆艳抹，高跟鞋，超短裙。在山里撞上这种打扮，其实跟在正式晚宴上，碰上短裤拖鞋的效果差不多。在接近山顶处的大石上，一个约摸五十的白净男人等着她。每次遇见我，他俩都是一副无处藏身的害羞样子，整得我不内疚都不行。到后来，女人还拎着保温瓶上山，里头盛着煲好的汤。结果，那男人又换了一副惭愧模样，似乎在别人家的厨房偷嘴。某日，太太跟我一块爬山，远远一看："咦，这男人不就住在我们隔壁楼嘛。"谜底，如此简单。

有关爬山，最有名的说法，是英国探险家马洛里的那一句："因为山在那里。"以此山之无名，似乎配不上这么大牌的格言。以不动声色的襟怀而言，在这山上，自有人可跟马洛里相比。

有一对父子，几乎天天上山。那男孩十三四岁，奇胖，每挪一步，全身的肥膘都像水一般荡漾。让人更不是滋味的是，他还傻。有一回，在山顶上，他独自踱步到这边的人堆里，父亲在稍远处喊他下山。有人使坏，教他："告诉你老爸，我又不是你老婆，急什么？"结果，这孩子真的大声喊了起来："他妈的，我是你老婆啊？叫什么叫！"口齿含混，气势磅礴，引来哄堂大笑。他老爸循声找来，淡淡一笑，说，真是谢谢大家，他多走走多说说，是个锻炼，对他好啊。

这位父亲，眼睛柔和，下巴结实，气质独特，让人见之难忘。每日黄昏，他都跟在孩子身后，一步一步地向上挪动，目光像在放牧一只小羊羔，口气却像呼喝一只猛虎。"走！走！不要停！不许休息！"

我能想象，这个男人更年轻时，对生活会有怎样精彩的周旋。但忽然有一天，一切都停滞于混乱之中，困顿于蠢笨的脂肪之内。一次，一位朋友跟我爬山，又看到这个傻胖的孩子，突然就咬牙切齿起来："我要是有这样的孩子，一定不活了。"我理解，那一刻的爆发，是他完全进入了这个父亲的情境。

只是，那个眼睛柔和的男人，依旧沿着台阶，缓缓地向上爬着。也许，他的想法，就是什么都不想。"因为山在那儿。"他的所有寄托，都在这座山上。大概有两年过去了，那孩子看上去，身体确实比原来灵活了一些。更重要的是，眼里有了一点点灵气，口齿也清楚了一些。

伊壁鸠鲁说过："关心自己的灵魂，从不会太早，也不会太晚。"我可以稍稍补充的是，对一个凡人来说，关心自己的灵魂，最好的时候，往往是在向上爬或者往下走的时候。对我来说，在这座山里，就正是时候。

大事之前先尿尿

有一些只在记忆深处的羞事，不是不想说，是很容易就遗忘了。前天，跟几个朋友聊天，忽然想起，童年的一种奇怪窘境——笑得尿裤子。没错，是笑得尿裤子，不是吓得尿裤子。想不到，另一位女士也有相同遭遇。可见，人体之内，下水道系统的原理要起作用时，就是圣女也挡不住的。

多年以前，我到新疆旅行，在大巴车上突然被尿意袭击。导游说："你看哪儿方便，咱就停车。"昂首举目，果然是平坦无垠，一望无际，无可遁形。只好相机行事了，偏偏路上又颠得厉害。平时自豪祖国地大物博，这种时候只在心里叫苦：以祖国之大，怎就安顿不了我的小鸡鸡？这一憋，就接近四个小时。一路上，终于理解了什么是忍气吞声。气喘得粗一点，声音大一点，就喷薄欲出。奇怪的是，等找到方便处，一时又尿不出来啦。

有句话说，爱与死是人类永恒的主题。在爱与死之间，尿尿的事，其实也是大题材。我年少时，有天夜里在公园，正想跟一位心仪的女子表白。关键时刻，偏偏也是尿意澎湃，整得我一点心情都没有，只好早早结束约会。一泡尿，让情爱之路就此拐弯。

我的意思是，忠告年轻人，大事之前，一定要先尿尿。

这个世界，为尿尿所苦的人，真是千奇百怪。比如，二十年前，我与一位朋友，一起站在厕所里小解。突然，他让我走远些。事关隐私，我赶紧挪开三个站位。可是，他又说，你在这儿，我就尿不出。大概是我的表情有一点诧异，他语气愠怒地说："膀胱害羞，一个医学名词，你懂吗？"

直到前两天，我才知道所谓的"膀胱害羞"，真的不是扯淡。

原因是，我认识了一位泌尿外科的医生。人家学医八年，加上行医五年，也只遇上一例。那个"膀胱害羞症"，又叫境遇性排尿障碍、尿羞症、公厕恐惧症等等。总之，旁边有人，就没法尿尿。这属于心因性的病症，很不好治。这么小的概率，只让我这个外行遇见，太可惜。

小概率，也只是在一定范围说说的。跟医生聊完后，上网一搜索，天哪，天涯上竟然有一个"尿羞症"的群组。里边不断有新人欢呼："终于找到组织啦！"他们之间，互称"尿友"。更奇的是，一块聊天的女同事，回家一查问，先生居然也是尿友。

值得同情的是，这些尿友，基本上是幼时上公厕时，被同伴欺负落下的病根。有的说，是在小解时，经常被同学拿手指大力捅屁股，有了心理阴影。有的说，是在公厕遇上仇家，吓出了后遗症。

尿友们群策群力，有位兰州的仁兄说："把几位患者集中到一间厕所内，把门锁好，撒不出来的不准出来，憋急了就撒出来了。如此反复数次，即可治愈。唯厕所须向有关部门打报告申请专用。"我一看，就断定这家伙是打酱油的，真正的尿友不会这样扯淡。

庄子曰，道在屎溺。研究尿尿这个专业的人，都是值得尊敬的。

比如，我刚刚认识的泌尿外科医生，就很了不起。这是一位年轻的女子，当研究生时，专业是"尿动力学"。现在呢，是全省惟一的泌尿外科女医生。为什么是惟一呢？我猜想，可能是因为，这一行要经常与男性生殖系统打交道。也就是说，男人小鸡鸡的毛病，有时得经她的玉手治疗。此女子，气质绝佳，温婉可人，愿意干这种活儿，而且还是惟一。尿友们如果遇上，估计会涕泗滂沱。

她告诉我，急诊时最经常做的手术，就是修补炸裂的膀胱。普通人憋尿，膀胱的容量，一般是二百五十毫升至三百毫升。超过了，就会急得团团转。常常有人憋过头，有时一不小心，膀胱部位正好撞在桌角上，就炸啦。

可见，当年我在辽阔的祖国大地，体内某处带着那几百毫升液体，一路奔驰颠簸，有多么危险。事实上，这可能也是人生的常态，身临险境而不自知。

昂？

去福州探望父母。在回来的动车上，见隔壁座上一老妪搬动行李吃力，赶紧起身帮忙。结果，老人家慌忙制止："不要动不要动，这里面有银圆，放在下面就行啦。"念及老人护财心切，我赶快退回，免生事端。接下来，只要有人嫌其行李碍事，老人家就念叨："小心，有银圆！"银圆啊，谁敢不让？

一路听着她呼喝"银圆"，心想这不就是老人版的"傻根"么？这种露财方式，真让人捏着一把汗。约摸个把小时后，老人家又念叨："不行不行，得把银圆拿出来晾晾。"天哪，这这也太那个什么啦。都说今人爱炫富，这老人也很时髦嘛。

老人家窸窸窣窣，把东西抖落晾在桌台上。大家都屏息探头，定睛细看，结果，眼珠子噼里啪啦掉了一地：哪有什么银圆？袋子掏出的，是鱼丸啦。天气潮热，她担心鱼丸馊掉，当然要拿出来晾晾。不知道这个老人家，是何方人氏，口音太怪，鱼丸叫成鱼圆，大家又听成了"银圆"。

真是口音不同，妙处也不同。那个鱼丸，我手提袋里也有。只是不知道，它也可以叫成"银圆"。

福州食品，以永和鱼丸最为有名。老妈虽是山东人，但早已吃惯南方土产。每次回来，都得给我塞上两袋。按她老人家的青岛崂山口音，是叫"芋愿"的。

论起说话来，我老妈不只口音重，还是个快嘴。此之快，不是那种爱传八卦的快，而是语速奇快的快。一般情况下，她的语速比常人快一至两倍。就是如今年老语迟，也比我快一半。身为山东人，她不说山东快书，绝非才华不够，而是因为她的说话速度，能赶走一切说书人，不能为大众所理解。这么说吧，在她的美好年代，如果说山东快书的语速是骏马，那她的语速就是动车。你能想象，五十年前的轨道，能经得起动车飞驰吗？情况经常是，人家还在理解她的第一句，她已经说到第五句了。所以，她的说话间歇，要经常回应别人的懵懂，不时发出迷茫的问号："昂？"意思是，你到底听懂没有？在这个世界上，只有很少几个人，不需她发出"昂"之问，比如老爸和我等几个孩子。

这次回福州，饭桌上有一碗兔子肉，妹夫又从乡下弄来了几斤土猪肉。兔子肉已上餐桌，土猪肉还在厨房。在老妈的山东快嘴里，兔子肉、土猪肉，一律成了兔肉。这两个词组里，中间那个字，老妈说得快如光速。可以想象，大家在听觉上，为了区别兔子肉、土猪肉，经历了多么严峻的考验。

千万不要以为，吵架时语速快就能占便宜。我有一位女性朋友，小时候舌系带太短，只好请医生剪开，结果成了巧嘴八哥。她表达利落，辩才无碍，只是说话有一点与常人不同，特别慢，而且越急越慢，但绝不磕巴。她是南方人，在北方长大，发音准确，读硕士时研究婉约派宋词，所以骂人也婉约。吵起架来，别人急赤白脸，乱枪扫射。可是，她急不了，在斥骂对方时，只能咬着舌头，一字一字往外蹦。就这样，稳稳当当，珠圆玉润，每个字都破空而至，精确地滚落进对方耳道。可惜，此种以慢制快的范例，已成天籁绝响。这位好朋友，去世三年多了。

闽人方言复杂，隔河不同音。很多发音，在北方人听来，基本上无法容忍。比如我，开会，不小心就说成"开费"；费用，又爱说成"会用"。闽南这里，有些发音更糟，听起来像发嗲。比如，妈妈，一般叫成"马麻"；爸爸，叫成"把拔"。你去看粲然的博客，凡写到孩子他爸，就将"把拔"美化成"粑粑"，用心良苦啊。

口音问题，往往折射社会变迁。早年间，听山东口音即认为是南下干部。二三十年前，闽粤口音极易让人误会为骗子，现在轮到河南口音了。至于东北口音，一句"你想咋地"，感觉像要动刀。

普通话的推广，正在慢慢抹平人的个性。现在，高级领导同志普遍字正腔圆。在他们有如播音员的讲话中，只有个别发音能流露讲话者的出身经历，比如，祝贺"载人航天事业"时，有位领导往往念成了"宰人航天事业"。从口音上说，我还是喜欢老一辈革命家。

有关方言口音的知识，有个老段子值得复习。这是两个伟人的乡音，说话人，一为邓老师，一为毛老师。段子如下：

"租吸，思节桑贼快罗滴丝青，思啥子丝青呢？"

"左癌！"

"那贼贼快罗滴快罗？"

"栽左一刺！"

读懂这个段子，你对川湘两省方言的理解，可以打九十五分以上。

死了，就再也不必怕死了

关于死亡，新近读到的一首诗，让我一再回味。诗是一位叫拉格克维斯特的瑞典人写的，诗行如下：

"一切都在，唯我不复存在，

一切都留着，那草上雨的气息

如我记得以及树丛里风的低语，

云朵的飞动和人心的忧虑

唯我心脏的忧虑不存在了。"

我很怕死，而且一直以为，怕死是一件猥琐的事。这几句诗好就好在，把贪生怕死这么一件事，写得这么美。所谓"唯我心脏的忧虑不存在了"，就是告诉人说：你一旦死了，就再也不必怕死了。

最理想的死亡，是预料之外的死亡。比如，做爱至高潮，大叫一声，精尽人亡，虽然对亲属来说，很丢人，但对亡者而言，就死得很幸福。对此，法国哲学家蒙田有通俗的解释："叫人没有准备这种种殡仪的功夫的死，有福了！"

我的一位姨夫，是阎锡山的老兵，后来成了志愿军，打过不少硬仗，当然也见过不少死人。有一次，一伙战士围在一锅大肉前，喜洋洋美滋滋的。突然，一发炮弹破空而至，炸飞了那一锅美味，弹片还齐刷刷削去两颗人头。姨夫感叹："噫——真奇了怪，那战士，脖腔上断茬的肉，雪白雪白的，停顿了好久，腔子里才哗地喷出血来。"估计，是对死亡的恐惧，把那一瞬间放大了延长了，他才能看到那死者脖腔的血有一个停顿。这个视觉印象，跟电影慢镜头的原理相当。死之惨烈，只是吓唬了生者。而那战士的大脑里，最后的影像，定然只有冒着热气的兴奋，而不会有恐惧。在那口大锅前死掉的，都算幸福。后来，读社会新闻，经常看到有老人吃汤圆，被粘糯的美食突然噎死，就觉得这是好人好报之善终。比缠绵于病榻的终局，幸运得多。

人的死法，还是有点宿命的。我的这位姨夫，一辈子爱下象棋。有一天，在棋盘上锁定胜局，得意地大喝一声："将！"然后，猛然倒下，终此一生。这死法，跟他在肉锅前的战友其实差不多。诊断结论，是兴奋之后的脑溢血。姨夫的大名叫"王士相"，多年之后，我突然明白，他的名字，就是象棋的三个重要棋子。棋迷的生命，终结于棋盘的胜局，挺痛快。

顺便一说，我听说，有一位女子，姓沙，她老爸挺有文化，给她起名叫"沙无泥"。后来，这女子出家了，将来必得终老于青灯古佛。想来，有了这么妙的名字，不出家，没道理啊。名字与生命，大多时候都有神秘的联系。这是题外话。

死之方法，基本属于无选择，绝大多数人都是被动的。如果是自杀，其方式的选择，就凝聚了此人毕生之修为。

我在另一小城市谋生时，听医生朋友说过一桩奇事。有一位中年男人，哮喘、咳嗽，只是季节性的，不是什么大病。有一天，在五楼病房里，这位病人咳个不停，旁边护士与患者听到，他一边咳一边骂："咳！咳！咳！咳你个娘的，老子不活了，看你怎么咳？"突然，两三步奔向阳台，翻身而下。据他家人说，此人没什么其他烦心事，只是一向暴躁。这一回，仍只是发脾气，对疾病发脾气而已。没有预兆，没有铺垫，这么干脆利落，把疾病与生命一起迅速了断，很符合他的个性。

前几天，读一个警察的破案回忆，说是在公寓的浴室里，发现一男子脖子上被割了多次，躺在血泊中。一行血脚印，从浴室延伸到屋子中间，然后不见了。屋子里铺着很厚的地毯，血脚印的边缘，有一点奇怪的外突。痕迹专家分析，他割了自己几刀，然后又想到室外了结此事。可是，到了屋子中间，他犹豫了一下，又踩着原来的血脚印，退回了浴室，完成了自杀。家属对这一解释，表示满意。死者生前一向井井有条，家里所有东西都归置得干净整洁。他踏着原来的脚印返回浴室，只是不想留下更多的血迹。警察感叹，他真是一个好人啊。至少地砖上的血迹，比起地毯上的清理，容易多了。

与此相较，那些拖泥带水的人，连找死的方式，都无比婉转。记得十几年前，有一个老伯的自杀，就延俄得让常人无法忍受。他找了几条大鳝鱼，从肛门塞了进去，企图很低碳地了此残生。结局可想而知,肠子四处穿孔,疼得一佛升天二佛出世。此事载于《新民晚报》,他死没死成,没看到下文,反正这烂摊子,够收拾的。

不过,无论如何,对选择主动结束生命的人,我都抱有一份特殊的尊敬。他们不是不怕死,只是害怕不得好死之前,还要忍受生命低质量的损耗与折磨。

所有的宗教与哲学,终极课题都指向死亡问题。所谓"学哲学即是学死"。有关死亡的理论,无非劝人达观。比如,台湾圣严法师的临终偈语即为:"本来没有我,生死皆可抛。"此情此理,蒙田四百多年前就表达过:"哀哭我们百年后将不再存在,正和哀哭我们百年前不存在一样愚蠢。"

这些古典的达观,依我看,远不如现代科技所提示的事实,更让人心思路开阔。比如,宇宙学家打比方说,假设银河系是直径接近 7 米、厚度 0.3 米的沙盒,太阳则是盒子中一粒小小的沙子,地球则是这粒沙子旁边的一粒灰尘。而且,这粒灰尘不使用显微镜,还根本看不到。

想一想,一切生命的狗苟蝇营,就依附于这灰尘上。你生命的概率,实在是奇迹中的奇迹,偶然中的偶然,渺小中的渺小。

这个说法,我讲给一位朋友听,然后问:"还怕死吗?"他回答,更怕了。不仅怕自己的生命飘逝如同灰尘,还怕自己即使活着,也如灰尘一般,毫无价值。

老天真

　　单位里每年都进一批大学生，每一批大学生写来的稿子，总会出现这样的句子：五十一岁的王老汉如何如何，五十三岁的张大爷怎样怎样……每一次，我都忍不住提醒："注意，你的老总正好五十二岁。你的意思，是叫老总为老汉还是大爷？"

　　对青年来说，老年人基本是另一种生物，而且相距遥远。更糟糕的是，老年是没有固定边界的，青年人说你老，你就是老。比如，在某些会议上，我向"老汉们"转述这些青春的句子时，虽然马上就能够感受到那种居高临下的不屑，但也会发现一种老气横秋的无奈。所谓不屑与无奈，来自未老而将老的不甘。

　　真正的老年，没有这种尴尬。真正的老年，有时是青年的循环。记得古罗马的西塞罗记述过一个故事：一位老将军起而反抗一个僭越的霸主，对方问："你凭什么，敢这么大胆地反对我？"老将答："凭我的老年。"这一句回答，换成"凭我的年轻"，也毫无问题。青年与老年，其实一样无畏。青年的无畏，在于有所恃，倚仗的是生命的蓬勃。老年的无畏，则在无所恃，老子连生命都要失去了，还怕什么？

关于老人，诗人欧阳江河这样吟咏："他向晚而立的样子让人伤感／一阵来风就可以将他吹走／但还是将他留在我的身后／老年和青春，两种真实都天真无邪。"我欣赏的，是末尾一句。有一些老年人，其实没那么伤感，更多的是天真无邪。他们的生活形态，在很多方面类同于孩子，所谓"老天真"是也。

昨天，老妈来电话，在话筒里边笑得几乎喘不上气。

原来，前两天，妹夫、妹妹，还有他们的女儿，一块儿上老妈这儿蹭饭。热气腾腾，正吃得唏里哗啦。突然，啪的一声，妹夫不知从哪儿掏出橡皮筋，弹了他女儿一下。女儿一疼，大叫："你神经病啊！"妹妹不明就里，急忙喝止："不许对爸爸这个态度。"女儿委屈："他玩橡皮筋。"妹妹斥："一对神经病。"不料，过了一会儿，又啪的一声，可怜的丫头又被皮筋弹了一下，这一回动静就大了。妹夫微笑揭开谜底：他在那碗酸菜鱼里，吃到了橡皮筋，而且是连续两个。当然，酸菜鱼是没人再吃了。

那么，这两根橡皮筋是哪儿来的？老妈想啊想，两天之后终于想起，这两个橡皮圈，是绑螃蟹脚的。问题是，她不好好反思，以后怎么杜绝橡皮筋进入饭桌，反而是一想起那小女孩被皮筋弹到的样子，就大笑不止。这事情，已经让老妈有点魔怔了，连着几天，一想就笑，一笑就不停。

人的个性与修养，很像交响曲之中的主题回旋，在最后的章节，总要强烈地重复。开朗的人，老了会更快乐；古怪的人，老了会更乖张；暴躁的人，老了会更乖戾。我曾在公交车上看到，有小孩不给让座，那老人伸手就拧人的大腿。可见，那老家伙年少时就不是什么好鸟。我老妈年轻时喜怒无常，高兴时常常笑得满脸是泪，生气时则四处碗飞碟碎。如今，她居然入了喜感这一路，也算让大家颇感安慰。

"老天真"的自尊心，跟所有孩子一样敏感。而自尊的命门，则在于怕人谓之为"老糊涂"。欲念的寂灭，体力的衰弱，人际的冷漠，他都可以淡然承受，惟有"老糊涂"的命名，会让他们如箭穿心。沉重的盾牌，虽力所不逮，但仍然为此歪歪斜斜地举着。

前几天，二老打的去省立医院，老妈坐前座，老爸坐后边。我老妈一歪头，看了一眼司机，然后又转头看了一眼，叹惜："哎呀师傅，你脖子上这个白癜风，有点严重啊……"如此这般，越谈越热络，我老爸也适时插话。你知道，老年人基本上都是"健康专家"，虽然理论来源驳杂，但确实是成龙配套的。最后，老妈给出了一个既怪异又简单的偏方。那个司机如遇仙人指点，车子越开越慢，到了地方，隆重宣布，那十九块钱的车钱免了。

当时双方的一番推让，不必赘述。问题出在对这个好人好事的讲述上，老爸说："这个四十多岁的女司机……"老妈说："不对，是男司机。"至此，两人的分歧极为严重，双方都声称，看得清清楚楚，我怎么可能连男女都分不清呢？二老相持不下，最后，很高调地互相赠送了"你神经"、"你才神经"的两顶款式相同的帽子。

大家的这种针锋相对，无非都在力避给人以"老糊涂"的印象。我在一边看着，不好发言，但这种雄雌不分、男女不辨的争论，确实是让人糊涂。没法子，昨天，我把这场争论的情况，带到了一个饭局上。

"咦，一个人在侧面聊，一个人在后边看，怎么也不至于男女都分不清啊？"有人跟我一样匪夷所思。最后，大家讨论出了几条厚道的结论：一、两位老人只专注于司机的白癜风，所谓庖丁解牛，目无全牛，也许真没有注意人家是男是女。二、女的士司机，又有四十多岁了，是不是由于职业关系，模样很中性？三、对方是男是女，对老人家本来也没什么意义嘛。

只有一位警察朋友的说法，甚合我意。他感叹道："这充分说明，目击者的证词，是多么不可靠啊。"我准备把这个很有职业精神的意见，原汁原味地传达一下，估计能给二老很大慰藉，顺便也可以科学地结束这个争论。

我的老爸老妈争吵了一辈子，基本上围绕柴米油盐，但目前的线路走向，有点儿往形而上的意思，岂能不好好引导？

法国哲人蒙田说，悬念着未来的心是永远不快乐的。老年人没有未来，照理说，应该很快乐的。可是，能真正放下灵魂重负的老天真，总是那么稀罕。很多人总以为，我现在不快乐，到某一年龄段就会快乐起来。其实，从来就没有这种美事。这就像西塞罗说的：这不是年龄的缺点，而是性格的缺陷。本身不知道如何过一种愉快而幸福的生活的人，不论什么年纪都会觉得活得很累。

所以，快乐的老天真，还得从年轻开始。

穿越深冬

冷。上班路上，跟的哥聊天，一块儿感叹，小时候天更冷，但那是一种好玩的冷。的哥是河南人，说，他喜欢掰上一块冰，在冰面上踩着这块冰滑行。结果总是，叭哧一声，跌出老远。

"疼吧？"我问。

"哪能不疼！嘿，那疼……"

彼此看了一眼，都笑。大冬天跌跤，那种疼法确实怪。它不是钻心的疼，而是一种掏心挖胃的疼。你一下子根本哭不出来，好像全身一下子空了，特别是胃，瞬间有饥饿到发虚的感觉；然后，疼痛哗地一下注满全身，从你被磕着的地方爆开来。这时候，你才能哇的一声痛快哭出来。

一路上，跟的哥讨论，为什么能疼成那样呢？结论是，冬天肉紧，磕起来瓷实，疼法当然跟夏天的不同。

冬天的另一种疼，是冻疮。我幼时在湖北住过一年，把耳朵给冻坏了。回来后，每入冬季，两个耳朵就像猪耳朵，肿得厚厚的，整个外形大了一半，老是觉得火辣辣的。有坏小子知道我冬天的命门，每每伸手一弹，我就得捂着耳朵跳脚。直到成年后，才不药而愈。

南方气候跟北方最大的不同，就一个字，湿。湿漉漉的这种状态，除了男女之事很需要以外，其它方面都让人不舒服。前几天看央视，说非洲有一种卷毛大猩猩，看上去时髦，其实是潮湿所致。该猩猩每天起床第一件事，就是把毛发弄干。毛发一干了，卷毛就直了。可见，喜欢干爽，是灵长类动物的天性。夏天的湿热，好歹有空调来抵挡。但冬天，像福建这种地方，有冷暖空调的地方不多，那种湿寒、阴冷，就没处躲了。

多年前在一个山村，那儿的冬天更湿。每晚最艰难的事，就是钻入湿湿冷冷的被窝；清晨最痛苦的事，则是把脚伸入冰冰潮潮的鞋子。那个时候，我还在读《钢铁是怎样炼成的》。其中最让我共鸣的情节，就是保尔·柯察金在风雪中修铁路时，要穿着一双湿冷的靴子，然后还要遇上穿着暖和裘皮大衣的冬妮娅。每天清晨，我把热乎乎的脚，伸进那双潮湿的鞋子时，都要拿保尔·柯察金的样子在心里比划一下。

前不久，此地开张了一家超大型休闲娱乐综合体，居然也名曰"冬妮娅"，老板就来自我幼时的寒湿之地。开业那日，气象台报告说，正是三十年来最冷的一天。演艺大厅暖气虽足，毕竟是冬天。看着一群金发碧眼的姑娘，上身插满五彩羽毛，下半截裸着一双长腿，在台上蹦着跺着舞着，我心里一时向往，一时辛酸。就想，这大冬天的，满台子的姑娘，不会都是冬妮娅的后代吧？

又想，这老板该不是也读了《钢铁是怎样炼成的》，为了保尔·柯察金那双湿冷的靴子，这会儿在报复冬妮娅吧？

冷的极致，在体征上表现为哆嗦，或谓"筛糠"。当年在公社里，见过一个渡河逃跑被抓回的小偷。他跟大家一样穿着棉衣，但那是湿的，于是哆嗦。棉衣的前后襟，抖得像风中的树叶；只听到上下牙齿嗯嗯嗯不停地响，嘴里还嘀嘀嘀地出声，像笑又像哭。本来抓了小偷，照例是要打上一顿的，这一回倒是没人动手，估计哆嗦成那样，比挨揍还让人可怜。一位老人还端了杯热水，让他喝，但也有一多半的热水给抖在地上了。

顺便一说，我童年时，几乎没有人不戴帽子的。昨天有位老朋友还说，有的人家，那一顶帽子，还是几代人传下来的。当年我戴的是带着护耳的皮帽子，有时在井边玩，可以反过来盛水，里边不漏不湿，可见质量之好。现在大家少戴帽子，是因为气候变暖了？可是，就是再暖，北方也比南方冷，为什么戴帽子的人也一样少？

有关冷的度量衡，最具深意的说法叫"知冷知热"。应该说，我家老婆大人，可以归入知冷知热的行列，但今冬接连出现失误。

冷空气突袭的那几天，正轮到我上夜班。想到橱子里有一件棉大衣，领子还号称是意大利羊羔毛皮的，没穿上身，心里就暖和了。一声令下，老婆大人拿出了棉衣。不料，一看那意大利羊羔毛领，已缩成冬天怕冷的一团刺猬，怎么也扯不开。研究了半天，原来是领子里有个塑料片片，去年春天送去干洗时，塑料片片遇上高温，挣扎纠结，连累了意大利羊羔，棉衣就这么毁了。

　　沉吟半晌，老婆大人说，不要紧，橱顶格子里还有一件棉衣，质量更好。我说："咦？既然更好，怎么不给我穿呢？"她说，是去年买的，回家后觉得颜色不太好，想想还是先放着，等你七十岁以后，对颜色不挑剔了，再拿出来穿。

　　天呢，七十岁以后？算了算，还有二十年出头一些时间，才能让我穿上这棉衣。女人这么有战略眼光的，不多不多。要不是意外，人家还不许动用这二十多年后的战略储备呢。

　　于是，战略储备物资穿越时空，隆重登场。着装时费了点劲，不奇怪。二十多年后的棉衣，穿在今天，不怪才怪嘛。可是，几次伸手都觉得怪，就不对了。仔细看，是袖子短了一寸多。这下子，更佩服老婆大人了。莫非她已经估算到，我二十多年后变成干巴老头，身材缩水的准确尺寸？厉害。

　　凭我的伟岸身材，那棉衣不是想买就随时能买的。没法子，只好薄衣上阵斗寒风了。临上班前，又虚心请教老婆大人怎么办？她说，你别管了，我反正有办法。于是，那两天，在老婆拿出办法前，经常有朋友拍着我的瘦肩："今年冬天，坡哥身体真好。"如此这般，我对虚荣心是怎么硬抗出来的，总算颇有体会。

　　最后的办法是，老婆剪了那件旧棉衣的袖筒，接在了二十多年后的新棉衣上。今年冬天，一不小心，我玩了一回时髦的穿越，天衣无缝，很奇妙的。

傻死了！

　　年末的夜班，碰上了一件很狗血的跳楼事件。一个读大三的女孩，因为失恋从男友家的客厅窗户飘然而下。

　　一般说来，社会新闻版的编辑，对命案都习以为常。一言不合，就拔刀捅人；或者被人多骂了几句，就跳了大海，这样的事多了去啦，就是上了版面，也只能放在边栏。所以，编社会新闻版的两个女同事，虽是花容雪肤，但确实是心坚似铁。上班时，她们往往会数一数，版面上堆了几条人命？太多了不行，类型重复了也不行。有时候，一天之内，记者连续弄回来的，都是跳楼跳海的消息，就很不好办。一个城市，哪一天没几个寻短见的呢？按我们的行话说，太没有新闻价值了。

　　但这一回，每个编辑读了稿子，都生气。特别是当了爹妈，有了女儿的，心痛得都揪了起来。这个女孩子，是凌晨三点多跳楼的，留下的短信遗言说："爸爸妈妈对不起，我走了。我最听军军的话。'你他妈去死吧'是他说的。他说干吗我就干吗……"一个好好的闺女，说没就没了。老爸想不通啊，翻遍了手机、QQ，找到女儿的通信记录。其中有那个男友军军的留言："流产六次，是谁的责任？你觉得怀孕是我一个人的事？"还有诸如"你滚吧"，"你要死不关我的事"之类的话。

这个世界，不知责任为何物的男人多如虫蚁，狂乱的青春荷尔蒙如海涛壁立，吞掉几个弱小女人，是可以连渣沫都不剩的。在情情怨怨面前，本来没有什么逻辑。可是，一旦男女起了怨怼，就会有一些极坏极蠢的逻辑，立即让人进入死循环的。比如，"流产六次，是谁的责任？"这样的逻辑也拿来讲，任谁也得气结、绝倒。是呀，男人随意就可以放出成亿的精子，至于精虫的死活，不是他的事了。可是，你一个大三女生，一流再流三流，怎么会连个套子都不用呢？你怎么就不保护一下自己啊？

一个女人，毁灭自己的办法很多，这是最愚蠢的一种。一个女儿，要让父母伤心的方式很多，这是最悲绝的一种。她真是傻死了，傻得让人窒息。所谓"傻得不透气"的说法，如果有个排行榜，这一种行事风格，可以列在第一。

稿子见报的次日，大三女生的父亲发了很多照片来。看上去，那真是一个很乖巧的姑娘，水水嫩嫩，青春耀眼。她依偎着的那个男友，也一派青涩单纯，至少表面上，完全不是想象中的无情凶猛、愚昧颟顸。据男友的父母说，儿子不爱读书，而这个姑娘学习成绩好，所以他们早就把她视为准儿媳了。儿子不在家，凌晨时，女孩子进门后，他们安顿她自己休息后，就自管自上床了。谁晓得，后来会有这样的事？女生父母这边，凌晨收到女儿最后的遗言时，知道她在男友家里，但就是联系不上。

想来，深宵静夜，高楼之上，遥对市声与灯火，这个姑娘这个决绝之心，也不是那么容易下定的。她的情感，一直缠绕在男友那儿，临走前给那个男生最后的短信，也是这一句："我最听你的话，你叫我去死我就去死。"她老爸老妈的含辛茹苦，担惊受怕，悲惨晚年，估计基本没想。这真是为人父母最大的悲剧。

我女儿还小的时候，我想想世上男人的凶暴，就不寒而栗。有一阵子，我还想着，让她去练练跆拳道，至少险恶当前，可以自卫一下。可是，如果真碰上这样的冤孽，冒出了这样的傻气，就算是练成了金刚不坏之身，又有什么用呢？

人生如寄，百年倥偬。前些日子，一位朋友在医院里，守着挂点滴的老母亲，给我发了一个短信说，她怕得要命，她还没有准备好母亲要永远离开她。惶恐之中，我回信说：父母与孩子，说起来也就是一种缘分。就算是你我，不久之后，也注定要在这个世界消失的。缘分尽了，是任谁也没法子的。

现在想来，此说不对。缘分尽了，跟尽了自己的缘分，区别很大。后者是一种情怀与责任，很多时候，你为亲人活着，为亲人努力，才能称之为尽自己的缘分。欲尽缘分，不是那么轻松的。

就在姑娘跳楼的同一天，有一个六十岁的贫穷阿婆，来此地探望她生病的九十岁老母亲。为了省钱，她带了两瓶矿泉水几个馒头，一路步行了四十多公里。编辑大厅里，神人颇多。其中一位，听了后估摸了一下，说："四十公里？肯定得走一天。"定睛细看，果然，稿子里说，这位阿婆是头一天中午十二时出发的，一直走到了次日上午十点多，迷路了才求助的。走了二十二个小时，可不是就是接近一整天了吗？她九十岁的老妈妈，知道她六十岁的女儿，是这样一步一步来探望她，一定心疼。

古罗马神父奥古斯丁，有这样一句玄妙的话："云朵流散了，但天空还在。"他讲的，是人类的某些永恒价值。亲人之间，有些东西，散不了的。很多时候，你以为自己是一朵乌云，其实亲人早就拿你当成整个天空了。

恓惶相对

汉语的奇妙在于，几乎每个词汇都有具象的支撑。有一些词汇，你甚至只要瞥上一眼，脑海中就会涌起无数的形象与故事。

比如，恓惶这个词，我就有自己的注解。

幼时跟着老爸下放，去的是全县最偏远的山村，不通公路，没有电灯。靠近年关的一天，家里做饭的锅，裂得再不能用了。当时，家家都用铸铁的大锅，直径半米多，如果裂得不厉害，锔一锔可以再用。这一回漏得严重，把柴火都扑熄了，非重新添置不行。最近的供销社，距离是十五公里的山路。

天黑时，赶去买锅的爸爸还没回来。没有锅，当然不能做饭。不做饭，当然也不用点灯，也没有柴灶映红的脸庞。一家人都在厨房黑黑地坐着。那时我七八岁，不敢像平时那样叫唤肚子饿。老妈心烦时，是抬手就打人的。

我记得，买锅的地方在邻县，叫广平公社。天晴时，爬上后山就可以俯瞰，梯田一层一层，小路一直伸到青灰的迷茫深处。

后来，我就站在山顶，孤单单向山下望着，想哭又不敢哭。天色昏黑，很像家里那口破掉的大锅。不知过了多久，远处依稀有个人顶着大锅，像一柄移动的蘑菇慢慢靠近，是爸爸回来了……如今再想那情景，山路上的老爸，很是恓惶；山顶上的孩子，更是恓惶。

还是那个破裂的大锅，上一次锔它时，是在村里祠堂的门边。妈妈一边织着毛线衣，一边跟那个锔锅匠聊着。阳光很暖和，我蹲在一旁，看着锔锅匠的奇妙手艺。活儿好了时，那个匠人摸了摸我的脑袋，对我妈妈笑笑，说，都是出门的外乡人，算了，不收钱了。在南方农村，妈妈浓重的山东口音，没几个人能听懂。不过，当时妈妈还年轻，究竟是她的丽质打动了匠人，还是我蹲着的恓惶感染了他，此事存疑。依我的经验，儿童的长相如果不太喜兴，正好又用无辜的眼神紧盯着你，确实会给人一种恓惶之感。多年以后，忆及那个手掌抚在头顶上的厚实，跟在藏区寺庙时，接受活佛摩顶的感受，差不太远。天底下抚慰恓惶的方式，基本相通。

恓惶一词，有的词典解释为"惊慌烦恼"，有的字典释义为"悲伤貌"、"可怜状"。但是，如果你听一听西部民歌里的"恓惶"，读一读唐诗宋词元曲里的"恓惶"，你就会遗憾，那种五味杂陈的情感，完全消失于干巴巴的诠释之中了。

我媳妇年轻时，很容易陷我于恓惶。

新婚旅行时，我们小两口回青岛看望外婆。外婆，在青岛的叫法为"姥娘"。暮色中，姥娘坐在炕上，我媳妇坐在炕边，把脑袋侧倚在我姥娘腿上，让她一下一下地抚着头发，眼泪汪汪。后来她说，没别的，就是觉得老人家那种沧桑与慈祥，让她感动。天晓得，这一老一小，相对恓惶的样子，很像姥娘在乱世托孤，整得我眼眶都快湿了。

又比如，当年我每次出差，她总是倚在门边。那个姿势很奇怪，她不好好站着，而总是把脸紧贴在门框上，呆呆地看着你，生生拗出一副恓惶的状态。真是天可怜见的，每次才上车，我就想回家了。如今再想，我太太倚门而望的眼神，很像小狗的那种伶仃无告。女人年轻时，这种眼神最能牵绊住男人。

更多时候，恓惶这个词，有一种命运感。歧途末路，衣衫褴褛，奔波不定，无处安放的不是身体，而是惊惧哀伤的灵魂。所以，在恓惶面前，你可以同情，但就是无法分担。

前一段，去探访了一所儿童院。准确地说，是孤儿院。创办人不忍以"孤"称之，于是叫儿童院。里头住着一百多个孩子。

水槽边，有三个孩子在洗衣服。孩子手小又没劲，搓不动脏衣服，就用粗硬的板刷哗哗刷着。这个洗法，跟我小时候差不多。仔细再看，问题出来了，衣服铺在搓衣板的正面，刷起来一棱一棱的。我向一个孩子示范说，得把搓衣板翻到背面，衣服铺平了，才刷得干净。那个约摸十岁的孩子，很深地看了我一眼，没说话，继续刷。不过，确实是换了方式。

我以为，这是帮助了孩子。但后来，有人告诉我说，这里的孩子都非常"乖巧"。相当一部分孩子，甚至从不会对成年人说不。比如，有时你给一个孩子喝水，倒一杯，他喝一杯，可以连喝四五杯。你疼爱他，以为他口渴，其实他是不敢拒绝。

儿童院当然很需要助养人。有的助养人，一见到孩子就搂着亲热，一迭声叫着宝贝宝贝。孩子身上有些泥点子，她会连连疼惜："怎么这么脏？来来，换上妈妈买的新衣服。"然后，"爱心妈妈"很满意地走了。可是，换上新衣服的孩子，可能比穿着旧衣服时，更加恓惶。

什么叫恓惶？就是你给他再多的爱，对方也只能囫囵吞下。他没有资格拒绝。爱与不爱，在恓惶中，有时是同一种滋味。

困坐于欲望的黑暗

男人本性的那点事，男人彼此心里都明白。

多年前听说过一个故事：

一位卡车司机，拉着货在山里蜿蜒前行。在一处险峻的弯道，一棵倒下的树木拦住去路。急刹车时，路边跳出一个汉子，手持砍刀，状极凶恶。司机想，真糟，又遇上劫道的了，二话不说，掏出所有钱财。不料，汉子把砍刀一挥，说，脱！司机又想：好好，算你狠。于是，把上衣脱了，光着膀子。可那汉子还没完，又一瞪眼："脱！"这样，司机抱着胳膊，只剩条短裤了。想不到，汉子牙缝里还是一个字："脱！"

一丝不挂，一切就序。汉子把刀往司机裆下一指："搞！"司机莫名其妙："搞什么？"明晃晃的刀，又一比划："自己搞！"

这个搞字，不用解释了。反正，男人在寂寞至极时，要悄悄自个办的事，在刀下被迫办了。还说什么？碰上这么个变态的家伙，又是在山野里，搞呗。

更想不到，刚刚完事，汉子支着刀，抽了一袋烟，又是一个字："搞！"

如是再三，司机哭诉："搞完了，没了，真的没啦。"汉子问："干净啦？"司机哭道："很干净了……"

汉子叹了一口气，说："穿上吧。"然后，挪开挡道的树木，向路边一招手："出来吧。"草丛薮薮一响，钻出一女子。汉子扭头对司机一笑，说："帮我把妹妹带到前边村子！"

故事经不住推敲，但意思就是那么个意思，即便是明晃晃的刀子，也只能让男人的猥琐欲望，暂止一段过程而已。

男人之中，确实有一个分类——猥琐男。倒真没听说，谁叫哪个女人为"猥琐女"。基本上，这是从女性角度所做的一个分类。其实，如果不从长相上判断，而从对女人的欲望上分析，大部分男人都猥琐。只不过，气质越超凡脱俗，猥琐越能藏于高尚的深处。比如，女子对心仪的男人，调侃称之为"帅锅"。男人就知道，所谓"帅锅"的帅，都帅在面上，"锅底"结着的污垢，哼哼，厚着呢。多数"帅锅"，只是猥琐男的变异品种。

男人之中，很有一些极品帅锅。对待女人，他的选项不外乎两种方式。一种是，他只要勾勾手指，女人就会如过江之鲫。还有一种，是只要他以适当的力度用强，就可以得逞。不幸的是，从统计上说，这两种方式又确实是有效的。

顺便一说，在用情的统计数字上，男女的虚荣都差不多。男人炫耀的是得手者的统计，女人在意的是追求者的数量。两强相遇，必有一战。我听说，有一回，在某圈子里以厚颜著称的帅锅，又一如既往地大摆他的临床战史。不料，旁边一位专注听讲的女子，很安静地近前，突然出手，声震四座，给了他一个耳光。

不要以为，这一巴掌只是一时羞怒。想来，只有久经阵仗的女人，才能果断地甩出这一巴掌。这一巴掌的智慧，跟山里汉子那一把明晃晃的砍刀，效果相当。我猜想，这一定是个很有故事的女人。

在男女关系上，女人是灵魂的追随者，男人是感官的崇拜者。或者说，通往情感深处的途径，女人是由灵而肉，男人是由肉而灵。在双方的周旋中，如果男人百般讨好，依然寸功未立，他往往会愠怒地一问："你到底要什么？"潜台词是，你要什么，我都能给你，而我只要肉体的证明。男人想，这个证明，只要一夜缠绵，就可以写下，有这么难吗？潜意识里，他可能还有这样的念头，一夜之后，我们就平等了，大家都不必费劲了。可是，多数女人却偏要筑起高墙深院，她本能地知道，男人所谓平等，就是让女人失去筹码。

大部分时间里，男人都陷于欲望的黑暗中，期待着一个浑身透光的璧人，向他伸出性感的小手。他的爱来自于欲望，也归于欲望。只是，绝大多数的欲望，只强光一闪，就慢慢熄灭。糟糕的是，他常常会把一时的欲，当成了强烈的爱。男人的爱情世界，基本上是靠欲望支撑的，一个欲望熄了，另一个欲望又燃起。这个过程，罗兰·巴特有形象的描绘：夜是黑暗的，但它照亮了夜。

女人对男人欲望的处置，最经典的，当属世人熟知的波伏瓦与萨特。那个丑陋而智慧的男人，在情书中不断不断赞赏她出色的头脑，也不断描述跟其他女人的缠绵肉欲。但最终，波伏瓦总能让对方说，我是多么的卑怯、令人作呕与低级。

是的，一个优秀的男人，即便是在他的爱人面前，也终身逃脱不了欲望的煎熬，但同时，他应该很羞怯。某种意义上，这种羞怯，才能代表真挚的爱。男人的羞怯，比女人的童贞更可宝贵。

如何镇压爱情的起义

据说，女人打电话时，最爱问男人的有四句话：你在哪里？你在做什么？你跟谁在一起？你到底要几点钟回家？依我与朋友们的经验，虽然实际运用中，不止这四句，但基本也是这四句的变体。比如，你回话时磕巴了一下，对方还会跟着问："你在想什么？"

在情爱这个国度里，从不讲究什么平等。每个陷于其中的人，都认为自己爱对方更多一些。时间一长，就成了感情的专制。于是，总有一方不知不觉登基为皇。这四句话，基本上就是爱情皇帝的严酷戒律。第五句，算是四句话的总主旨。目的是，在花红柳绿的边境线上，一旦心旌动摇时，能让你自个问自己：嗯哼？我啊，在想什么呢？

很蹊跷的是，在大部分情况下，女人天生就是情爱帝国的女王。

有帝王，就有起义；有起义，就有义军。什么是义军？就是正义之师。可是，在爱情的国度里，不能这样看。所谓"春秋无义战"，你自称是"起义"，对方说是反叛，哪有什么义不义的？

情爱国度里的故事，基本上就是专制的国王，再加上循环不断的起义。

照我看来，大部分的爱情起义，其实是情感与肉欲的夹缠不清。打个极端的比方，有一个女人，跟你的太太一样漂亮，一样温柔，甚至为你的付出，也跟你的太太完全相同。惟一不同的，是她的年纪，比你的太太小了两轮。某一天，你看到她耳后的细碎发丝，突然就涌起如涛的柔情。你为这样的女人揭竿而起，情感不可谓不真，但肉欲也不可谓不香艳。

还有的时候，是多年为伴的女人，底裤破旧，眼眵不净，但又专制横暴，睥睨一切。此类情况下，男人的反叛，方式往往很迷茫，但对结局很清楚，只是"与汝偕亡"而已。这种起义，最难镇压。

至于那种分花拂柳，偶尔拉拉小手，企图情留八方的，不在起义之列，至多只能算是在囚笼里探头探脑。搬出那经典四句的任何一句，就足够弹压。

马基雅维里在《君主论》里，这样教导国王：一位征服者将国家拿到手后，一定要详细考察所有的严酷措施，把暴行一下子干完；而给人恩惠要一点一点来，以便臣民细水长流地品味恩惠的好处。这个理论，放到爱情里，男对女而言，基本没用，粗暴一次，你就万劫不复。女对男来说，则可以当成经典。女人年轻时，娇蛮一时，还是可爱的。关键是，在爱的长路上，你能够用点点滴滴的细节，把男人浸泡得透香扑鼻，无人敢碰。一般情况下，这样的男人赌了气，在家里想分床，连条枕巾都找不到；就算他想出走，要找两只颜色相同的袜子，估计还得太太帮助。如此情形，爱情的臣民，能不俯首贴耳？

比较麻烦的，是女人的起义。她们的决绝，虽然感性，但几乎无法扑杀。要命的是，这样的起义，男人更易蒙在鼓里。

不信的话，读读《包法利夫人》，那里面的艾玛，就是一支永远向往新生活新感情的义军。她的幸运与不幸，都因为在她的王国里，包法利先生过于善良而愚钝，不懂这四句话的精髓。甚至，当那个浪荡公子罗多夫先生假借教艾玛骑马，意在便于通奸时，包法利先生还帮着订做骑装，置办马匹。他的悲剧在于，以为这四句话，他句句都落实了，而实际上，艾玛在想什么，他至死才明白。

男人里，像包法利先生这样的昏君，其实不少。现代包法利的不同在于，他失去了单纯与善良，但愚钝依旧，不过，又多了色心与色胆。情况往往是，后院已然起火，他还在外边攀花折柳。

很多男人自诩，家中红旗不倒，外头彩旗飘飘。想想这个艾玛，就会知道，你舞弄的彩旗，也许就是别人的红旗；那么你的那一杆红旗，在外头又是什么颜色，真是天知道了。反正，从统计学上说，红旗与彩旗的比例是固定的。

幕间短剧

说起来，所谓婚礼，也就是一个幕间短剧，或者幕间休息。婚前爱得死去活来，或者婚后的琐碎无聊，才是人生的常态。婚礼的可贵，正因为它处于两幕大戏之间，意味着一个精彩的结束，或者一个平淡的开端。

印象最深的串场词，碰上过两次。一次，是证婚人隆重热烈的开篇语："各位新郎新娘，大家好！"另一次，是新郎老爸声如洪钟的答谢词："祝大家身体健康，新婚快乐！"总的说来，都是美好的祝愿，大家都笑纳了。

我的婚礼比较郁闷。买错了鞭炮，只有五百响，而不是原定的五千响。而且，有朋友要为我们全程拍照，我不知为什么也谢绝了。回想起来，那也就是一场吵吵嚷嚷的觥筹交错，平常得很。印象最深的就是，我的新娘穿了一件红色的旗袍。上场之前，发现旗袍做得太大了，正好有一位针线活儿好的阿姨在场，紧着缝缀了几针，才算合体。这样一来，老婆大人多年之前的曼妙曲线，才让我至今记忆犹新。

不管怎么说，在另一场大戏开场前，即便是幕间，也应该是神圣的。男人的成长与责任，总是在这个幕间，才能突然找到角色感的。女人对另一个男人今后的相依为命，只有这个时刻，才能涌上心尖。

前几天，到附近一个县城参加婚礼。新郎是我的前同事，一个沉默的小哥，属于那种不会拐弯的人。平时，他在酒桌一发狠，就要气势磅礴地说："我喝你们全部！"所以，我上台致词之前，大家一再叮嘱，要对新郎这么说："小兄弟啊，知道你狠，但今天人多，就算了吧。"

婚礼出席过无数，但证婚人这个工种，我从来没干过。本来想，不就是上去说几句吉利话吗，谁不会啊。不料，一站上台去，就突然想到，这是人家一辈子的大事啊，于是，双腿很符合逻辑地打起颤来，都不知说了些什么就下来了。那个重要的叮嘱，忘了说啦。

男人的成长，年轻时，是看他有什么样的狐朋狗友；年稍长，则是看他如何对待女人。

这天婚礼上，我们隔壁一桌，叫嚣得特别厉害。一问，都是当地的小混混，干的都是开赌场、放高利贷的勾当。散席之后，他们又非拉着我们，转移战场，再作畅饮。其中一位拽着我，不停地表扬："你，说得对，我这个弟兄就、是、很、坚、强，啊，坚啊强。"

我刚才说坚、强了吗？作为证婚人，赞扬新郎坚啊强的，还没到闹洞房，是不是过分了一点了？这混混小哥，不待我想清这一点，又接着说：我和新郎是同学，当时他想跟着我混社会，我说，你性子急，又不会拐弯，跟着我，死定了。当时快高考了，我说，我陪着你苦一苦吧。我是没希望了，不读了，你一定要读出去。我陪在旁边半个月，每天伺候他到下半夜，他要抽烟就买烟，他要喝水就倒水。到后来，实在熬不下去。我就说，兄弟，剩下是你的事了，你还是自己读吧。哥们几个，最后就他读出来了。你说他不是很坚强吗？

回头看，人生的岔道，真的挺惊险。如果不是这个小混混劝导，也许，如今在某个社会新闻版上，大家仍然能看到这位小哥，不过，说不定他不是采访者，而是其中的犯案角色了。在大喜之日，这小哥真应该感谢有一个人在绝望中，曾经狠狠推了他一把。

谁的成长都不容易，谁的爱情都有辛酸。

这小哥刚做记者时，他师傅住的那个小区，有人跳下了楼。想着让徒弟也锻炼锻炼，就命他赶过来上前拍照。结果，这位生手，一近前就被警察喝止了。师傅说，再去！他只好又慢慢挨上前，相机隐蔽地抓在腰间，咯嚓一声就跑。这事搁在今天，警察再吆喝，他就会大声驳斥："不让拍？你给我发工资啊？"能这么强悍，得归功那些混混小兄弟，给他早早打下的底子。

记得有一次，碰上黑社会报复，这位当年的混混，如今的记者，倒地之后，是被今天的新娘护在身下的。这桩姻缘，就此泊入港湾，稳稳扎下铁锚。

跟真正的戏剧不同，婚礼的幕间性质，只意味着，下一场大戏没什么悬念了。至少，大多数人希望如此。谁都知道，在婚姻里，没有悬念与曲折的剧情，才能有最好的结果。这位小哥的幸福，就是大家都看不出，他的情感还会有什么大戏。

轻叹一声，果然

赶着开会，怕迟到，电梯里的按键灯明明在胡乱闪烁，已经有人退出来了，我还是闯了进去。结果，就跟个胖子一块关在里头了。上不着天，下不着地，连在第几层都不知道。

这死胖子非常兴奋，立即拿起求救电话，作态大喊："我胸闷，我喘不上气，我能把存折密码告诉你吗？"魔术师在台上闹到最欢时，主持人往往要来这么一句："见证奇迹的时刻到了。"这个胖子，很适合见证奇迹。我的感觉，这个胖子在，古怪的事情就在。

早年间，他还在郊外驻扎时，有一次进城，传呼机失手掉进轮渡码头的公厕。当时手机还叫"大哥大"，这个传呼机是汉显的，贵重着呢。于是，闹出了很大动静，看厕人在重赏之下，捞起这个小玩意。妙的是，传呼机还能用，只是每日有一两个时段，会出现乱码，但有一个字不乱。那个字，是一排又一排"厕厕厕厕厕……"如果不是亲眼所见，打死我也不信。这只有一个解释，大概是因为他从厕所那儿，夺回了机子，惹得厕神不爽，报复他呢。

有一段时间，他的爱好是收集讣告。每天都要在报屁股上，仔细搜寻那几个加粗黑线的框框，然后剪下来，黑压压地堆在抽屉里。他这个古怪的收藏癖，有非常合理的解释。从讣告中，能解读不少人生档案、社会风俗。比如，有人在讣告上括弧："享受地专级用车"。他就可以思考，人死后，运灵柩的车，有无地专级？还比如，有的讣告，不注明年龄，这一定就是夭亡，忌讳别人说他短寿。有的讣告主人，没有配偶名字，那么他是个轰轰烈烈的离异者，还是有个性的独身者？凡此种种，让他兴味无穷。

当时，这个胖子跟我还在同一部门。一听说他有如此恐怖的收藏癖，还说什么，赶快派人采访呀。同事采访同事，也算佳话。不想，这一采访，还真闹出恐怖来。原来，为了接受采访，他回家把抽屉一开，那黑压压的一堆都不见了！平时天天把玩的，最熟悉不过，怎么会找不到？最后，寻了很久，才在一个旮旯里发现。问题是，他怎么也想不出，东西为什么会挪了位置。问遍家人，也无法解释此事。突然，他就惊出了一身汗。平时太太就骂他，不该有此怪癖。这一回，果然是出鬼啦。他越想越怕，于是，接受采访之后，他就此收手，然后点了一把火，送走了那些黑框框。

现在想来，收藏讣告，也算不得一件太了不起的事，国外媒体就有讣闻记者。只是风俗不同，吾国忌讳又多，这事是挺吓人的。

此次，跟胖子关在一起，我心里特别踏实。人家什么古怪没碰到过？果然，八分钟后，电梯门就打开啦。我跟胖子一路惋惜不已，为什么电梯里没有一群美女相挤呢？

"子不语怪力乱神"的道理，谁都知道。但仔细想想，每个单位总有个把人，容易跟某类事情碰撞。比方，跟我一块上夜班的一位美女，只要有她在值班，就有哪儿发生大地震、大崩塌、大车祸，动不动就要做个灾祸专题。所以，她是公认的"衰神"。在另一部门，也有这样一个妹子。大家都跑车祸现场，但数她碰到古怪祸事多。最新的两桩，一桩是，一位摩托车手，碾上了西瓜皮，滑了大仰八叉，血洒四处。人让西瓜皮滑倒，正常；车子让西瓜皮肇事，少见。另一桩是，某男站在车外等人，砰的一声，车窗尽碎。遍寻内外，找不到凶器。根据一小块气球碎片和一汪水渍来判断，是气球里装了水，从高楼掷下，造成了可怕的重力加速度。好在两桩祸事，都未出人命。

跟急诊中心的朋友聊天，他们亦有此一说。比如，有的医生值班，碰到中风、心梗之类抢救，多得出奇；有的护士值班，则是砍砍杀杀的外伤，整夜不消停。好像冥冥之中，某人高高地端坐某处，分派不同的工作，让白大褂们一会儿忙，一会儿闲。究竟是见了血的缝合包扎，还是不见血的无效抢救，全看某人的心情。

所以，所谓"人尽其才"也好，还是说某某人是"福将"也好，大家心里都有隐隐的约定。命里该是谁碰上的事，没得跑。虽然事后也会"啊"上一声，但谁心里都会轻叹一声："果然。"

C家的B孩子

有个段子说，请用ABCDEFG几个字母造句，据说，最佳答案如下："A呀，这是C家的B孩子？光脚在D上，EF也不穿，连小GG都露出来啦。"前两天，我终于搞清，这答案一定是河南人做出来的。

事情是这样的，天擦黑时，前头有个瘦瘦的孩子，进小区时，跟门卫要了电子门卡，把门一开，然后头也不回，把门卡往后脑方向一抛，走了。于是，就听到了那位河南保安的气急败坏："A呀，这是C家的B孩子！"哦，这句话，一定要用河南口音，而且肺活量要大，才有足够的韵味。

我帮着在地上捡起门卡，也很好奇这究竟是"C家的B孩子"？耍酷的动作，真是别出心裁啊。追上前一看，原来是三楼的小女孩。于是，门卡的事，我连提一下的勇气都没有了。

这位五年级的小同学，经过严酷的斯巴达式教育。每逢暑假，在一个水库里，老爸都要盯着她，连续游泳一个半小时以上，中途如果想休息，就会被一脚踹回水里。有一次，上她家串门，看她手上打着石膏。问，怎么啦？她顽皮一笑，脱口而出："老爸不小心给弄断的。"除了老爸，没有任何东西让她害怕。每天放学，她总要先上车库看看，她老爸的车子在不在。老爸没回来，她就四处招猫逗狗。比如你上电梯之前，她会先蹿进去，把所有楼层都啪啪啪按上一遍，然后溜出来，飞快地跑上三楼，在电梯口向你做鬼脸，留下你在电梯里一层层地生气。每天上下学时，她总是在马路的车流中，如猴子般翻越隔离栏。我太太提心吊胆，几次要找她家大人说说，想想又作罢，除了让她挨顿揍，招惹这孩子仇恨以外，解决不了任何问题。

巧的是，我住的这个楼道，"B孩子"特别多。

五六年前，刚搬进来那阵子，电梯里总有一股怪味。开头觉得，是不是谁漏了垃圾汁？后来又觉得，像臭鱼烂虾；再后来，又像是尿臊味，可是仔细察看，又不见水渍。真是蹊跷啊。有一天，闻起来，类似臭鸡蛋味，于是突然惊觉，这太像泄漏的煤气味了。神经一下子绷紧，煤气公司的朋友也火速赶到，带来先进的气体分析仪。不过，仍旧铩羽而归。除了肯定不是煤气味外，没有其他结论。直到数月后的一个早晨，我看到电梯的一角潮湿，脑子一闪，想起一桩往事。立即找到保安，请他调阅清晨六点半至七点半的监控录像。一看，是楼上那个上六年级的男孩，背着书包，迷迷糊糊走进电梯，撒一泡尿再走。每天上学前，总是这个男孩，总是如此情景。至于，一泡尿在封闭的空间里，为什么会有那么多种类的怪味，估计要化学家才能弄清了。

　　那一桩让我解开迷团的往事，发生在我读小学时。有一节军训课，老师让人去拎几壶开水，有几个男生自告奋勇。结果，几壶水里，都被一个小家伙撒了尿。东窗事发后，全校集会，声讨这个撒尿男生。校长站在高高的水泥台上，痛诉哪个女生知道自己喝尿后，当场呕吐，还有哪个女生当场大哭。校长的本意，是举例说明，此事后果之严重。可是，大家的注意力，都在那几个女生上。他每点到一个不幸喝尿者，台下就一阵嘤嘤嗡嗡。我就此明白一个道理：不论是谁喝了尿，都不是悲剧；悲剧在于，全世界都知道你喝了尿。

　　从某种程度上说，每人都是一个善恶的容器，没有至纯的善，也没有全然的恶。特别是对孩子来说，善与恶的比例，很像川菜中的鸳鸯火锅。底下的小火，咕嘟咕嘟地熬着，恶的那一面，往往像是翻滚着红油的那一面，更刺激，更爽利。

　　我初二时，有一节劳动课，任务是擦拭窗子桌椅之类。劳动工具，老师要求女生带脸盆，男生带抹布。活儿干完后，老师让大家在操场活动。于是，我跟两个死党，中途悄悄溜回教室。然后，从桌下掏出了女生的脸盆，乒乒乓乓一顿狂砸。然后，若无其事，再回到操场，互相推推搡搡，整出很大动静，意在制造不在作案现场的证据。女生回到教室后，看着一地的碎瓷片，有的目瞪口呆，有的嚎啕大哭；还有的发出咬钉嚼铁的诅咒，痛骂砸盆子的坏蛋，将来全都断手烂脚。我跟两个死党，做呆傻吃惊状，但被迫抑制着的狂笑，在心中狼籍满地。那个年代，搪瓷脸盆，对每个家庭而言，都算一笔不小的财产。砸了那么多脸盆，如今想起，可算是我此生所做的最大恶事。

　　人到中年，往往喜欢执念于一两桩往事。比如，每遇上一个"B孩子"，我就想起自己当年的恶行。那时的动机是什么？是多余的精力，就意味暴力的发泄？好像是的，那时的孩子，人手一把弹弓，几乎每一盏路灯都是目标。也许，就为了看看女孩的哭泣？好像是的，女孩的哭泣，对邪恶青春而言，也确实有一种快意。

　　古人说，无小恶无以成大恶，无小善无以养大德。我的理解相反，年少时，做一点小恶，等于把恶早点耗光，剩下的善会更多。对大部分人来说，人性之恶，也许有一个总量。早一点耗费了，剩下的恶，在人性中所占比例会更小。所以，对再坏的"B孩子"，我也怀有善意。但从个人角度说，我更喜欢那种明火执仗的坏。那种阴损的"B孩子"，总让人忧心忡忡。

　　记得两三年前，有一次在公交上，听几个孩子在激烈争执。是一件什么事，我完全忘了。只记得，其中一个小男孩，很大声，很隆重地诅咒发誓："如果真的是我，我爸我妈我爷爷我奶奶全家死光光！"小家伙们立即全体静了下来。不一会儿，我下车，其中两个孩子也下车。然后，就听到一个在问："明明就是你嘛，为什么还说死光光？"另一个狡狯地笑笑："我说死光光，就能死光光？我又不是老鼠药。"那种诡诈的轻松，令人印象深刻。

　　"B孩子"的坏法，有好多种，我最不喜欢的就是这一种。前几天，收到一个所谓"香港六合彩特码发布"的短信，最后一句是发布人铿锵有力的广告词："如果号码不真实，王西旺全家出门被车撞死。"我就疑心，两三年前，那个以"死光光"发誓的小家伙，不会就是这个"王西旺"的孩子吧？

温暖的秘密

多年前的一个深夜，那个女人转身时，我已经预感到，我们此生永不会再见面了。于是，我盯着她的背影，细细端详，她穿什么衣服，什么裙子，什么发型，步态又是怎样的。然后，我对自己说，会永远记住这一切的。

大概有十年时间，这一幕情景，确实是纤毫毕现的。然后，模糊大师开始出现了，先是，只让我记住她上衣的颜色；再后来，她的脸容在脑海中淡淡隐去。这个女人就如此不断蒸发，最后仅仅剩下，临别一握时，她指尖的微凉。

我一直觉得，自己的记忆力很古怪，要紧的东西记不住，鸡毛蒜皮总忘不了。这个毛病，从小就有，气坏了我老妈。每逢此时，她就一边揍我，一边逼问："使劲想，使劲想，东西在哪儿？"可叹的是，有些事，确实是再使劲也没用的。如今，我早过了老妈昔日的年龄，有时候，也很想把记忆当成当年的我，暴打一顿。当然，得到的回答一定是："打死我也想不起来啦。"

几天前，读一位英国人类学家的小书，里边写到他参加一个部族的庆典。在人堆里，他问："谁是庆典的主办人？"

"那个头戴豪猪毛的男人。"

"我没看到头戴豪猪毛的人。"

"他今天没戴。"

然后，人类学家解释说，土著非洲人惯于描述事物"应有的状态"，而不是"现有的状态"。读到这儿，我心里电光石火地一闪——这是一种最原始，也最有效的记忆方式啊。只要拽住原初的一个小细节，就可以把你想要的活物，牵出迷失记忆的丛林。

就如阿里巴巴喊叫"芝麻开门"一样，这两天，我频频使用土著非洲人式的各种记忆暗语，在往事中捞起了一个个消失的人。

比如，"一个孩子的女人"，其实是说生殖力很强的女人，这是只有我跟妹妹才明白的暗语。小时候，跟老爸刚下放农村时，邻居是一个大屁股女人，带着一个孩子。当时，我跟妹妹的描述方式，像土著非洲人一样朴素，就叫这个女邻居为"一个孩子的妈妈"。实际上，现在想起来，这个女邻居生孩子，几乎跟变魔术一样快。每隔一段，我跟妹妹都得改口一次，依次为，一个孩子的妈妈，两个孩子的妈妈……到了五个孩子时，我跟妹妹的叫法又回来了，仍是"一个孩子的妈妈"。印象中，女邻居的胸前，永远有两汪湿湿的奶渍。

又比如，"抠脚丫的男人"，是老爸的一位很会说笑话的同事。每次来我们家，他就捧着自己脚丫，一坐就是大半夜。他在哪儿，哪儿就一堆笑得前仰后合的人。没有电视，没有手机，没有网络，他就是那个时代的海派清口周立波。很奇怪，抠脚丫的不雅，倒是从没有人指责。他有个女儿，名叫秋霞，还是大姑娘时，就掉光了牙齿。我幼年时每每听人说"笑掉了大牙"，就真以为他女儿的牙是笑掉的。

"发抖的人"，是老爸单位里一个酒鬼厨师。他做菜时，灶台上总是放个小酒壶。他一边喝着一边颠勺，下佐料时如行云流水，精准果断。很多时候，谁的家里有了好食材，总是委托他上灶加工。那个始终不离身的酒壶，终于让他垮了。后来，一不喝酒，他就双手颤抖。每天一早，他先得灌下半壶，才能定住神。

"双手插兜的女人"，是我与同伴的性幻想符号。记得那是八十年代，百货公司的一个女营业员，下班时总是穿着一条长及脚踝的裙子，双手总是插在长裙的兜兜里。最要命的是，表情凛然不可侵犯，与她的丰胸翘臀，形成很大的张力。小伙子们得出结论，没有好身条好气质，穿不了长裙；就算穿了长裙，也没资格双手插在兜里。后来，我们又不断验证这个理论。结论是，每个小地方，都有这样"双手插兜的女人"，在当地的广场上闲荡着。这样的女人，观念一定是先锋的。所以，每到一个偏远的地方，大家都要搜寻"双手插兜的女人"，用目光向她的前胸与后臀致敬。我们之中，一位大哥勇敢向前，试了试，才发现，插兜的模样只是时尚，闲逛的身影只是寂寞，凛然的后面完全是脆弱。这样的女人，最容易上手。到了如今我才想明白，其实，这样的女人，也是在不自觉地"猎艳"。我们的大哥，以为是他上了人家，实际他被别人给上了啦。

一般而言，记忆很像一件破毛线衣，露在外边的线头，总是污秽不堪的。纠结的线头，越是肮脏，也越是显眼，于是，整件衣服都干脆无人触碰。其实，温暖的秘密，都在肮脏线头的背后。

有个好莱坞片子，名字忘了，只记得是罗伯特·德尼罗主演的。德尼罗晚年时，有件事情总放不下。他对儿女说，中学时爱上一个姑娘，死乞百赖，千般追求，都毫无效果。一腔邪火，无处发作，他就把某某男同学的几根阴毛，夹进了那姑娘的课本里。儿女问，阴毛从何而来？他回忆说，一块洗澡时收集的。又问，那这姑娘怎么认得这阴毛是谁的？他说，全校只有这男同学是红色毛发。后果是严重的，姑娘大哭，校长大怒，那男同学被开除了。老德尼罗每想起此事，就万般悔恨。那个同学的一生，肯定让他毁了。说不定，当年的好同学，如今只是个流浪汉，或者是小偷、混混、囚犯……反正全得怪他乱用了人家那几根阴毛。在儿女的撺掇下，他终于又找到了当年的同学。想不到，他战战兢兢敲开门，对方先是一脸迷惑，然后一脸兴奋。要不是那几根阴毛，就没有他今天的幸福——那个当年的校花，因此认识了这个红发同学，爱上了他，嫁给了他。

你看，记忆的线头，露在外面的部分，总是那么让人难堪，但只要你找到了恰当的方式，又有勇气扯动，另一头，总是连结着成色十足的果子。

情感"听漏工"

　　每家自来水公司，都有个查漏队。一到夜深人静，他们就要出去，拿着一根空心杆子，贴地一听，就知道哪一段管子漏水。

　　我认识的不少老男人，在男女关系上，也很像这些"听漏工"。女人再复杂的弯弯绕，他也能发现孔隙在哪儿。从技术派的角度说，双方都是听音辨漏，功底也不相上下。不同的是，人家是要维修堵漏；但老男人的目的，是要把孔隙挖大。

　　有一位老兄说，他有个要命的毛病，一见到心仪的女人，就双手冰凉，汗出如浆。冷冷腻腻的双手，让他一直不敢触探女人。某日，他突然被一只汗津津的小手紧紧攥住，才发现自己的双手是干燥的。何故？因为他对那女人毫无感觉，双手自然正常。他并不爱那女人，但爱上了她的爱。因为，只在她面前，他的双手才是干爽的。但忽然有一天，他发现，自己的双手，在任何女人面前都是温暖干燥的。于是，轮到他准确地攥住一双双汗津津的小手了。

到后来，基本上，他那干爽的大手，抚上谁的玉肩，谁的芳心就如蒸锅里的螃蟹——挣扎的动静，听上去不小，但顶得起锅盖吗？当然啦，他也不是那么轻易出手的。我要说的，只是老男人的准确率而已。

有些事，只有等到荷尔蒙的流速平稳下来，你才办得到。就像那些"听漏工"，只有等到夜深人静，路面车流少了，才能听出漏水声。当你还年轻时，常常以为什么都听清了，其实那只是自己荷尔蒙的咝咝声。老男人就不同了，哪怕对方覆盖着再厚的混凝土，他一侧耳，一比划，只要挖下去，定能遇上晶莹的喷溅。

据说，三五个听漏工，一年查出的漏水量，相当于一个小型水厂。当然，能让专业听漏工兴奋的，肯定是危在旦夕的暗漏点；对小小的渗水，他们只是做个记号而已。老男人也不是对一切孔隙都有兴趣，女人的情感渗漏，他点滴在心，表面上摆出一副维修的架势，其实早已在计算工时与花费。管子太新，渗漏似有似无，整起来太耗工时，不值；管子太旧，缝隙锈迹斑斑，弄不好就要溅自己一身，也不值。所以，不少伤心女子在倾诉时，以为对方是称职的蓝颜知己，实际情况是，你内心的缝隙，只被"听漏工"做了一个记号。

情感世界，从来都是幽暗空间。再有职业精神的"听漏工"，也难免误听误撞。比如前两天，就有一位老哥抱怨，他听了好久的那位可爱女士，接吻时居然牙关紧咬。天哪，连舌头怎么用都不懂的纯洁，成本肯定是天价，他哪儿敢再碰？做个专业分析，结论是，缝隙刚好，不过一旦水柱冲天，估计很难收拾。材质优良的器物，配件也昂贵，这老哥自忖不是，只能拉倒。

这只是小概率事件。大部分的情况是，女人自以为凭着直觉，就能保护自己。渗水的声音，就是让你听到又怎么啦？总闸一关，找哪个维修，还不是我自己说了算。如果情况这么简单，"听漏工"再多也枉然。实际是，她总以为自己的直觉等于理智，又认为总闸反正是自己控制的，结果一不小心，丝丝渗水就被人挖成了哗哗喷泉。

当然，有些老男人的问题在于，空窗期很短，又经常意兴阑珊。这种情况下，对方往往反角色成了"听漏工"。男人自以为在"听漏"，结果被别人听走自己的漏水点。有一位开新款雷克萨斯的老兄，每次碰上我就叹惜，我本来就不爱把妞，凭什么妞儿一直涌来，又都质量不高？有朋友帮他分析："不然，你换一部奥拓或者铃木试试？人家都冲着好车，没冲着你的人嘛。"依我看，其实好女人也爱好车，只是太矜持，不喜欢"听漏"，还总认为，开好车的都不是好男人，稍一犹豫，就让别人捷足先登了。

听自来水公司的朋友说，这几年，听漏工的装备越来越先进，但听漏也越来越难，因为地面越来越厚实，管网材质也越来越好。不过，男女之间的"听漏"，情况倒是未必如此。上不上床，什么时候上床，早就不是问题了。更要命的是，谁跟谁才对上了眼，一天就几十个短信，十几个电话，电脑QQ随时闪着，安全套等一应家什，还随身带着。换个行话说，人家的窨井盖本来就开着，管道啦阀门啦接口啦什么的，都在地面明摆着，哪怕是几滴小水珠，也能一眼扫到。照此下去，"听漏工"的本领就要失传了。可惜呀。

小个子颂歌

　　有一个经济学或美学命题，是这样说的："小的，即是美的。"比如说，小猫小狗小鸡小鸭和小孩，都是可爱的，让人疼惜的。就我而言，可能还要加一句，小个子的男人，都是让人倾慕与信赖的。

　　回忆起来，我这辈子最要好的哥们，全是小个子男人。

　　身为超长的大个子，我从小吃尽苦头。先是老妈不停地斥责，我们家那一点布票，全让你给用掉啦。那时候，一切物资都凭票供应，我的错误确实是先天的，无法改正的。所以，当时的电影《小兵张嘎》，有一句台词很让我羞愧："电线杆子高着呢，有用吗？"是啊，我不就是那根多余的电线杆子吗？

　　再后来，又经常被好哥们的妈妈骂："我儿子本来就矮，你还天天压着他的肩膀干吗！"小孩子家，都喜欢勾肩搭背走路。高个子的手，总是习惯性地压着矮个子的肩，这也是一桩罪。那时候，在学校做早操、去春游，我总是排在最后。但凡有点活动，老师还总爱叫上大个子，站在显眼处举旗。所以，后来读到所谓"大写的人字"，我马上就想到"大写的羞字"。你已经为自己羞怯了，人家还要你举个旗子，那是什么滋味？

事实上，我曾经逃离过"傻大个"的阴影。小学二年级转学时，新老师问我读几年级？因为个子最高，从幼儿园起，我的外号就叫"留级生"。这一回，换了一所新学校，还不该平反昭雪吗？于是，心一横，就说自己读四年级。我完全不记得，为什么新学校不要转学证明，只记得，一粒孤独的沙子，终于混进了沙堆，是多么地幸福。可惜，这种偷窃来的快乐，只持续了一个星期。突然有一天，校长来到班级里，我立即被剔除出来，重归孤独。所以，后来，对"鹤立鸡群"这个词，我从来读不出所谓"褒义"，只读出了鹤的可怜。最早用这个词的人，他一点儿也不懂鹤在高处的自卑。他甚至没有注意到，所谓"鹤立"，基本上是单腿而立。我认为，那是鹤的羞愧心理，使它不得不藏起了另一只腿。

我对小个子的爱慕，是从观看电影《列宁在1918》开始的。列宁的大个子警卫员瓦西里，搂着只有他一半高的娇小妻子说："粮食会有的，面包会有的。"早期的黑白电影，录音效果差，瓦西里的声音板滞，跟大个子的笨重很般配。但同时，那个娇小女人享受笨拙大个子时的温柔，也彻底打动了我。以至后来，每遇到身形特别娇小的女子，总会产生幻觉，以为她可以随时任我放入衣兜带走。

悲剧在于，我的人生中，遇到的多数小个子女人，基本上长了一副大个子的心肠。雄心万丈，控制欲强，仅用一句话，就能把你击碎于墙角。倒是不少高大的女人，知冷知热，性情温顺。只是，这些女巨人们的体形，跟"小鸟依人"的画面不太搭调，不免让人遗憾。

东拉西扯，总的意思就是，只要有一位小个子在面前，我就会无端地愚笨起来，服从起来。从很早开始，就是小个子在领导着我。记得这辈子第一次做坏事，就是院子里最矮小的男孩，领着我闯进了邻居的厨房。在这个小家伙的指挥下，我挥舞着一把锋利的锅铲，把一个大南瓜砍得支离破碎，满地狼籍。那种砍瓜切菜的痛快，真是此生难忘啊。当然，后来屁股挨揍的滋味，也是此生难忘。

我认识的小个子男人，都特别有女人缘。年轻时，有一位在食品公司杀猪的朋友，个子小小的，肤色黑黑的，但牙齿雪白整齐，一笑起来，女人就挪不开眼神。好多仪表堂堂的大个子，都不服气：凭什么呀，我就斗不过这个杀猪的小个子？奇怪的是，偏偏女人就喜欢往他跟前凑。一句话，这位小个子朋友泡妞之道，基本上到了这种程度——笑容可以杀人。还有一位小个子同事，现在是大学教授了。从前，不论什么时候遇上他，身边都有三两位可爱女子。他说话极慢，极斯文，极有条理，但往往说着说着，就勃然大怒起来。这种平淡之中见奇崛，铺垫自然的愤世嫉俗，迷倒了不少小女子。

其实，这仍旧只是他们的个性表象。据我观察，真正迷人的，是这些小个子们，都混搭着两种特征，一是大哥气质，一是灵秀之气。所谓大哥，不是那种粗豪的江湖大哥，而是那种事事周全，处处体贴的亲人大哥；所谓灵秀，是那种一点就透，如女人般的心细如发。两种相反的气质，构成一种独特的气场。比如，我的那位斯文同事，大怒时的口头禅是："妈的，他算什么！"这种话，为女人骂男人时，特别痛快。而且，他为女人申冤抒愤之处，有时连女人都想不到。从这一点上说，我甚至疑心，这些小个子的前世，是不是就是女人？

小个子男人从不驼背。基本上，他的动作幅度与频率，都大于高个子。自尊心强，一旦惹翻他，敢跟你拼命。他的气场与他的质量，往往不成比例。总有人说，小个子容易自卑。多年来，我试图以童年时"傻大个"的自卑，去理解小个子朋友。但实话说，从心态上，我从来没有找到小个子之小。倒是我这个大个子，经常在小个子面前，找到自己的猥琐。也许，这正是我喜欢小个子朋友的原因。

顺便一说，我最羡慕小个子的时刻，都是在乘汽车、搭飞机、住旅馆之时。这些艰难时刻，我总是窝着一双长腿，受尽旅伴嘲讽的目光，再看着小个子的舒展自如，只好从心理上伏低做小，叹老天不公。

形而下的快乐

虚空有尽，我愿无穷。如果有一个人说，他的心愿就是世界和平，我会很高兴，像中彩票一样高兴。这么罕见的大人大愿，能在现实生活中遇上，我只能当成是中了彩票。

大部分人的心愿，以及达成心愿的途径，都显得曲折，庸常，卑琐。

比如我，昨天梦见自己在食堂里，跟掌勺打菜的师傅吵架。窗口里明明有粉蒸肉，他偏偏不给打，只在盘子里上了一勺白粥。我心里那个气呀，一顿大吵，直至后勤主任那儿。为了一勺粉蒸肉，我夸张，撒谎，造谣。在梦里，我不断问自己，为什么要这么卑劣下流呢，不就是一勺肉嘛？但就是控制不住，直到把自己急得醒过来。

奇怪的是，我的梦常常跟美食有关。梦境中，总有一堆香喷喷的食品摆在面前，但又老是吃不上，一急就醒啦。不知道这是不是可以说明，我的生活属于形而下的那一类型？

　　大概是小学时，老师要求全班同学都写个字条，说明自己的理想。因为可以匿名，所以我很大胆地写道：天天吃红烧肉罐头。那时候的印象，最好吃的东西就是罐头。凡遇上美味，大家的形容就是，哇，简直像罐头一样好吃。直到后来，如果见到哪个老朋友跟女人在一块，次日大家都会问，罐头开过了吗？意思是，把她弄上床了没有？想来，这个暗语，还是跟吃红烧肉罐头的感受相关。

　　形而下的快乐，都是庸常的感受。按照这个世界的大部分理论，无法升级到精神层面的愿望，都称不上高尚。但依我看来，也不要以为，庸常的愿望就容易实现。

　　比如，我有严重的芒果过敏。每到芒果上市时，女儿就故意在我跟前吃得唏里哗啦。比较难过的是，我知道芒果的美味，也曾毫无挂碍地吃得满脸汁水。蹊跷的是，突然有一天，我就再也不能吃芒果了，哪怕碰上一下，一张瘦脸也会肿成猪头。芒果之中有真谛，我这才注意，身边有那么多无端被剥夺的人。有花粉过敏的，有海鲜过敏的，还有甲鱼过敏，花生米过敏，蚕豆过敏……最惨的是一位女同事，动不动过敏，但找不到过敏源。于是，医生只好在她的玉臂上大动干戈，每天往她膀子扎上五十针，注入花粉、海鲜、油漆，甚至是某种灰尘的成份，看看究竟是什么在作怪。大概费了四天功夫，扎了近两百针，把玉臂扎成了筛子，才找出过敏源。

　　上苍颠倒众生，不过如此。总觉得，这般种种情景之上，仿佛有一个神秘的大人物，在将着胡须端详着他的试验田。你再容易实现的念想，他也可以捻须玩弄，然后一吹而散。

就算你的肉身百无禁忌，庸常的所有愿望都能实现，时间也会精细地剥蚀你的感觉。

前天晚上，在半山的棚子里大啖西瓜。一个老友忽发感叹，这一口瓜吃完，就是立秋了。五年前的滋味，跟今天不同；十年后的瓜，还能吃出今天的滋味吗？大家都笑，所谓中年况味，就是能从西瓜中品出悲凉。我的理解，享受你的宏图大愿时，别忘了享受自己的身体。年轻时，随便一个肉骨头，都可以让你的每一簇味蕾，欢呼舞蹈；一眨眼，你就只宜于食用清粥小菜了。哪怕是品相再好的红烧大肉，也是你不敢实现的愿望。

庸常的愿望与感受，只有被逼至极端，才会显出它的华丽。

有一次在寺院，跟一位女住持聊天。因为她的美丽，又因为她曾是一所名校的哲学博士，所以就探问起她的前尘往事。她说，从动念修行到落发出家，她挣扎煎熬了五年。想起大家的诸般平凡好处，想起当下生活的种种琐屑，都将跟她没有关系，有时候，好好地在食堂里端着碗吃着饭，也会不停掉下眼泪。她究竟为何出家，我没敢冒失打听。想来，所谓出家之难，就在于难舍家常欲念之美吧。

多年以前，我经常有机会乘坐长途列车。车上拥挤不堪，体力疲惫难支。入夜时，沿途楼房家家户户，灯火渐次亮起，窗口里看见有人在厨房，有人在客厅吃饭，有人在慢慢洗漱；再然后，灯火渐次熄灭，列车重入黑暗。每当此时，心里就想，若身处其中的窗口里，该多么幸运。回头想想，其实很多时候，你琐屑庸常的愿望，就是别人眼中的幸运窗口，只是，你不曾觉察。

生活在猫的胡须上

如果说，二十四小时一日的时光，是一只疾行无声的猫；那么，凌晨时刻就是猫嘴上的胡须，集中了一切敏感，神经质，抖机灵，百念丛生，丈量着所有的不合时宜。

不是有个"针尖上的天使"的典故吗？我的意思是，在这个时段下夜班的人，正好就生活在猫的胡须上。

比如我，凌晨四点，坐在五楼的窗台上，晃悠着双腿，专心啃着半根玉米棒子，慢慢就竖起了寒毛。一个原因，就是仿佛觉得，全世界的幽灵都抬着头，看着我在啃玉米，看着我从人类变幻为啮齿类小动物。然后，有一只大猫抖着胡须，在身后等着我。

这是我经历过的无数古怪瞬间中的一个。后来我想，若是就着饼干饮酸奶，肯定不会有这样的感觉。凌晨，一个人时，可以喝稀粥，可以吃面条，但就是不适合咔咔地啃玉米。正如猫胡须的长短，是用于触碰黑暗空间的宽度；凌晨的幽深与安静，就是为了让所有禁忌都悄然浮凸。

我理解，所谓禁忌，就是忌讳在某时某地做某事。

我老妈就是一个民间禁忌大师。比如，衣扣松了或掉线了，很多人家都不用脱衣服，简单缝缀一下就行。但只要她在，就一定要我脱下衣裤，才给缝缀。如果我一定要穿着衣服缝补，那就要在嘴上衔个什么东西。她的说法，或者是她老妈的老妈的说法是："不然的话，会讨人嫌的。"这个禁忌在我们家历史悠久，以至我刚成家那阵子，太太要为我补衣扣时，还为我穿衣补还是脱衣补，小吵了一架。我太太的兴奋点在于，就是要看看，这么补扣子，你会怎么讨人嫌？可见禁忌与反禁忌的斗争，是多么激烈有趣。后来我考证，这个"讨人嫌"，可能是"讨人线"的谐音。民俗迷信，或许由此而来。

有关时间的禁忌更多。夜晚九点钟后，老妈禁止所有人修剪指甲。只有丧亡之人，才需要在睡觉时间，由别人帮他做这种精细的工作，活人是用不着的。某日凌晨，我关着门，剪了一回指甲，果然感觉怪异。本该是细碎的噼噼啪啪，忽然放大了无数倍。只是在剪指甲而已，但那个动静，一声一声响起来，很像杀手在砰砰地放冷枪，又像是斧手在当当地砍伐森林。

有了老妈的禁忌垫底，凌晨又总是我的生活高潮，有关这一时刻的禁忌清单，就被我不断添补加长了。

比如，夏日凌晨，女人不适合穿白衣白裙。不是说，这个打扮，在黑暗时刻会有鬼魅之气。没路灯的地方，远远看见一个白衣女子，飘然而行，再以为是聊斋重演，也太老套了。也不是说，这个装束，让司机车灯一照，瘦腿胖腿，直腿弯腿，优点缺陷，统统暴露。夜里的车灯，其实就是舞台上追光，很考验女性身段之美。你如果不在意陌生人的打量，穿什么是你自己的事。我说的禁忌，是促狭的司机，会很巧妙地使用大灯，照出你不雅内衣。如果光线刚好，角度够刁，那个大灯或者干脆让你几乎什么也没穿。

凌晨时刻，也不宜聚集于太明亮的窗户里。我下班路上，总要经过一家火锅店。四周黑寂，火锅店的玻璃窗里，人头攒动，雾气缭绕。窗子里的人，像是白日喧嚣的浓缩版，又像末日最后的狂欢。连单位班车司机都说："这帮人干吗呢，跟鬼抢饭吃吗？"这样一幅不合时宜的图景，只意味着跟时间对抗，与生活的常轨偏离。你会无端地担心，是不是有人要朝这种怪异的窗口扔一块石头？或者，你还会担心，里边的人，要是离开这种温暖的明亮，定然会陷入无边的绝望。

有忌就有宜。在这个至黑至静的临界点上，只宜灵异横行。山，楼，门，桌，椅，似乎都在呼吸，都有灵性。

我所在的写字楼，日日夜夜都熙熙攘攘，男男女女都春光明媚。只一件事蹊跷，就是那电梯关上后，外边没有任何人，它有时也会自动开合几次，而且伴以咔咔声。开头一两次，有人慌乱惊叫，有人故作镇静。再后来，大家都明白，可能是电脑控制系统作怪。心烦时，有人还会说，妈的，干脆大家一起掉下去了事。

到了凌晨下班，大家心静，再碰上电梯咔咔地开关开关，人人充满敬畏，甚至会齐声帮着数："一，二，三……"一般是六下，电梯就无声下行了。没人觉得这是电梯故障，当然也不会有人认为这是闹鬼。这是电梯自己的时间，这是它舒展自己的筋骨。而且，我总以为，电梯顶上，也有一只猫守着，抖着胡须，会心地谛听一切。

半夜，乌煤堆里寻黑猫

天快亮时，好不容易有点睡意，电话响起，是一个东北女人："请送八十斤大骨来。"告诉她打错啦，但心里就是放不下那一堆大骨。次日凌晨，又是铃声大作，还是那个壮丽的东北女声："请送八十斤大骨来。"只好很不客气地回答，好的，马上送八百斤的死人骨头过去。

连遭八十斤大骨的敲打，第三天的这个时候，我已然目光如炬。电话一响，神速接起，但对方换人了，是一个雄浑的东北男人："喂——快快送八十斤大骨来。"我也随机应变："好好，只剩下六十斤啦，一会儿还得补货，你们慢慢等着。"

肯定是哪个伙计粗心，把电话号码给记错啦。出了差错，当然要付出代价。这一天，这家东北菜馆，无非是没了大骨熬汤而已。在历史上，因为一个错字，改变很多人命运的事，多了去啦。

一般说来，再低级再离谱的差错，也会循环往复。真正的科学定理，必须可以重复实验，并且结论相同，才能证明其正确。

差错也一样，必须一错再错，才能显示威力。

有一年清明节，我所在的报纸，要发一组应景的报道。差错出在那张照片上，情形是一个老汉在墓碑前低着头，碑上的遗照又是一个老太太，偏偏记者又忘了图片说明。于是，我的一位编辑，顺其自然添上："图为一位大爷在祭扫老伴的墓地。"结果很不幸，老汉的太太还活着，他祭扫的是老妈。就这样，活人被说成了死人，而且连墓碑都有了。可以想象，老汉很生气，后果很严重。巧的是，在焦头烂额之中，一位同事发现，老汉居然是他的一位远亲，大家这才松了一口气。

很奇怪，我所遇上的差错事件，总像一个刁蛮的孩子在耍赖，在哭闹一场、满地打滚之后，要停顿一下，偷窥了效果，接着再来。

没过几天，此地出了一位烈士。急忙之中，要找一张他生前的生活照片，供全市人民瞻仰。于是，他的一位朋友，找了一张他们俩的合影。原先说好了，是对照片做个剪裁，截取烈士的影像刊发。怪的是，照片上两人都穿运动装，长得还有几分相像。结果，另一编辑又遇上了整蛊之事。烈士微笑地躺在电脑里，活人倒是很英勇地见报啦。

当晚，我领着编辑上门道歉。为了表示诚意，还买了鲜花，带了红包。一路上，脸上预先挤出笑容，但心里早已抖成一团。

开门的，正是那位活着的"烈士"。我与编辑就差下跪了，但人家正在气头上，像真正的烈士那样，双唇紧闭，一言不发。更生气的是他太太，对我们两个活靶子不停地扫射着。总的意思是，我老公受了这样的诅咒，如果有个三长两短，你们要负完全责任……

此事折腾多日，"活烈士"的太太，气仍未消。最后，还是"活烈士"的单位领导帮助平息了此事。天地良心，就算"活烈士"一家不计较，我们也希望有神灵保佑，让这个无厘头的"诅咒"永不生效。

没有哪个行业是不怕差错的。比如，大医院的药房出药，从来是双人复核的，但仍有药剂师走了眼，把外用药搞成内服药。又比如，空中交管塔台，一个雷达屏幕，要安排三个空管员同时盯着；但我也听闻过，有三个空管深夜依次打瞌睡，航班呼叫时竟无人应答。防差错之难，很像老外的一个比喻：漆黑夜晚，在煤炭堆里找一只黑猫。所以，再要命的差错，也只是差错。你不能怨煤炭的黑，也不能叹白猫总不来。

有个朋友，在银行保管箱部工作。某日早晨上班，按程序打开了厚实沉重的库房大门，然后啪的一声开了灯。突然——用突然这个词，完全不能表达她那一瞬的震惊，她几乎要吓晕过去——一个老头就站在门里，脸色苍白，直直盯着她。天哪，是上一班的工作人员，把这位老人误关了库房里。十几个小时，死寂的黑暗，无助的寒冷，老人是怎么熬下来的？真是一个不可饶恕的差错啊。

接下来的事，更让人匪夷所思。老人家抖抖索索地说："不怪你们，是我的差错，是我错过了关门时间。"老人甚至坚持，不让我的朋友送他回家。他说："这样回去，孩子们一定会跟你们生气的。不要紧的，我会说，是自己迷路了一夜。"事后，朋友说，我知道什么是善良，但善良可以纯粹到这种程度，估计这辈子都不会再遇上了。

差错一定会重复，但善良却不可复制。数月后，我听说，另一家银行的保管箱库房，又错关了一位女士。黑暗中，那个女士误打误撞，触响了报警装置，所以只被关了三小时。这种差错造成的恐怖，确实不该被轻轻放过。官司打到法院，那位女士索赔五万元，平均一小时 1.66 万。

这个世界上，所有事情的发生，不是必然，就是偶然，但几乎没有人认为，差错是必然的。不小心，从来都是解释差错的原因。比如，在我的文字生涯中，最要命的一个错字，连闯七关，仍旧刊印在报纸上。也就是说，连续有七个人"不小心"，你说是偶然，还是必然？至于说，有的人因为这个错字，顺带改变了命运，那就更不能说是偶然了。

任何一个行当，都有自己的神灵。比如，在中国，木匠之神是鲁班，铁匠之神是老君李耳；在西方，也有石匠之神、锻冶之神、炉灶女神，如此等等。有时我会忽发奇想，如果有差错之神，他该长成什么样？是不是所有的器官都全部错位，才符合他的职能？

有关差错，最有名的是这么一句："我答答的马蹄声是个美丽的错误，我不是归人，是个过客。"思妇误听了声音，留下的只是惆怅。在俗世的现实中，差错的马蹄，往往长在幽灵般的马匹上，起脚时无声无息，踏下的却是一片狼籍。就像俄国诗人布罗茨基笔下的那匹黑马："它蹄子上的黑暗令人胆战。它浑

身漆黑，感觉不到身影。如此漆黑，黑到了顶点。如此漆黑，
仿佛处于针的内部。如此漆黑，就像子夜的黑暗。如此漆黑，
如同它前方的树木……它在我们中间寻找骑手。"反正，谁骑上
了它，谁就等着跌入黑暗。

大锯下的木头

又一个朋友在闹离婚。连着几夜,老婆都浇一瓢凉水在他的枕头上。总的意思是,不答应离婚,就不许睡觉。他很想一劳永逸地把枕头弄得更干更爽更安心,又不想更换枕边人。电话打到我这儿,问,有什么办法劝一劝吗?我赶紧答,快离吧,这事没救啦。

我的回答,是有典故的。在婚姻上,我本来是主和派的。虽然,每当劝到口干舌燥之时,我都很想无力地说一句,离吧。但只要念头一闪,脑子里就现出一幅画面:三个人站在一片荒凉的原野上,我张惶四望,不小心说了一个离字,轰隆一声,电闪雷鸣,暴雨倾盆。于是,夹在两个巨人之间的我,抱头蹲了下去。

在闹离婚的两个人之间,劝解者是要当受气包的。就像两人打架,你站在中间,被人推推搡搡的,也算活该。怪的是,作为调停人,每次我巴巴地认真劝解哪一对,哪一对就非离了不可;反过来,我偶尔在心里发狠地说,他妈的,你们干脆拉倒吧,过几天双方就会很恩爱地拉着小手。这一点,我很像乌鸦嘴贝利预测世界杯，事情总是反着来。所以，真要为人家好，我就背地里说，还是离吧。这一回，这个朋友是铁哥们，我才头一回当面祭出魔咒，希望能有神效。

在离婚大战中，双方都成长很快，就像那个小兵张嘎，眨眼就变成了骑大马使双枪的李向阳。

记得，有一对分手的夫妻，开头只是为了洗碗闹别扭。我跟太太专程登门，召开三方会议。谈判过程很复杂，但结果很简单——轮流洗碗。几天后，事态扩大。一问，是会议漏了一个细节，忘了安排第一次由谁洗碗。于是，先是男的怒气冲冲地拉着我说，快去我们家厨房看看，洗碗池里都长绿毛了。后是女的到我们家，大哭不止。正是晚餐时间，好不容易劝得风平浪静。谁知，才让她上了桌，又珠泪涟涟。只好从头再劝。记得那天，晚餐是肉包。每次把包子才递到嘴边，她眼泪就哗的一下奔涌而出。包子香喷喷的，肉馅是精心调配的，可大家就是吃不上。

很快，那洗碗池里的碗，就变成四处飞溅的碎片。在我的记忆中，尖利的碎片，甚至化成了破空而来的流弹，飞进了我家。那女的，把泪水化作了仇恨，边哭诉边诅咒，脸容也越来越怨毒，最后的总结陈词是：你怎么会有这样一个朋友？

所以，我虽未离婚，但拉锯大战的切肤之痛，确实是有的。本来，人家一来一往地拉锯，关你屁事。可是，一不小心，你就成了锯齿下的那根木头。

比如，有一位朋友倾诉说，那个该死的丑女人，不跟他好好过日子，又死缠着不离婚。他低沉地絮叨着："我走投无路了，真该杀了她啊，我当然不会杀她，可就是忍不住想，怎么才能杀了她……"杀，杀，杀，这些大大小小的字，像金鱼冒泡，一连串向我脸上飘来。我几乎认为，自己就是一桩杀人案的同谋犯了。又比如，另一个漂亮女人，像在一圈一圈仔细剥着洋葱，重复着过往爱情的种种细节；然后把泪一收，目光遥远："现在他每天出门时，我都要对他老妈说，希望他儿子不要回来，在路上被车子撞死，在公司摸电门被电死，在酒醉时被人捅死……"在这样密不透风的诅咒中，我仿佛又觉得，自己将是一场意外的恐怖见证人。

阳光在树梢与叶尖上闪耀，但离婚者的内心阴暗强大。感情的绝地反击，没有什么手段是匪夷所思的。

有一位先生出门前，太太都要把他逼上床。常常要"弹尽粮绝"，太太才能安心放他离开。所谓情感的肉搏战，不过如此吧。还有一个大男人，抱着太太的大腿，跪地大哭："求求你放过我吧，求求你签字吧。"想来，这一时刻的太太，大概相当于立于制高点的将军，身拥百万雄兵，怜悯地扫视包围圈里的残敌。

这个世界，确实有一种婚姻，结合之目的，就是为最终离散。彼此的磨合，像极了海军陆战队的一种残酷训练。两人共同扛着一根滑溜溜的木头，在烂泥滩之中，一步一跌地前行。大家都想，也许挣扎出泥泞，就阳光灿烂了。可惜的是，在挣扎的过程中，也同时磨练出了恶的智慧，恶的毅力。

作为那对冤家的好朋友，你站在泥泞之外，有时你恍若指导训练的教官。但更多的时候，你会疑心自己就是那根糟木头，一旦从烂泥里弄出来，就要被扔至大锯之下。

丫头俏俏

如果说，孩子是这个世界的小精灵。那么，十二三岁的丫头，则属于促狭与邪恶的精灵。

好朋友家里，就有这么一位促狭鬼。刘海儿齐齐的，腮帮子鼓鼓的，盯着你时，眼神温顺无辜得像在写保证书，但一开口就让人崩溃。有天晚上，当爹的出差回来，一番喧闹之后，说："早点睡吧。"丫头说："哼，不就你们俩要亲热嘛。"当爹的这位回答："是啊。"丫头嘴一撇："直接说，要夫妻同房不就得了。"天哪，这种话也是小丫头能说的？爹妈俩装着没听见，但内心几乎抓狂。

人对世界的认识，是从"两分法"开始的。大的小的，男的女的，好的坏的……等等如此。到了小丫头这个阶段，她还会极度敏感地把男性群体分辨为，色与不色。她就像高傲的小母兽，突然闯入陌生之地，觉得处处是她的猎物，又觉得她时时是别人的猎物。她的优越与警惕，均由此而生。朋友家的这位丫头，对男老师忽而崇拜，忽而鄙夷，挂在嘴边的最大褒扬，就是："嗯，他还好，不色。"那些被她上"色"的男老师，估计有不少是屈死鬼。

有一位屈死鬼，是新来的数学老师，年轻，不知轻重，得罪了几个小丫头。结果，连续一段时间，全班有一半同学都找他勤学好问。每道题目，都让新老师的脑门冒烟，鼻头冒汗。几天下来，这位老师见了这个班上的同学，几乎就要抱头鼠窜。要知道，每个丫头请教的都是奥赛题呀。这场战役，让丫头威名大振，但她很低调，还说："同学们的眼睛是雪亮的。"

所谓女孩子懂事早，其实是件挺残酷的事。那种来自体内的惊恐与狂喜，能匪夷所思地支配很多事情。只因身体里藏着巨大的秘密，丫头们在同龄男孩面前，常常会有居高临下的优越感。春潮滚滚，泥沙俱下。一不小心，小太妹就横空出世。

大概是十年前，本城的一位丫头，纠集了一帮小子，暴打一位女同学，还扒光了人家的衣服。小丫头最初的身体意识，被用得如此恐怖，想想就寒毛倒竖。记得，当时就有老师说，阴盛阳衰，也表现在这一点上。欺负人的小丫头，比例越来越大。更糟糕的是，经常还有男同学被小丫头欺负。我的少年时代，肯定不是这样。那个时候，浑小子遍地都是，丫头们都可怜巴巴的。想来想去，估计是现今女孩的发育大大提前，汹涌澎湃的女性荷尔蒙，拨弄了更大的是非与暴力。

前一段，在网上撞见的两个暴力视频，都是小丫头在发狂。推，扯，拽，一巴掌一巴掌地甩人耳光。被打的另一位小姑娘，不哭不叫不躲，像个无生命的训练沙袋。使人更绝望的是，一群围观的男孩，伸着呆鹅一般的长脖子，哦哦地只起哄不劝解。估计，这个手机视频就是哪个男孩拍的吧。女孩之野蛮，男孩之蠢笨，都让人无语。

十年了，这个世界是好了，还是坏了，可能说不清。即使有更多的视频，也证明不了什么；但青春叛逆时的恶念与恶行，确实是变得更直观，更恐怖了。

幸运的是，朋友的小丫头，有一对擅长装傻的爹妈，还有一位专门跟她"作对"的班主任。最新的战况是，那老师在QQ群上，伪装别班同学的身份遭到揭穿，被丫头踢出了QQ群。而丫头呢，上该老师的语文课，必须提前做好书间笔记，课堂上不许翻开语文书。这个老师上课时片纸不带，只需一根粉笔。你小丫头不是厉害吗？那就跟老师一样吧，也不许翻书。顺便一说，丫头的小名叫俏俏。前几天，她爹带着她跟我一块吃饭。看她夹菜时，手指捏在筷子的前端，我说："俏俏呀，看来你这辈子，最远也过不了长江以南。"她很不服气："为什么？"我点了点她拿筷子的手："拿筷子的手越靠前，离家越近，越没出息。"俏俏强作镇定："瞎说。"但一会儿，手指在筷子上，就悄悄向高处挪了位置。

透露一下，这正是我对付叛逆孩子的"必杀技"。小丫头们的小迷信，我总是能一击即中。

不许恶心

　　恶心，只是呕吐的前驱感觉，但比呕吐更糟糕。这种感觉，往往带有心理成分，被认为夹杂着某种嫌恶。常识上，对着你的敌人恶心，属于正常；但要是对着家人呢，你会怎么想？早些时候，沪上一位好朋友，曾说起她的这段经历。那天，她老爸身体不适，晕眩呕吐。结果，她一边照料老爸，一边自己呕吐。事后，她一再内疚地说，老天，我并没有嫌弃的意思，可是一看到呕吐物，就是憋不住。

　　这样的事，幸亏发生在她与亲生父亲之间。如果是婆媳关系，基本就完蛋了。即使如此，她老妈也忧虑不已："大囡囡对病人一点也搭不上手，我们以后可怎么办啊？"你看，朋友的问题，其实不是呕吐，而是恶心。她与老妈，估计都是我国语文教育受惠者。任何事项，都能立即找到段落大意与中心思想。比如，呕吐是呕吐，恶心是恶心，段落要分清，中心要突出。呕吐是因恶心而起的。中心思想是，对自己的亲人，怎么能嫌恶呢？

没法子，在我们的文化里，不怕脏不怕臭，从来就是跟每个人的品行评价紧密相联的。这个道德命题，绑架了太多生活细节。

我小时候，有一次失手，把馒头掉进了洗脚盆。那盆子没水，馒头也没问题。可是，孩子气的洁癖，固执得可怕，反正我是怎么也不肯再吃了。老爸勃然大怒，劈手夺过馒头，一口咬掉半个，然后让我跟妹妹并排站着，听他训导："你们还是饿得太少！洗脚盆怎么啦？当年，我们行军时，整个部队就一个脸盆。晚上女战士用它洗屁股，白天我们就用它盛面条！"训导词极长，结尾是："农民伯伯种田，天天都得在粪堆边吃饭。如果到农村吃饭，看你怎么办？"

那时候，我一边在心里不断惊呼："哇，哇，这也能吃得下？"一边打心眼里景仰老爸。他对恶心的强大控制力，完全震慑了我。那个年代，道德圣人的标准，基本上就是不怕脏不怕臭。

后来，我认真考证过这个训导词的细节。一、农民伯伯天天在粪堆边吃饭，不是真的。谁吃饭不得找个干净地方啊？二、整个部队就一个脸盆，是真的。解放前后，老爸在团部的宣传股。女战士都是大城市的学生兵，个人卫生挺讲究。大家吃吃喝喝，要用脸盆；女兵洗洗涮涮，当然也用脸盆。盛面条与洗屁股，用同一个盆，太正常了。

我童年时，最容易发生的身体不适，就是恶心。那种欲呕不吐的过程，无比漫长。有好几次，在影院里，受不了这种煎熬，只好中途不甘心地回家。要知道，那个年头，碰上一场电影，就跟过年一般。很奇怪，我总是能撑到家里再呕吐。所谓一吐为快，在我的童年里，都是真实的病程。吐完之后，就霍然而愈了。

在我的感觉里，恶心与呕吐，很像两阵相对。恶心之目的，是为了阻拦呕吐，它是守军，总是坚韧地边打边撤。呕吐是攻方，看似力弱，但伺机而动，待恶心之抵抗稍有漏洞，便一鼓而下。哇拉一声，就是后者在喉头的欢庆。恶心与呕吐的拉锯，几乎伴随了我的整个童年。

儿童是单纯的，即便是恶心也是单纯的，绝不附加什么前提。他天天把自己玩成泥猴子，但只要建立最初的洁净概念，就很难被什么大道理所改变。

我们家从城里迁到农村时，隔壁有一位母亲，有一个七八个月大的婴儿。不论吃什么，她总是自己在嘴里嚼一嚼，然后再吐到勺里，喂给孩子吃。我跟妹妹都趴在二楼上看着，俩人都直犯恶心。我还记得，妹妹的脸都皱成滑稽的一团。老妈一脸庄严，看看那对母子，再看看我们，说："这就是母爱啊。你们小时候，还不是这样吃饭。"我吓了一跳："那还不如饿死我们呢。"妈妈一走开，妹妹就感叹："婴儿时不懂得反抗，太可怜啦。"

后来上学，读到那句俗语："吃别人嚼过的馍不香。"心里就想，天哪，说这话的人，婴儿时的事他都能记得。太可怜啦。

恶心，是高级生物才有的一种生理反应，但给恶心添加那么多的社会心理成分，是只有人类才可以做到的事。

比如，有部叫《发条橙》的电影，主角无恶不作，进了监狱后，当局对他进行心理改造。办法是，逼着他天天看暴行电影，一兴奋，就对他做电击治疗。时间长了，只要看到暴力与色情镜头，他就条件反射，立即产生强烈的呕吐感。也就是说，这个可怜的家伙，被人强迫着恶心了。

所以，有关恶心的认识，我还是喜欢儿童的单纯。恶心就是恶心，没有什么应该不应该的。一旦有人自以为操控了恶心别人的权力，终究要出大乱子的。

曾有一位餐饮界的朋友告诉我，他认得的一个服务员，只要撞上敢得罪他的客人，他就会在汤里吐上一口唾沫，然后再满面笑容地端上桌。被开除时，他很不服气，说，又不是只有我才这样做。

这个家伙，完全打乱了恶心界的秩序与伦理。他的目的，是让别人恶心。可是，该恶心的人，吞下了别人的恶心，却毫不恶心。那么，本该有的恶心，到哪儿去了？真让人想不通啊。

反正，从此以后，我是再也不敢跟端盘子的服务员争执了。我知道，恶心，是呕吐的边界，却未必是道德的边界。

眼泪只打转而不落下

我们一家三口，都是须一瓜的粉丝。小丫头读初三时，因为瓜阿姨的短篇《凌晨3点28分》，有几天吓得不敢独处。现在，瓜的第一部长篇《太阳黑子》，正在我太太的床头上，该轮到她睡不着觉啦。

小说这东西，好看就是硬道理。像我太太与女儿这样的读者，不懂得小说的什么元素、视角、结构，但本能地知道什么是好小说。《太阳黑子》里的三个逃犯，在小说里有命定的终局；实际上，在读者那儿也有挣不脱的心网。

在一家晚报谋职时，我曾经是须一瓜的编辑。多年前的一天上午，当地法院执行全省首例注射死刑，我在编辑部等她赶稿见报。瓜回来时，脸色很不好。被执行注射死刑的女犯人，药物在她身上极其罕见地失效了，只能改行枪决。瓜只好一路跟着，穿过长长的走廊，看着行刑者铺好裹尸布，再看着法警架出女犯人，在裹尸布上执行最后的程序。更糟糕的是，这个女犯人仿佛有七条命，竟然需要一再补枪。这个过程，当然让瓜的感觉很不好。

记得，那个女犯人是怕奸情败露，在面条里下毒，谋害了丈夫。在行刑室里注射时，须一瓜趴在她脸前，问她，怕吗？那个二十四岁的女子回答："怕，我想爸爸。"行刑室设在一幢楼的天井里。连须一瓜都忘了，她是怎么冒失地进入了行刑的核心区域。监刑法官在楼上厉声喝叫："那是谁？出来！"

那天上午，在编辑部里，须一瓜向同事们细细描述，这个临刑女人额头的汗珠，眼角的抽搐。这一切，由于众所周知的原因，不能成为新闻见报。多年以后，这个场景在《太阳黑子》中出现，主角成了悔罪的三个男人。其中，一个叫比觉的犯人，是一个很专业的天文爱好者。对他濒死的幻觉，瓜这样描述："比觉的灵魂，已经穿越了狮子座每小时三万颗的流星雨大瀑布，向着太阳，向着他的老家太阳黑子飞行……"

顺便说一下，小说中的三个逃犯，一是出租车司机，一是协警，一是渔工。他们的命运，与他们在逃匿时选择的职业，有着丝丝入扣的联系。这些职业，也是我们社会新闻版的主角。

很多人知道须一瓜是记者，但很少人知道，她是极优秀的记者——本省的十佳记者。严苛求真的职业操守，也使她的小说在细节的真实上，几乎到了无一处无来历的程度。至少，在我看来是如此。这也是瓜的小说之所以好看，之所以经得起琢磨的秘密。

距须一瓜上班很近的地方，有一幢38层的大厦。这幢大厦在半腰处，很古怪地箍了三道白色"裙边"。有一天夜里，大厦发生了失窃案。记得抓贼时，正巧我也在大厦附近，远远看着大厦"裙边"

上，手电筒的灯柱乱晃。这个场面，当时看看也就罢了。在小说中碰到这一场景时，主角辛小丰正在"裙边"上与杀手狭路相逢，在命悬一线中救下了警察。那个片断，我读得脊背发凉，手心出汗。那一刻，我双脚几乎有滑跌的感觉。这在我的阅读经验中，是第一次。可见，须一瓜的笔力，有让人履平地如悬崖的神奇。

有一段时间，须一瓜耳边总是挂着 MP3，听的几乎都是古典音乐。我知道她喜欢马勒，喜欢德沃夏克。她的小说几乎就是文字的交响乐，在节奏上张弛有度，往往在最险峻时，会意外地飘出忧伤与甜美。比如，那个当协警的辛小丰，与警察伊俗春的关系，像两股激流相撞，如同马勒的第五交响曲第一乐章，展示着男人之间绝望的依偎。又比如，的哥杨自道与姑娘伊谷夏的爱情，很像"自新大陆交响曲"那段著名的怀乡回旋曲，奇巧，脱俗，哀婉，眼泪只打转而不落下。两位恋人，犹如彼此的灵魂故乡，相望而无法相近。这样的爱情，也许不符合现实的逻辑，但跟小说欣赏者的期待暗合。

我坚信，所有的小说人物，都是作家的分身与变形。须一瓜认识很多"命理大师"，很擅长与人谈玄论道。不知道是不是这个原因，她的人物，常常给人以无奈的"命运感"。在读者看来，《太阳黑子》里的三个逃犯，似乎有无数机会可以逃脱，但命运的每一处转折，总是那么天衣无缝。在经典的小说里，作家是当不了上帝的。在经典的小说里，好人的坏，坏人的好，总是那么无奈。从这个方面上看，《太阳黑子》实现了经典意义上的好看。

好床坏床

生了一场病，黑白不分，在床上缠绵数日。病好了，但把腰给睡坏啦。一把年纪，弄得像个豌豆公主，身子怎么搁，都不熨帖。忽然就觉得，好像这辈子，从来没有找到过一张好床。

早年间看欧美片子，总羡慕里面的软软大床。那些面容俊朗的家伙，动不动往床上一跃，就埋了大半个身子。心想，那是一张多好的床啊。而且，主人还常常连鞋都不脱，大咧咧往床上一倒。有时候，忍不住就在影院里顿足，妈的，真可惜了一张好床。

终于有一天，睡上了这样的软床。从美国的密苏里，到芝加哥到纽约，一两天换一张床，全是这样的软床。一路下来，睡懂了一个道理：为什么老外更浪漫更热爱自然？敢情是在软床上办事，使不上劲嘛。

男女之事，女人要稍软，床板要略硬，这才符合科学道理。老外什么都科学，就是软床不科学。解决的办法，就是在床榻之外安置自己的激情。也许，正是挥洒激情时，经常天高地阔，所以人家的伟人才诞生得多。中国的男男女女，只局限于床上，所以才出了一个孔子。孔子之所以能与西方伟人比肩，就是老妈在野合之后才生下他的。这场惊天地泣鬼神的野合，史书上是有明确记载的。至于，是不是因为床铺不好，才无奈而野合，待考。

据说，男人的一生是否成功，得看他睡过的床是否足够多。就算换过的床铺不够多，换过的床伴数目，亦可充作硬指标。以此"临床经验"，对年轻人励志，虽然荒唐，但颇为时髦且有效。

以此而言，我的床史颇为不幸。年少时，睡过稻草褥子；年稍长，睡的从来是板床。冬天卧着薄且硬的旧棉絮，夏日则在光板上铺上竹片席。床板极硬极平，总感到腰间整夜整夜地空悬着，起床后往往腰背酸疼。当年，美国影星凯瑟琳·泽塔·琼斯，演过《偷天陷阱》后，名声大噪。在一张海报上，她侧身而立，一条丝巾挂在颈间，自裸背垂下，腰际线的弧深与那垂下的丝巾之间，有一个迷人的空间。欣赏海报的几位小哥，都恨不能化身一架小飞机，从这个美妙的空间轻轻掠过。只有我为琼斯姐姐发愁，这么丰翘的臀，这么凹深的腰，要是没有一张好床配她，还不得跟我一样腰酸背疼？

中国人的居处狭窄，所以床帮往往设计得很高，这当然不是为了方便情人躲藏，而是用来塞杂物的。就我弟弟小时候来说，还是他的避难所。每次一遇挨揍追打，他就往床底下钻。我老妈的竹竿，能横扫千军，但基本上对付不了床下的死角。受此影响，每次新家装修，我都要求木工师傅，床不能太矮，底下至少要能塞进皮箱。结果，那底下从来也没放过什么皮箱，倒是屡屡因为对床垫高度估计不足，使床铺在家具中鹤立鸡群。一般来说，很多朋友参观我们家时，都会为那张高床的威仪所震惊。

自家的床，高矮宽窄软硬，选错了，只能自作自受。外出旅行，也总是为床所苦，那种捶床喊冤的感受，很像大奶被小蜜欺负。明明道理在你这头，但你一唠叨，别人就要笑话。比如，很多酒店的床，往往只有一米九的长度，连被子也相应短了尺寸。我是大个子，受这种短床的委屈与折磨多年，找谁说去？庄子老师教导我们说：宁可正而不足，不可斜而有余。每次住进酒店，我都公然悖谬古训而行之，千方百计，很努力地斜而有余。仔细算算，以酒店之多，家具公司、被服公司因短少尺寸而偷漏的成本，一定是个天文数目。我年少时住旅店，从不曾有此遭遇。可见，人心不古，不仅是床上的苟且之事，连床铺本身也在作怪了。

看人怎么用情，有时不如看人怎么用床。后者的格局，比男女之事大得多，且更让人哭笑不得。

早几年，南美有个大毒贩，赖在床上生活了三年多。只因这个国家的法律规定，在床铺上拘捕人，属于违法。于是，这个家伙坚决不下床。警察无可奈何，只能看着他在床上吃喝拉撒，寻欢作乐。直到有一天，这小子放松警惕，脚板不小心挨着了地，警察才一拥而上。

我有一老朋友，患了"强直性脊柱炎"。确诊之日，医生说，你今晚搬到地板上去睡。他答，我的床够硬啦，本来就是硬板床。医生坚持说，你先睡上一夜试试。果然，这一睡之后，全身舒坦多了。自此，他只能先睡地板啦，就是将来再搬回床上，也得把好好的床铺，整出地板的效果。人生之杯具之洗具，莫此为甚。你就是想感慨，都不知从哪儿发起。

有关床的事情，让人纠结之处甚多。依我数十年之"临床经验"，床还是有好坏之分的。区别在于，好床能把英雄的腰子睡坏，劣床则易于把凡人的腰肌睡坏。所谓"自古英雄多肾亏"，所谓"贫贱夫妻百事哀"，出处均可从床说起。

职业感的报复

人生有多残酷，有时看看别人选择的职业，就可以感叹啦。

比如，此地有一位著名的乳腺专家，男的。他的诊断水准蜚声全市，于是相当比例的女子，都要送上身体最具审美价值的那一部分，请他认真地摸一摸。这种职业，乍听之下，让不少男人艳羡不已。可是，仔细想想，摸个百儿八十，你可以当成福利。要是摸上十万八万，这一辈子都要不停手，你会不会崩溃？

这个感叹，实际上是个颇为贴心的猜度。一位当大夫的朋友听了，很不以为然。他说，那些女病人的身体，只是疾病的载体；那医生离开了女患者，还会是一个普通男人。别的女人，仍然可以是激情的源泉。然后，他就这个感叹，又生出另一番感叹："你们对医生的职业感，太不了解啦。"

职业感，其实就是一种角色感。生活中，对角色感误解过深，很可能自陷于悲剧。

比方说，有人在医院欣赏护士，说话轻声细语，服务周到绵密，恨不能马上娶回来，快快享受这个温柔。其实，人家在病房真要是百依百顺了，回来还能有力气伺候你？有一哥们当年为小护士着了魔，如愿后他媳妇果然还是轻声细语。不过，人家那是累的，懒得说话，有时只好用掐与拧两个常用动作，来提高表达的效率了。

多年前，我认得一个德国籍的行政总厨。他非常自豪地领着我，在他的星级厨房里参观，如数家珍地介绍他自创的名菜。我问，你的家人喜欢吃你做的菜吗？他笑笑："做厨师的，基本上是太太做菜给我们吃。"我一直以为这是个玩笑。结果，最近一段时间，经常在一家饭店就餐，总是看到店里有个半大小子，稀里哗啦地吃方便面。某日一打听，才知道他就是那厨师兼老板的儿子。那一瞬间，职业感的悲凉，真让人鼻头发酸。

多数时候，职业感对谋生者是必须的，对家人则是荒谬且无用的。刚成家那阵子，太太看我是个文字匠，成天处理稿子，于是碰到写总结之类的活儿，就想着交给我还不是小菜一碟。她哪儿知道，我烦躁得连跳井的心都有。天天在文字垃圾里刨食，回到家里，还要帮着太太继续"提高认识，统一思想"，也太让人绝望啦。所以，自从我气急败坏地帮她"提高认识"后，这么些年，都是她自个儿在"统一思想"。

说穿了，这也就是对职业感的一种逆反。记得有一回，有位警察朋友第四次上我家串门，在小区里转了几圈，又迷糊了，只好打电话来问路。我笑他："还当警察呢，你这样子怎么破案？"他恼火地反问："请问你们家是嫌疑人的窝点吗？"是呀，平时职业感绷得太紧，一旦神经松弛，反而不如职业之外的人。

只是，职业感的报复，几乎就是命运的职业化报复。比如，医者不自医，可以算是一种。因为有不少医疗界的朋友，偶尔听说谁谁得了什么绝症，往往一诊断出来，就已是中晚期。这种时候，总有人感慨：呀，他自己还是医生呢，怎么就不早早警惕呢？其实，是职业感把他们折磨得麻木了。在医生这个行当里，所谓职业感，只体现于患者身上；对自己或家人，职业感经常不太管用。前几年，我听说，有一位有名的眼科大夫，先生得了青光眼，都到了接近致盲的程度，她才发现。

能精准地拿捏职业感的人，基本上就是顶尖的生活哲学家。或者说，他就是一位自由穿行于人生舞台的大角色。

我认得的一位外科医生，曾给自己的父亲做过胆囊手术。他说，上大学时，为求安静，他经常在解剖室里夜读。那一具具遗体，在他眼里只是教学标本而已。做急诊医生值夜班，有时人手不够，他还得帮着护工抬送遗体。可见，他的职业神经确实足够粗壮。连他自己也奇怪的是，有一天，他住的院子里，死了一位老太太。夜间出入，他总觉得脑后阴风阵阵。"没法子，就是害怕。在医院里，从来不怕这些神神鬼鬼的；医院之外，我还真就不行。"他说。也许，这种惧怕，是他在职业感之外的一种享受吧。

从某种意义上说，没有谁不是活在特定的职业感之中。凡能够入乎其内，出乎其外，既享受投入又感受疏离的，基本上可以俯瞰人生了。静安先生在一首《浣溪沙》中曾叹曰："试上高峰窥皓月，偶开天眼觑红尘，可怜身是眼中人。"此一词境，背景是阔大渺远的人生，但如果用以看待职业感，无奈，悲悯，通脱，也尽在其中。

陌生化的惩罚

陌生感，是个很玄妙的东西。作家靠着它，写字卖钱；文青依着它，四处旅游；花心男人呢，为追求陌生化，创造了"二奶"这个概念。

可是，对于实力不足的人，陌生感即等于无安全感。

同事有个四岁的儿子，在一家名气很大的幼儿园上学。某日，儿子回来说，最近在他们幼儿园里，流行一种惩罚小朋友的新办法。如果哪个小家伙太顽皮了，老师就会把他拎到其他班级去。骤然被抛至陌生场景之中，在陌生目光的包围下，小家伙一下子就老实下来，再不敢乱说乱动了。这个被迫陌生化的惩戒，威力极大，小朋友们闻之变色。

我仔细揣摩了一下，这个办法，大概相当于中国皇帝对付妃子的冷宫，俄国沙皇对于十二月党人的流放；又或者，相当于对萨特的"他人即是地狱"理论的具体实践。这些深谙幼儿心理的老师，真是厉害呀。

　　不过，也别小瞧孩子们的反抗。有一天，同事儿子回来笑得咯咯响。小家伙说，今天上午，老师拎了一个小子到别班去。过了一堂课，那小子被释放回来时，又带了别班的三个小朋友回来。那三个熟悉的小家伙共同进退，这个陌生化的效果，肯定是大打折扣了。

　　其实，孩子一旦成长，终归是要主动追求陌生感的。

　　我是在一个小县城里上的幼儿园。有一次，在长满青苔的墙角挖下了一块砖，老师一怒之下，当场把我又出幼儿园，驱赶回家。小小的人儿，独自大街上乱逛，一路上的景物，都变得跟平日不一样了。现在想来，很有一点诗经上那种"昔我往矣，杨柳依依；今我来思，雨雪霏霏"的陌生化美学效果。四五岁时，还有一次，往一个从没去过的小巷子里钻，觉得走出好远，基本上就迷路了，到天黑才回到家。成年后，回去一看，那巷子离家不过百米远。看来，陌生化不仅有美化景物的效果，还有拉长距离与时间的效用。

　　熟悉的地方无风景。人之所以比其他生物更厉害，就是善于在熟悉的地方造景。按东北人的说法，就是没事也要整个"景"出来。

　　我所在的幼儿园，有个官老师，小朋友背后都叫她"光屁股"。人家姓官，就叫人家"光屁股"。这充分证明，小朋友们的"整景"的能力确实有限。但另一方面又证明，人类追求陌生化的本能，是谁也挡不住的。老师太熟悉了，小朋友们搞陌生化的办法又不多，结果就委屈了官老师。但不管怎么说，陌生化效果是达到了。我回家在餐桌上，有时一想到，庄严的官老师，居然就叫"光屁股"，明明好好地吃着饭，突然就大笑起来。老妈问："干吗呢？"我答："我们老师光屁股。"为这个，我没少挨老妈的巴掌。所以，追求陌生感，是要付出代价的。

许多年后，我带了礼物去看望官老师。很遗憾，这个对我幼时影响至大的陌生化美学符号，不复存在矣。时间欺骗了我，人家现在是一个慈祥到让人几乎落泪的老太太了。

一代代人陌生化的际遇，是有宿命的。我仅仅在小学阶段，就转学五次。每一次转学，都面临陌生化的巨大考验。比如，我的个子从来都比别人高出一截，所以每到一个新地方，都被陌生同学称为"留级生"。好不容易摆脱陌生，又要奔赴另一场陌生。对孩子来说，真是悲壮啊。

想不到的是，到了我有女儿时，她也一样得跟陌生作斗争。更巧的是，在幼儿园阶段，她也转了五次学。每想起此事，就觉得"造化弄人"一说，果然并非虚言。

喜感流派的忧伤

又值暮春，木棉花开得热烈而恐怖。恐怖，是就我自己而言。每年这个时候，我都很担心，兴致已够的花朵，忽的一声颓然坠落。这些个美丽的物事，硕大而沉重，一旦砸着了人，感受不是很美丽。我被砸过，因此觉得，春天的木棉树下，可以充当男人的课堂。凭什么你只享受最灿烂的光景，人家年老色衰时，就不能敲敲你的脑壳？

春天的忧伤，一贯无厘头。明明是花红柳绿，人人都面目晴朗，但心里就是潮湿一片。有朋友QQ签名曰："伤春悲秋不长进。"每次看了都觉得很有喜感。住着大洋房，老公疼爱，孩子懂事，工作平淡，不伤春悲秋的话，还能做些什么呢？

总的说来，忧伤是一种奢侈的情绪。所以，造物主才会安排在桃红柳绿之时，让人想不开。据研究，这是气压、气温、气湿，还有什么电离子之类的原因，加上一点唐诗宋词，好不容易才让人忧伤起来的。

忧伤与抑郁，有很大差异，但多数人易于将两者混同。所谓"菜花黄，痴子狂"。抑郁的人，在大好春光里是要彻底崩溃，归于疯狂的。而忧伤的人，虽有万千愁绪，但一切都仍在掌控之中。抑郁的人伤害自己，忧伤的人至多伤害一下钱包而已。

所以，有钱与没钱，忧伤的情感本质没有差别，但形式确实不同。一位普通文青，于忧伤之际，只能跳上一辆公交，随便车子把自己晃悠到某处。富人的忧伤，动静就可以大一些。比如，我听说有位朋友，一旦忧伤起来，就习惯性地直奔机场，看看哪个航班有空，然后随便买张票，飞向一个陌生的城市。当然，前后两位忧伤者，都可以一路悄悄拭泪，但情感的享受质量，就有云泥之别。

忧伤的最大功用，就是拿来碰撞浪漫。坐公交也好，乘飞机也罢，多一点此类花花想头，就不会浪费这一情感的季节波动。当然，对抛出浪漫这一方而言，最好要有类似股市 K 线图一样的东西。如此，当忧伤线走至最佳的点位时，他就可以准确出仓，把浪漫的市值抬至最高。

万物应时而生，人的一生也分四季。青春期或濒临老境之人，都是忧伤的易感人群。一束穿透嫩叶的光线，或是某人回首时的随意一瞥，都能惊起他们的联翩思绪。

曾听一位同事讲起，他爷爷住院时的情景。那是一个春日，气温不冷不热，病情不轻不重，家人嘘长问短，医生亦言无甚大碍。待一切都安静下来，他忽然看见，爷爷眼里闪动着泪光，顺着他的视线看去，阳光正打在飘动的窗帘上。是呀，世间一切美好，对任何人都不是永恒的。林语堂暮年时，也是在一个晴日，让女儿推着轮椅，在街头上徜徉。人群熙攘，市声亲切，老先生也是泪流满面。

相较而言，年轻人的伤春，确实没有厚度与韧度。

英国散文名家赫兹里特，有篇好玩的文章，叫《论青年的不朽之感》。他说，少年人"总是把自己与大自然划上等号，并且，由于经验少而感情盛，误认为自己也能与大自然一样垂之久远"。所以，依我看，少年的伤春，不是悲叹韶光易逝，实质上只是思春而已。思春而不得，所以忧伤。这样的忧伤，易于陷入也易于摆脱，事后回望，总能找到一份很亲切的喜感。

比如，前几日，一个十六岁的小丫头对我说，有个帅小子经常到她们年级瞎转悠。很多女同学的眼睛，也跟着他转悠。有的时候他没来，就有几个女同学相约着，悄悄去偷看他。大家越看越忧伤，没办法呀，这小子太帅啦。

有多帅？他长得太像轩尼诗广告里的男人了，穿一件风衣，还总把手抄在裤兜里，一走起来，风衣的下摆向后飘得很远。不过，现在，大家看到他之后不再忧伤了。相反，是一看到他就乐。

为什么？因为有一天，一个同学说，这件风衣，她非常熟悉。想了半天，她说，风衣的颜色，跟她老爸的茄克颜色一样，都是那种"大便黄"。现在，一看他酷酷的样子，大家就想起"大便黄"。有同学干脆就叫他"大便黄"。

就这样，在一个美好的春天里，一个长得很轩尼诗的男人，让一句"大便黄"给毁掉啦。真让人忧伤啊。

谁吃谁的豆腐

领导之为领导，肯定是因为他有一点独门秘籍。比如，我认得的一位领导同志，就很喜欢帮下属整理衣领。这种亲切自然的肢体语言，很能博得好感。当然，这些温暖的小动作，只限用于同性之间。比如，有很多漂亮女士，习惯把胸罩的半边背带露在肩上，虽然令人着急，但一般情况下，领导就不敢公开为她整理。

破译别人的肢体语言，是一件很有意思的事。

一个儿童节，因为工作需要，我被迫读了几百篇小学生作文。记得那一次的主题为："我眼中的世界"。其中有一篇，是一位三四年级的小朋友写的。大致内容是说，爸爸妈妈总喜欢打来打去。昨天在饭桌上，爸爸捏了妈妈大腿一下，妈妈哇地叫了起来，脸红红地打了爸爸好几下。然后，小朋友很严肃地问："他们是大人啦，为什么还要这样呢？"

是呀，他们为什么要这样呢？于是，在办公室里，我大声朗读了小朋友的困惑。于是，很多阿姨也"脸红红地"大笑起来。

不对,是很多阿姨狂笑到"脸红红的"。这大概是快二十年前的事了,估计现在,那小朋友也已经掌握"打来打去"的语言啦。

人类的肢体语言,其实跟口头语言、书面语言一样玄妙。比如,一个影迷,可能不懂法语、德语、意大利语、土耳其语,但只要角色一举首一投足,他就能看出这是哪一国的影片。

现实生活中,一旦用错了肢体语言,容易产生卓别林式的默片喜剧效果。比如前几个月,奥巴马跑到日本,给天皇来了个九十度大鞠躬。他以为是入乡随俗,结果被国内舆论骂得满头包。一米九的大个子黑人,那种弯折身体的角度,确实又难看又下作。这就像西方人的耸肩摇头,显得那么优雅迷人;而东方人一摆这个姿势,就被称之为胁肩谄笑,显得猥琐不堪。肢体语言所包含的文化,远非西方人练习用筷子,或者东方人学着吃奶酪那么简单。

一般说来,女人都是肢体语言的大师。先天条件在于,女人的肉体意识远远比男人强烈。有哥们不服:"我的肉体意识更强,成天都想着女人的肉体。"这种话,一听就透着蠢笨。男人的肉体意识,只是执着于女人的"一个中心,两个基本点"而已。女人的肉体意识,则是向着自己的,是内视内省的。她专注于自己头发丝与脚趾甲的感受,自然也就能敏锐地接收来自外界最微弱的扰动。

在这般凝然自守的大师跟前,最好不要心存杂念。很多哥们都有这样的经验:比如,某日在外面图谋不轨,仅是图谋,尚未不轨,但回来一搂太太,马上遭到锐利一击:"说!又干了什么亏心事?"道理很简单,心有挂碍,说话一不小心就会磕巴。肢体语言也一样,你以为是亲热相拥,其实正好泄露天机。

此地前日有一则新闻，正可以做肢体语言的教材。

有个叫小董的女子，夜晚在天桥下等候男友下班。忽然，有个人从后面抱住她。小董以为是男友，娇羞地一回头，惊叫起来——对方是一个陌生男人。接着，当然是小董的训斥，那男人也赶紧解释，是认错人啦。再接下来，就比较离奇了。男人道歉后，没有离开，反而与小董攀谈起来。后来，两个人聊得开心，还一块散步回家。途中，小董放下戒心，又提议到那男人家中喝茶。这个茶有无喝成，新闻没说。小董回家后，跟男友聊起此事。自然，这又酿出另一场风波。次日，男友拽着小董，在天桥下又等到那男人，一把将他拖进派出所，告他猥亵自己女友。好玩的是，这一过程中，只有男友在跳脚，小董跟那男人都平静地站在一旁。

这就是肢体语言的绝妙了。想来，这个心地透明到冒傻气的小董，定是从那轻轻一抱中，读到了至诚的温柔与善意。她懂得，这番深情不是给她的；但也知道，那男人必定不是一个流氓坏子。

中国人的身体语言一向含蓄，特别是男人，一旦表达失准，要么像木头人，要么就是咸猪手。那个男人的身体表达，估计是罕见的准确，所以才迷住了小董。

一般说来，女人正当年华时，对肢体语言的掌握最为精妙。

有次在上岛咖啡，斜对过有一位年轻女子在读书。一会儿，一男的走进来，两人自我介绍后，那女的说："对不起，这本书很好看，让我把这两页读完。"那男的只好如呆鹅一般，看着她。那场面，很像看一盘卡带的碟片。好一会儿，画面才动起来，声音才热闹起来。后来我发现，那女子是取了最佳角度，先展示自己的长相优点。

真妙啊，姿态凝然不动，却用身体的气场控制全局。此女子也就是中人之姿，但肢体语言确实用得精致。女人到了这般境界，往往是纤指一点，男人的内心就轰然回响；玉掌一抚，男人的宇宙就塌了半边。所谓运用之妙，存乎一心。我早就发现，往往越是中人之姿者，在肢体语言上的"练家子"就越多。

顺便说一下，在身体语言的领域里，亦有不少看破红尘者。比如，那些可敬的中年大姐，就坚决不玩这个小把戏。在很多场合，她往往故意笨手笨脚，畅快地横冲直撞。你想吃她豆腐？嘿嘿，还不定谁吃谁的豆腐呢。

失眠，上帝的奖赏

从本质上说，人类是恐惧睡眠的。不信，你好好看看，几乎全世界的孩子，到了睡觉时间，都是千哄百劝，才愿意上床的。

我反省了一下，自己小时候为什么怕睡觉。其实，贪玩是次要原因。主要心理，还是害怕一觉睡去，明天醒不过来，再也见不着妈妈爸爸了。大部分幼儿，都分不清睡觉与"长眠"的区别。

从这个角度考证，莎士比亚幼年时一定也恐惧睡眠。所以，莎翁才会不断让哈姆莱特在"生存还是毁灭"的独白中，不断咏叹："死了；睡着了；什么都完了……睡着了也许还会做梦……在那死的睡眠里，究竟将要做些什么梦，那不能不使我们踌躇顾虑。"

我曾经多次观察过，一个三岁小宝贝的入眠过程。他玩困了之后，总要拼命揉眼；揉眼之后，又挣扎着玩；不得已上床后，还要用小手撑着眼皮，不肯闭上。最后，受不了睡神的爱抚，才勉强沉沉睡去。每当这种时候，我就很高兴，以为是在看着一个小莎士比亚在睡觉。

其实，谁也无法逃脱永恒的长眠。少睡点儿觉，算得了什么？但奇怪的是，孩子长大之后，大都从怕睡觉变成了惧失眠。

不知是什么时候，我也变成了一个庸俗的失眠者。更妙的是，我还有一大群颠倒生物钟的朋友。一般说来，失眠者也往往是忧郁者。比如某夜的某人，凌晨三点钟服一片安眠药，快四点钟又服一片，仍精神抖擞，目光如炬。于是，半辈子辛酸涌上心来，满坑满谷，有近于崩溃之感。

值得骄傲的是，作为一名资深失眠者，我极少有这样的时刻。这得归功于我的老爸。这位八十一岁的失眠者，是我知道的最乐观失眠人士。他的睡眠理论是，闭上眼睛就算睡觉。之所以会有这样古怪的说法，是他从年轻起，就没有严格意义的睡眠。不论任何时间，任何一点响动，在他听来都声若洪钟，一清二楚。可是，他从来不急不燥。所以，他重新定义了睡眠概念："老祖宗都说，闭目养神。闭上了眼睛，怎么能不算睡觉呢？"

有哲人说，睡眠其实就是短暂的死亡。仔细想想，人在熟睡时，确实是暂时中断了与外界的联系。你在熟睡，这个世界依旧隆隆前行。熟睡者要错过多少大事，多少精彩的时刻呀。

从这个角度说，失眠者如果稳住心神，这个世界的虫鸣犬吠，草动树摇，车行人走，他都可以在闭眼时，边睡边欣赏。几十年下来，他比熟睡如猪者，算是多活了半辈子。

世界总是要分成两种人的——安睡者与失眠者。如果足够豁达，完全可以这样说：失眠，是上帝的奖赏。

再过几天，就是"世界睡眠日"了。谁都知道，真正的安睡者，是不需要这样的纪念日的。可是，这个日子又偏偏不叫"世界失眠日"。否则，就可以让全世界的安睡者，都在这一天尝尝失眠滋味。那该多好！

亲爱的，你麻了吗?

　　读《水浒》，印象最深的就是，英雄豪杰虽说锐不可挡，但动不动就被人给麻翻了。现在想来，那些下蒙汗药的，其实都是现代医学里麻醉师的先驱。这就像没有盗墓贼的工具"洛阳铲"，就没有中国的考古学一样。

　　所以说，历史上最有名的麻醉师，是《水浒》里做人肉包子的孙二娘。比较有意思的是，这个孙医生在观察药效时，往往要拍手欢叫："倒也，倒也！"她还懂一点解剖学知识，知道怎么下刀，人身上哪一块肉做包子更好吃。

　　科学家已有定论，孙二娘所用的蒙汗药，主要成份是曼陀罗花，它除了麻醉功效以外，还有一点催情作用。不过，那些臭男人就算被催出情来，有什么用？还不是被大卸八块。

　　有一句很酷的话说："身怀利器，杀心顿起。"谁手上要真有了蒙汗药，那种跃跃欲试之心，是可以理解的。

　　某日，我上医院做胃镜检查，选的是无痛项目，得先上麻药。

陪我去的老婆，听说上完麻药后，病人可以问一答十，就开心地向医生请求："等一会儿，帮我问问他私房钱的账户和密码。"可惜，才说着话呢，我就进入混沌天地，打起呼噜，连个梦都没有。那是我有生以来最好的睡眠。后来听医生说，这个进入麻醉的过程，仅需四十秒。

在医生这个行当中，最让我好奇的就是麻醉师。他存在的价值，就是让你感觉不到他的存在。

一旦你还能感觉到他的存在，故事就精彩了。

有一部好莱坞影片的故事，就跟麻醉师有关。在无影灯下，一个富家公子开始做手术。古怪的是，麻药对他完全失效。在清醒状态之中，他动不得也喊不得，面容平静如水，只能在画外音中狂呼：天哪，疼死我啦疼死我啦。更可怕的是，他一点又一点地听清，护士女友如何与医生勾结，以及谋财害命的每一步骤。

据说，在好莱坞的生产流程中，剧本是要请专家"打补丁"的，以防出现剧情漏洞。也就是说，片中涉及的医学细节，一般都是真实的。比如，这个富家公子虽然麻药失效，但一种叫"肌松剂"的药是起作用的。这种药的功能，就是方便外科手术的。也就是说，你在医生给药之后，肌肉彻底松弛，松弛到闭眼睛的力气都没有，只能眼睁睁任人宰割。

这种事，在现实中还是能找到影子的。

数年前，我的一位同事，跟医生聊天。那外科医生讲起一位习钻的女病人，就微笑着说："病，当然得治好。但吓吓她，还是可以的。"这个女患者，要动手术的是右肾，但在注射了肌松剂后，在尚清醒的浅麻状态，医生故意用手术刀柄，在她的左肾位置划拉。那女病人魂飞魄散，却一句话也说不出，连眼皮也抬不了。真是一场清醒的噩梦啊。当然，真的只是吓吓而已，她很快就会进入深度麻醉。

可见，医生一旦坏起来，从人性方面说，从技术手段上说，空间都大得可怕。幸运的是，普通人撞到魔鬼医生的机会，跟在凡间遇上天使的几率相当，虽然大家动不动就拿"白衣天使"说事。

前两天，特地找了一个麻醉师聊天。这一回碰到的，真的是天使，他是省级劳模。天使是这样修炼而成的：自己拿到胃癌诊断书时，能抑制住恐慌，平静进入手术室，依旧精准地把人麻翻，照常准时地把被麻翻的人叫醒。过了几天，他又请同事上手术台把自己麻翻，然后醒来继续活着，不断地麻翻又不断叫醒一个又一个幸运的家伙。

这个老天使告诉我，把人麻翻，基本不算本事；能把人安稳地叫醒，才是真正厉害。虽然都是麻药，用丙泊酚会有欣快感，用氯安酮则大做噩梦。看来，一个自以为是的人，如果想要体验人生的无力感，找到麻醉师就对路了。

可惜，天使就是天使，太严肃，好多问题我都不敢问。

比如，像我这种一见到美女，就全身酥麻的过敏体质，如果在手术台上，正巧有绝色的女麻醉师俯身问我："亲爱的，你麻了吗？"是不是就可以直接动刀，连麻药都免了？

跌进她的眼波

疯狂的单恋，是每个人这辈子都要患上的一种热症。稍有一点八卦精神，你就可以随处观察这种情感的病症。

大年初二夜里，刚登上一辆长途大巴。过道对面的一个女子，就很深邃地看了我一眼。我咯噔了一下，心里说，坏了，肯定有哪个人要跌进她的眼波。这个女人其实长得普通，就是眼神奇特，像两桶酿得很深沉的葡萄酒。

非常不幸，一位可怜的小伙子，就坐在她身边。估计也是那眼神的撩拨，才几句话功夫，我就感到对面的小宇宙在熊熊燃烧。小伙子从他的物流公司说起，他的家庭，他的朋友，他的爱好，他的原则……仿佛龙卷风带起漫天的纸片、杂物，呼呼地扑面而来，而且还是那种慢镜头的。车程是四个多小时，我睡去又醒来，醒来又睡去，那倾诉的龙卷风带起的纸片，一直在我耳边呼扇着。那女子很少说话，但不时以"嗯哼"或"是吗"鼓励着对方。

停车，谢幕，当然是以小伙子留电话为结局。

男女之间的吸引，是这个星球上最奇妙的生物现象。前一段，看到一位女士发布她的发现：只有人类才会暗恋，你能想象一只猫爱上另一只猫，永远不做任何表达吗？

一般说来，单向输出的情感，总是病态的，受虐的。越是高贵的自我牺牲，越不能掩饰这一点。所以，猫狗之类的动物，才更不易患这种高级的精神病。

八十年代初，我老爸的单位，有一个叫小谢的帅哥，恋上了一个也叫小谢的女子。女小谢长得鼓鼓囊囊的，真的不算好看，只有一样不同，她喜欢光脚穿一双高跟拖鞋，囊囊囊地在大院里昂首散步。在那个年代，这也算另类了。男小谢的目光，天天追随那漂亮的脚后跟，时间一长，大家都知道是怎么一回事。于是，有人委婉提醒，女小谢有男朋友的。也有人好心，不断给男小谢介绍女朋友。再后来，女小谢结婚，但男小谢也悄悄宣布，他只爱女小谢。像这种情况，组织上当然得管一管。可是，男小谢的信息渠道，很像一台古怪的电脑服务器，只能输出不能输入。不论谁说，小谢结婚了，他都答："乱说，骗我。"我老爸代表组织出面，自然很恼火。只好把女小谢的丈夫指给他看，得到的回答还是："乱说，骗我。"组织上当然是负责的，又把女小谢的结婚证拿来，接着，又带着男小谢去女小谢的家里，看壁上的双人合影，看床上的双人枕头，得到的回答更加坚定："这都是假的，又骗我。"

这应该是精神方面出问题了。可是，平日里，男小谢举止得体，该说就说，该笑就笑，偶尔开开玩笑，工作上没有任何差池，与常人无异。只在对女小谢的认知上，否认一切事实。比较糟糕的是，男小谢对我老爸多次劝导后的愤怒:"你们组织上,怎么能合起伙来骗我呢!"为了表示抗议,他说:"以后我不领你们的工资,看你们还怎么管我?"

就这么着,单位上只好替他管着那薪水。一两年后,直到我们全家搬离那大院,他依旧没有领工资。最后那男小谢怎样,在我的记忆里,没有下文。

闹单恋的人很多,之所以对这男小谢印象深刻,是因为他被煎熬成那样,也从不去骚扰女小谢。从情形上说,像暗恋,很高贵;但实际上又可以算是公开求婚。估计那女小谢也受煎熬。不是有一部小说,题目就叫"一桩事先张扬的杀人案"吗?在她的心理上,可能已经被公开杀戮了好多次。

有句哲言说:神站在求爱者一方,因为求爱者是神圣的。倒过来看,这基本无视了被求爱者的权利。

前几天,有法官告诉我一个故事。一家大企业的高管,跟一位欢场女子逢场作戏。据说,那女人长得很家居很小三,照顾得这位一时找不着北了,于是两人有时也出双入对。很快,周围的朋友,基本上都得到那女人的真诚告知,她是他的老婆。接下来的恼怒与争执,不必赘述,总之,那女人脸上挨了一拳,鼻梁断了。再往后,就是法律的事了,男的一审被判刑一年。

这之后的事,就比较有意思了。这个可爱的女人,四处上访,要求放出她"老公",她要跟他结婚。法官的同事皆摇头叹曰:"还是让他先在牢里吧。关着,也就是一年;放出去,可就是无期啦。"

苍蝇搓动手脚的声音

对太太撒谎，基本上是个斗智斗勇的事。讲斗智，好理解，在男人谎言的浸泡中，太太早就成了测谎专家。不斗智，行吗？说斗勇，则是指在关键时刻，敢于把谎言整出"银瓶乍破水浆迸，铁骑突出刀枪鸣"的效果。罗马城不是一天建成的，而弥天大谎，则是瞬间靠勇气搭盖的。

早年间，我听说有个哥们，输了赌局，深夜回家，本当蹑手蹑脚，摸黑进门的，不想叮当一声磕到东西。他脑中灵光一闪，勇气陡然升起，干脆弄出更大动静：啪的一声开亮大灯，乒乒乓乓，稀里哗啦，一路踢将过去。这哥们，平日一贯低声下气，这会儿，倒把太太吓住了。好半天，太太才小心翼翼问："怎么啦？"他恶声恶气答："别问啦，明天再说！"然后，哐当一声，在床上把自己放倒。到了天亮，一个男人在外打拼受气的故事，已然细节丰满，滴水不漏。

这种兵行险棋的勇气，我向好多朋友推荐过，但一直没人敢用。

大家还是宁可选择斗智不斗勇。

扯谎的目的，是为了防卫。防卫的最好办法，当然是结成阵线。所以，男人们修筑谎言，从来都是齐心协力的。比如，四个男人在一块搓麻将，某人太太来电一响，有人在唇边一竖手指，大家立即鸦雀无声。那光景，很像小时候玩的游戏："我们都是木头人，不许说话不许动。"

当然，防卫过当也是有的。安静之中，先生对电话放低音量，做耳语状："在～开～会～啊！"之后，电话一放，麻将又哗啦哗拉喧嚣起来。一会儿，电话又响，又答："会议还在开啊。"那边起疑："怎么这么安静？"答："在卫生间里呢。"静谧之中，有人手贱，轻轻碰了一下牌。仅仅是一张牌倒下，但在谎言之城里，却声如雷霆，那边立即尖叫："你——在打麻将！"

所以，撒谎看去似乎张口即来，但其实是个高技术的活儿。太太在你心虚的时候，就是背对着你，她的每一个毛孔，也能感受到谎言的微微吹拂。又或者，她就是一台最精密的仪器，连苍蝇搓动手脚的声音，都可以放大听清。所谓观颜察色的这道程序，可以直接免去啦。

我疑心，人类最早的戏剧表演艺术，说不定就源于撒谎。基本上，每个人都有被扯进谎言的可能。比较有趣的是，自己已做了别人的虚拟配角，往往还不知道。

早前我在一家媒体工作时，不少同事就把牌友酒友，在手机上设定成我的名字。比如，在周末或什么良辰吉时，手机响起，先生只是懒洋洋地窝在那儿，远观而不接。直到铃声响到烦人，太太奔去拿起手机，顺便看看屏幕："是你们领导啦。"注意，迟迟不接电话，目的就是让太太证明来电者的身份。往下的一切，就顺理成章了。这是最关键的一个环节。

然后，先生接起电话，口气迅速趋于恭顺："是是，好好，马上就去。"但表情却极端地不耐与无奈。然后，把手机一扔："又是什么小车祸。这么点破事，妈的，不去！"往沙发上一躺，横竖不动了。一直到太太都不放心，不断地催他哄他之后，才骂骂咧咧地出门。如此巧妙脱身，估计一上牌桌，必定先与损友击掌相庆吧。

我一直以为，这个场景，可以列为小品表演训练的经典课目。你想啊，语气要很恭顺，表情又要不耐烦，这中间需要多大的情绪张力啊。我这个虚拟配角，就这么被妖魔化了。直到离开这单位，又一个冤大头诞生后，我才明白自己的冤情。这么多年，我之形象，就如一个破旧的玩具布熊，整天被先生们在家里踢来摔去。

其实，在谎言世界里，先生与太太就是食物链的关系。维持生态平衡的最好办法，就是不要总以为自己是高端生物，可以吃定对方。比如，他说五次谎，你戳穿他一次就够啦。只要大节无亏，小小谎言，基本上算是生活的润滑剂。非要每次都把小动物赶下悬崖，就算你是一条最凶狠的狼，也没什么意思。是吧？

虎狼环伺的小贱人

登机后刚坐下，就发现旁边是一对小情侣。女的明眸皓齿，男的青春傻气，两人比我家小丫头大不了几岁。飞机还在爬升段，这一对就开始起腻。啵啵的声音惊天动地，这也就罢了。比较难忍的是，一路上，这小子对姑娘的脑袋，就像是一只猫对待它心爱的绒线球。隔上一小会儿，就要摇晃、拍打、捏揉一番。于是，小姑娘的腮帮子，就不停地上演着"变形记"。

空姐推着小车过来问："你们三位要喝点什么？"这一问，立时让我怒火攻心："什么也不喝！"厦航的空姐是全世界最亲切的，让我这么恶狠狠的，只因为"你们三位"之称呼，有些漫不经心，仿佛使我成了不光彩的"同案犯"。

其实，我很想对空姐以及所有乘客声明："我不认识边上的这一对小贱人。"但是当时的情形，真的很不方便说。

下机以后，一直想，自己是不是已然老得像《子夜》里的老太爷，看到陌生女人的白嫩大腿，就要吓出心脏病死掉？

前天，一位朋友描述，他开着车停在斑马线前时，看到一个穿着校服的干净漂亮小丫头，被一个邋遢小子搂着，也是火冒三丈，恨不能把那小子塞进车轮下。他对车上的太太努努嘴："看吧，这孩子在家里，不定被老妈老爸疼成什么样呢，有什么用？就被这么一个二流子糟蹋着。"

听他这么一说，顿时豁然开朗。原来这都是为人父者，特别吾家有女初长成者的无名邪火。就像那些个太太怀了孕的先生们，放眼望去，往往觉得满大街都是挺着大肚子的女人。这些将来要当外公的家伙，从来就更易于收集丫头们的负面信息。

另一位先生，女儿精致得像洋娃娃。正巧，他又是当老师的，一肚子孩子们的官司。昨日，他一口气说了两个早恋的故事，很让"外公协会"的成员心惊肉跳。

第一个故事说，一对坚贞的小情侣，受不了大人对他们爱情的围追堵截。有一天，跑到了楼顶，越商议越悲壮，当场决定双双殉情。可是，当女孩子纵身一跃之后，那男孩探头一看——哇，这楼好高啊——他一转身回家去啦。第二个故事说，一个帅小子与两个女同学，闹起三角恋，三人相约到河边解决问题。一个十五岁的小子能解决什么问题？只好一块跳河吧。可是，两个女孩跳下去了，这小子伸手摸了摸水，哇，太冷啦，也是一转身，打道回府。

两个故事，谴责的都是浑小子，悲剧人物又都是小丫头。情节虽然可疑，但在座的听完，肯定都得带回去吓唬女儿。

有一段时间，我们家楼下的花园里，不知从哪儿跑出一对校服情侣，也是碍眼得很。每到中午，就看到小丫头低着头，微笑地喂着躺在她腿上的男孩吃饭。小丫头那样子很母性，只是表现的时机不恰当。每次看到，我都极想揪过那很享受的小子，将之暴打一顿。可是，我所能做的，只能是无奈地"遥指杏花村"，然后对我家的小丫头咬牙切齿："看看，这样的孩子，还能读得好书吗！"

当父亲的，看着小丫头长成小女人，小女人又变成"小贱人"，是一件虽美好但又很绝望的事情。你分明知道，大人的所有说教与斥骂，都不及坏小子的一声嗯哨与击掌；你也分明知道，你所不堪的亲昵与"下贱"，未来都将成为小家伙们美妙的记忆。可是，你就是悬着一颗心。一切只因为，你，正是当年与"小贱人"同进退的贱小子。

你很清楚，青春，是人生之中最为险恶，最不可预测的阶段。

青春这东西，回首远看，总是丰盈柔嫩，明艳动人，但对当事人而言，却往往最粗砺，最孤独，最难熬。内心仿佛有一只怪兽在逡巡与低吼，不论是爱恋与愤懑，都难以找到合适的出口。所有的生理问题与心理麻烦，都是第一次迎头撞上。没法找人帮助，也不愿找人帮助。你一直以为，你在经历着此生最肮脏的事情；虽然在遥远的未来，你会明白那是再干净不过的时刻。

如今，这一切都已经过去。新一茬的孩子，正在又一轮的荒凉里挣扎。眼下，对你来说，最要紧的是，假装没有看到，贱小子的那种粗蛮的爱；也没有看到，"小贱人"那种母性最初的释放。

你只能祈祷，只能等待。

你不是你妈亲生的

有一种无聊的恶作剧，在大人与孩子之间，几乎是一代代上演。那句经典台词也基本不变："你不是妈妈亲生的，你是从垃圾堆里捡回来的。"

头一次听老妈说这话时，大概是读一年级。在昏黄的灯光下，我正在翻一本叫"高玉宝"的小人书，妈妈突然笑吟吟冒出这句话。大概嫌我的表情不够戏剧化，妈妈收住笑容，又接着说："看看你的脸，看看你的手脚，看看你的样子，像家里的谁啊？谁也不像吧！"

巧的是，手上这本"高玉宝"，正是个苦孩子的故事。如今四十岁以上的人，没有不知道他的。我当然不认为，自己也是个"高玉宝"。可是这种说法，很像邻人盗斧的故事，过些日子，会不知不觉偏向负面。有一天，我甚至想起，有个夜晚，我玩得太迟才回家，全身又脏兮兮。妈妈怒极，说要把我扔进河里淹死。可怕的是，当时她一手拖着我，真的往黑暗中的河边走。这会儿回头一想，顿时恍然大悟。所以，有那么一阵子，小小的人儿，心境挺悲壮的。

我太太幼时，也有此境遇。不过，说这话的是邻居叔叔。那叔叔说这话时，做左右顾盼状，十分神秘："千万别让人知道，你啊，其实是你妈捡来的。哪儿捡的，嗯，我忘啦，反正你不是你妈亲生的。"

前两天，我还采访了太太，问当时的心情如何？太太答："不信呗。我妈天天给我好吃的，又很少打我。我能信？"看来，孩子再小，成长环境再不同，推理判断的本事，都差不太远。

人的好奇心很无奈。有一天，女儿笑得正灿烂，我像中邪了，突然也忍不住说出了这句"魔咒"。妙的是说完的感觉：又想对自己掌嘴，又觉得如释重负。当时，女儿大概十岁。她一下收住笑容，然后爆出更强烈的大笑。再然后，我已忘了她的回答。现在想来，这一类的忘记，正是大人的可恶之处。

这个恶作剧，大人为什么总是乐此不疲？参考答案大致有三：

一是，对身边的生命奇迹，疑惑重重。当年抱在手上的小肉球，一眨眼怎就成了这么欢实的家伙？就像我如今忍不住抱抱女儿，其实常常是在怀疑，怀里的这个小女人，是不是曾经放在膝头上换尿布的那个小东西？我老妈当年的可怕问题，其实是自问自答，算是对血统传递的自豪感的一种巩固。

二是，确实是一种娱乐的需要。那个年代，还没有《血疑》之类的日剧韩剧，但想象力是不缺乏的。比如那位邻居叔叔，每遇到我太太一次，就绘声绘色地讲一次，很见表演功力。

　　三是，一道朴素的心理测验题。看看孩子的反应，试试孩子聪明不？照我现在看，这题目挺准，可以证明，我与太太完全是两类人。她归于理智，我容易悲情。比如，有好几次，我都绝望地以为她要抛弃我了。想不到，人家都能悬崖勒马，回心转意。这充分说明，小时候的心理测试是精确的。我如今没有成为孤家寡人，得感谢那不厌其烦的测试，使她能遇事理智。

　　一直以为，这答案很周全。不料，这个恶作剧可以不断推出新答案，很像数学中的"无穷解"。

　　前一段，我朋友的太太投诉，说她先生在家也上演这个老戏码："儿子啊，你其实不是老爸亲生的。唉，爸也是看你可怜，才收下的。"我一听就笑，这事还算稀罕吗？想不到她当场大怒。原来，稀罕的是，这老爸说了整整一个星期啦，显然已入角色。他还不断对孩子说："儿子啊，你放心，虽然不是亲生，爸爸也一定把你养大，让你上大学。"我看这当妈的真在生气，心想，他们夫妻感情极好，不至于最后去做亲子鉴定吧？最后，灵光一闪，才解出答案。原来，孩子的亲爹，属青年才俊，身家近亿，这个恶作剧，一点也不"恶"，人家是在搞励志教育呢。

　　一直好奇，老外对孩子，玩不玩这个恶作剧？留意了几次，说法大概是："宝贝，你是一只漂亮的小鸟叼给妈咪的。"或者是："亲爱的，你是老爸从一丛花苞里找到的。"

　　这些话听起来很棒，但也不是没有惹出麻烦。据当事的一位女子回忆，第一次与爱人嘿咻时，她的叫床，发出的竟然是鸟儿般的咕咕声。那一瞬间，她忽然觉得自己不是在婚床上，而是在鸟巢里——她感觉自个幻化成一只鸟了。"这全得怪妈妈。"她说。

可见，美的未必就是好的。不论是在"花苞"里，还是在"垃圾堆"上，魔咒就是魔咒。

男人惊慌地老去

如何判断一个男人是否衰老？早年间有一个说法：下馆子时，看这男人是先看菜谱，还是先看女服务员。凡埋头于菜谱的，必机能退化，垂垂老矣。而目光闪烁的，方属身心年轻，多巴胺分泌正常。

照此标准，我的朋友们都应该欣慰。二十年前，碰到腰身匀称的女服务员，虽是目光炽热，但毕竟神情怯怯。二十年后，简直可以说，眼里都能长出一双手来。

对女性的欣赏与怜爱，是男人的美德。一位朋友就对大家说，正如战士应该牺牲于战场，女人理当辗转于男人的怀抱。但是，这话过于"壮怀激烈"了，很多朋友都不干，说，你老婆要是也去别人怀里辗转辗转，你能同意？

扯了半天，我的意思是说，凭色心的轻重与深浅，来判断男人之老态，实在不靠谱。比如，很多男人已然老态龙钟，但仍会做慈祥状，动不动拉着人家姑娘小手不放，或者是不停抚拍着小姑娘脑袋。其实，也就是倚老卖老，吃人家豆腐。小女子有时候纯真，很享受这种"慈祥"，男人们可是洞若观火，只是不说穿罢了。

不过，凭着审美观的不同，判定男人心理年龄，那是精准的。

这两天，台湾有个叫陈思旋的明星来此地。一位同事发了不少照片回来，办公室里一位粉丝就惊叫："明明人家陈思旋很瘦的，怎么给拍得这么肉乎乎的？"几位年轻女同事还嘟囔，这个怪叔叔每次都这样，他总有本事把窈窕女星拍得圆滚滚的！我探头一看，这女明星不胖不瘦，凹凸有致，挺好的呀。结果，遭到姑娘们的集体嘲笑。

其实，我早就发现了，老男人都喜欢丰腴一些的女人，毛头小伙子对骨感美女才更感兴趣。说一句端不上台面的话，林林总总的经验，早就告诉老男人，什么样的女人，抱在怀里才更瓷实，更温暖，更舒服。所以，我很正式地忠告过不少女性朋友，凡欲以中年精英男为目标的，实在不必为减肥而心力交瘁。换句话说，正在吭哧吭哧创业的小伙子，也只能消费得起瘦肉型女子。

小时候写作文，动辄就说岁月如梭。其实，谁见过梭子来着？倒是现在的人不用草纸，改用卫生纸了，才有了好比喻，那话是这么说的："青春如用卫生纸，不知不觉就扯完了。"其实，还可以说得更狠些，也就是几泡屎几泡尿的功夫，人就老了。所以，在卫生间里，才常会有人对镜叹韶光。

女人对自己身体的变化，从来比男人敏感，一根极细的皱纹，都可以让她歇斯底里。男人看起来，似乎对自己的外表满不在乎，其实对老之将至，往往较女人更心慌，更焦躁。比如，很多老男人对小女人的追逐，已经不分目标，到了"看到黑影就开枪"的程度。随便一个小女人，他都可以当成猎物。何故？那是因为，大家虽说都枪法精准，但一直提心吊胆。总的心理是，打一枪算一枪，不知哪一天，枪支报废期就到了。

前一段，在一家卫视上，看人采访台湾知名主持人张菲。这边问："如果一定要在林志玲与萧蔷这两位大美人中间，娶一位，你选谁？"张菲先是哈哈大笑答："两位一起娶。"后来又正经地说，到了这个年纪，对女性美的欣赏，已远远比年轻时成熟，女人的任何一点，都能激起他的爱意。比如，她乌溜溜的长发，又比如，她葱根一般的玉指，就足够让他疼惜，就足够让他爱上了。

这话听起来从容，大度，博爱，但也足够悲凉的。

好吃得都快哭起来了

身为文字匠，但孩子的作文一塌糊涂。这样的情况，在同事中颇多，每次听人气急败坏地教训孩子，都是这么一句："写文章，就是说话，你连话都不会说啦？"仔细想想，其实说话比写文章难。文章可以慢慢琢磨，说话往往冲口而出。四平八稳的文章，多了去啦。有风格的说话，反而不容易遇到。

早年间，我认得一个女子，一高兴，就尖叫："我要杀了你——"然后，扑上前，胡噜人家头发。你再怎么躲闪，她也要把你的头顶整成鸡窝。这种表达风格，不算稀罕，但管用。她面目明媚，娇小玲珑，当然可以动不动说"杀"。换一个络腮胡子男人说这话，估计马上有人报警。

还有一女子，人脉广泛，办事无有不成。她替人办事之前，总要轻斥："你这个麻烦精。"每个朋友都嘀嘀笑着，接受这个命名，因为这意味着你那破事情，基本纳入她的日程。

有一些口头禅，听起来，让人摸不到头脑，但找到典故后，你会很快融入他们的风格。

比如，我女儿有一段时间，一恼怒就说："你真白！"或者就两个字："白啊！"原来，这"白"，是白痴的简称。不独她这么说话，全班全校都这么说，孩子们对某人某事厌恶至极，不方便直接说，不屑于直接骂，才达成这一共识。现在，太太与我辩论，也是这句："拜托，不要这么白，好不好？"又比如，我的一位风格纤细的男同事，动辄就说："妖怪啊。"这个表达，意思与河南方言中的"乖乖"相当，只是表示吃惊与感叹。我估计，这与他酷爱读《西游记》有关。经不住他天天这么惊叹，有时候夜班上遇到麻烦，大家一时束手无策，也会齐声叹曰："妖怪啊！"

有些说话方式，完全是地域风格。外来人士虽然欣赏，但不敢接受。比如，南昌人愤怒时亲昵时，都喜欢骂"棺材"。这一点很像闽南人说"干你佬"，但闽南的民风不如人家慓悍。 一 位 南昌朋友，跟我描述过两个好朋友热情寒暄的场面：

甲："嗨，好久没见你啦，昨天去你家啦，你不在啊。"

乙："你去我家？是去阴间吧！"

甲："真的，还碰见你妈妈呢。"

乙："碰见我妈妈？你碰见死人噢。"

甲："唉，你怎么就不信呢，你弟弟不是结婚吗？正在漆家具呢。"

乙："漆家具？漆你个棺材哟！"

这个场面，用文字记述，仍略嫌清淡。用南昌话来表达，才显得浓油赤酱，味道十足，我不会说南昌话，可惜了。

还有一些口头表达方式，当时听起来很棒，但经不起琢磨。

前几天，参加了一个婚礼。一对新人都是高级白领，两张漂亮的脸透着聪明。证婚完毕，就是拜父母与公婆的环节，司仪宣布说，新娘有神秘礼物要赠送。然后，新娘拿了一双筷子，对公婆说："爸爸妈妈，从此以后，家里多了一个人，桌上多了一双筷子，儿媳如果做得不好，请你们多包涵。"这个转折出乎意料。一开头，大家看她拿出筷子，都以为她想用筷子的谐音，表示要努力嘿咻，快生贵子。想不到，是另一个意思。我要是婆家的人，就不同意。送双筷子，怎么能说成让人包涵呢？莫非是嫌婆家穷，才自带碗筷？

接着，新娘拜娘家的父母。这一回，送上的礼物是一碗清水，新娘哽咽着大声说："俗话说，嫁出去的女儿，泼出去的水。但我知道，女儿永远是爹妈心头那一碗清水。"新娘是北方人，字正腔圆，声音清晰地送入了每一个人的耳朵中，在座的不少人，都被整出了眼泪。

说实话，我也感动。但事后一琢磨，就想，打动人的是那份激情，是那前半句话。至于说，女儿是爹妈心头那一碗清水之说，可以再讨论。至少，将来我女儿出嫁，我就不接受这一句。当父亲的人，对女儿那种复杂的感情，岂是一碗清水能打发的？

最妙的说话方式，是那种质朴与原始的表达。

我有一朋友，是个饕餮之徒。美食当前，他总是在呜噜呜噜的吞咽声中，连连惋叹："好吃啊，好吃得都快哭起来啦。"

在无数妙语之中，这一句真真让人绝倒。

　　哭，是一种极端情绪的表达。喜可哭，怒可哭，哀可哭，什么都说不清也可哭。用哭这个字，表达他对食物的复杂感受与由衷感激，听起来怪，但一品味，真是美妙得无以复加。

　　很奇怪，对其他事物的表达，他倒是从不用哭这个字眼。比如，他不说，喜欢得快哭起来，绝望得快哭起来。他只说："好吃得都快哭起来。"

　　我猜想，他与食物之间，一定有什么古怪的故事。

爱如死之坚强

那天，出席一位朋友的葬礼。她的墓地边，有一块双人墓穴，碑上刻着夫妻俩的姓名，妻子是一九六六年生人，丈夫是一九六五年出生。妻子已经入葬，空着的，是还算年轻的丈夫留给自己的。

怔了一下，心中嗟叹：一个痴情的人，一个清醒等待终局的人。

没有人以为自己可以永生，但在未遇变故时，极少人会去想身后之事。打个不恰当的比方，生命就像你从上帝那儿买来的一次性消费品，比如电冰箱之类的。你知道冰箱是有寿限的，但你使用时，基本不会想它有报废的那一天。哪怕这冰箱，已老旧得噼噼噗噗快喘不上气了，你仍旧会不停地往里面塞着需要保鲜的东西。

有一位朋友，在一家银行的保管箱部供职。每遇颤巍巍的老人前来开户，总是好意提醒，是不是要另外设一个授权人？万一生病来不了，可以委托别人帮助你开箱取物。其实这种情况，不是万一，而是经常。朋友提醒老人家时所说的"生病"，其实是说：

对不起，如果有一天你快死了，或者突然驾鹤西归，那箱子里的宝物，总得委托一个人取啊。可惜，没有一位老龄客户能听懂她的意思。所以，就总有更年轻的人，要不断面对更繁复的法律手续。

千古艰难惟一死，谁会愿意估算生命的剩余呢。于是，最后的尴尬，就留给了后人。

有一位老大妈，每次来开箱取物，都要花费大半天时间。朋友无意中几次瞥见，她的小箱子中，基本上是日记本与信件。每次仔细检读完毕，她对两道锁钥都不放心，还要再装进一个布袋中，一针一线地缝上封口，然后再小心上锁。来一次，就拆一次，再缝一次。可以理解，那是她生命中至珍之物，或许也是至柔之物，永远不能让任何人碰触。有一天，大妈重病，女儿仓惶赶来，要办理授权。按规定，这些手续一定要主人在场的。想到老人那"临行密密缝"的模样，朋友不忍拒绝，破例上医院办理。在病床上，老大妈当着大家的面，一再交代女儿："东西不许动啊，身体好一些，我会去处理的。"回头又对大家自信地笑笑："只是暂时交个钥匙，暂时的。"

很不幸，暂时就这么成了永远。

《圣经》的"雅歌"说："求你将我放在心上如印记，带在你臂上如戳记；因为爱情如死之坚强，嫉恨如阴间之残忍。"不知道，大妈没带走的秘密是什么？但无疑她没有完成最后的心愿。如果那真的是一段不堪面对任何人的记载，惟愿她的亲人，哪怕不能宽宥她的举动，但至少尊重她的这份情感。

每个生命，都建立在时间之上。估准最后的时间，确实可以让人生更圆满些。

有一位好朋友的父亲，不幸患了绝症。老妈生性糊涂，一辈子都依赖着这个男人。听她说，那一段时间，老爸最经常做的，就是不停地叮嘱，这个东西是放在哪儿，那个东西又是藏在哪儿。有时候，怕忘了，还把东西找出来，让老妈看看，说："记住，是在这里啊。"每一次，都被她老妈打断："这些干什么？"老爸离开后，她老妈真的是丢三拉四，摸摸索索，连身份证都找不到。让人心酸也让人惊喜的是，有一天，在一个抽屉里，家人发现了老爸专为老妈开列的物品清单。

西哲说，记住你将死去，意味着认识你自己。朋友的老爸，想必通过这些叮咛，回顾了自己琐碎与温暖的一生。万物终将凋亡，但只有人类生命的殒灭，才可以这么温暖，这么从容。

记得大概是三十年前，在崂山脚下的一个院落里，我七十多岁的姥姥，一边与我妈妈及三姨聊着家常，一边缝着她自己的寿衣。每针每线，都显得那么随意。三姨伸手摸了摸那衣服，说："多絮上一点棉花吧，暖和。"姥姥笑笑："到了那个时候，还会怕冷吗？"

姥姥大约是在近二十年后，才用上这套衣服的。我一直记得，那天傍晚的斜阳，记得院子当中那张放着针线的矮桌，记得姥姥那温婉平静的微笑。

古往今来，有许多先贤圣人，希望自己因死亡而不朽。而我的姥姥，大概可以归入希望自己"速朽"的那类人吧。

此时正是凌晨。在刚才下班路上，与一位同事聊天，又探讨起所谓"人生价值"。这位博学的家伙告诉我，自有人类以来，地球上已死去了八百亿人。在这浩渺的时空中，在这八百亿的人海中，崂山脚下的一个老太太，至今还有人爱着她念着她。对她而言，这也算是有"人生价值"了吧?

女版鲁智深与好小三

有一位女士，长相周正，气质可亲，待人善良，偶露风情。某日饭局上，大家表示，要当场为她立个牌坊。谀词如下：好领导、好同事、好朋友、好邻居……说到这儿，就卡壳了，按惯例是要凑成"五好"的。一位朋友情急之下，怯生生补了一句："好～小～三。"

想不到，大家纷纷首肯，并说应该调整词序，把"好小三"列为她品行的首位。更想不到的是，该女士喜不自胜，立即遍发短信，将这一荣誉诏告天下。

依照该女士坚定的爱情信仰，以及受我党教育的情况，她显然当不成小三。不想当小三，为什么又把小三的名头当褒奖呢？解开这个问题的麻烦程度，跟引导小三穿上贞操裤的难度相当。

真正优秀的小三，是要有很苛刻复杂的条件的。比如，当晚饭局的局务会议上，一位"妇女之友"循循善诱："小三的首要条件是什么？"在座的所有情场女战士，异口同声："当然是漂亮啊。"

这样的答案，不要说"妇女之友"想抢起板凳，就是从饭店大门口拽一位保安进来，听了也会当场吐血。

有一位朋友，极有人缘，她的工作呢，是要与贵重财物打交道那一种。我还是不说具体职业，省得又挨她骂。这么说吧，她服务的对象中，每一百个人中，大约有三两个明显是小三。在她看来，至少可以说，小三们都待人周到，颇有教养。我特地问她："有绝色的吗？"答："没有。"又问："有身材火爆的？"答："没有印象。"再问："从男人那儿能弄那么多钱，总有什么出色之处吧？"结果遭到痛斥："丑小三有的是，你以为女人全都靠脸蛋啊！"

所言极是。小时候，妈妈教我警惕坏人时，每每训斥我说："你以为坏人额头上都刻着一个坏字啊？"同理可证，小三额头上也没有刻妖字啦。事实上，反而多次目击，大婆撕扯小三时破口大骂的狐狸精小妖精，看上去，一点也不狐不妖。而且，屡屡让人大跌眼镜：那长相气质，比正室所差远矣。

弗洛伊德学派中有一种理论说，所有事物都有男女象征，凡是凹状物都是女性，凡是凸状物都是男性。比如，抽屉是女的，抽屉之把手就是男的。顺着这个思路，也打个比方，男女关系就像螺丝钉与螺母帽。那种娇媚的小三，当然是标准件、通用件之螺母。身为男人的螺丝钉，都以为可以严丝合缝地旋上这种通用螺母。可是，生活不是工厂，标准件通用件，明显不如非标准件来得多。

还是回头说说，饭局上这位好领导好同事，为什么偏偏被鉴定为"好小三"？

那是因为大家认为，在她的花容月貌之下，柔声细语之中，藏着一颗鲁智深的心。也就是说，她是一位女版鲁智深。

女版鲁智深，当然不仅仅是说，凭着她的身板，可以在情场上拳打镇关西，倒拔垂杨柳；而是说，大家都喜欢她那种荤素不忌，又冰雪聪明，偶尔装装迟钝，其实拿着一把禅杖在野猪林里等着你的样子。她在情场上舞禅杖是什么样，估计是看不到了，说说朋友与她怎么相处吧。

比如，有一次，一位有名的绅士请吃饭，挨个给女士打电话请示，有什么忌口啊，爱吃什么呀，把细节一一落实周全，唯独不需要给她电话。她做委屈状："凭什么这么对我？"该绅士期期艾艾说不出理由，其实大家在心里都觉得，她就是一哥们，用不着嘛。当晚，有人带了好几种柚子，柚子皮剥得大家手忙脚乱。她轻喝一声"菜刀伺候"，服务员送上利器。顿时，玉手翻飞，寒光绕腕，那柚子即刻褪尽衣服，如少女出浴。

看上去，她可以对付一切麻烦。可是，江湖上却传说，这女哥哥，平时口齿伶俐，可以舌战群友，但在单位里跟人争执起来，往往又反应迟滞，对人家的怨毒，事后才明白。这种"迟钝"，大家都怀疑，是不是像鲁智深打制禅杖一样，是特意挑选的斤两。

在婚外男女关系上，男人其实是最懒惰，最没有长久打算的一方。所有的浪漫，所有巧思，都是为了诱对方共赴巫山。接下来的事，他也不是甩手不管，但总希望对方像鲁智深对待好友林冲那般，只默默关注，还能出入野猪林，帮他解决麻烦。

这么说吧，这个世界，九成的男人，都幻想有一个小三；但同时又有九成的男人，处理不了小三带来的麻烦。他当然希望，这个可爱的女版鲁智深，能为他舞禅杖，而且有把握这禅杖不会砸在他头上。

女人呢，没有几个是喜欢当"专业小三"的，但看着小三们攻城拔寨，也知道人家实力非凡。所以，这位女版鲁智深，忽然被众人认可有小三的实力，能不高兴？

悖论是，女版鲁智深最适合当小三，但以女版鲁智深之"迟钝"，小三阵容里又永远不会有她。真是愁死男人们了。

鸡鸡卡在板凳上

一位好朋友，快奔五的人了，最近忽然热衷起数学来。每日回家，不论多迟，先认认真真做几道数学题。他说，从早到晚，小心看着领导扬着的下巴颏，孙子当累了，做几道题，清一清胸中郁结之气。

用数学公式修复自尊心，不是谁都能做到的。另一位朋友声称，他的排遣方法比较简便，且易于推广。最近，有一位老中医告诉他，每日提肛三百下，既可防痔疮，又可锻炼小鸡鸡。所以，每次开会，都是他做提肛运动的时间。一到会场，他总是面色沉静，眼如秋水，全神贯注，不时微微颔首，露出心领神会的微笑。那样子，是一个多么恭顺的下属啊。其实，伴随着领导铿锵有力的发言，他正在欢快而有力地收缩着肛门呢。

这两位朋友，都是办公室主任。按照眼下的体制生态，不论是谁当上龙头老大，都等于占有了单位的所有资源，他所管辖的人、财、物，当然也可以任意支使。一般说来，办公室主任，对老大来说，也就是一个家奴。老大的公事私事，好事坏事窝囊事，都得尽心服务。 但凡能当上办公室主任的，肚子里都有点墨水。让有墨水的家伙做憋屈的事，他的排遣的方式，也就比较有创意。坐在领导对面，以括约肌与会阴部的抽动次数，来打发时间，听起来变态，其实可以归入健康生活之范畴，予以推广。

拜职业所赐，这半辈子，我认识的办公室主任，加起来估计有半个团。多次听他们叹苦经，说这个位子坐久了，连胡子都长不出来。

有一老弟，当了三年的主任，有一段时间，那方面忽然就"不行"了。某日，终于找到一位名医。医生问病史时，知道他是办公室主任，微微一笑，点头说，嗯，这就是了。出门时，医生没头没脑地冒了一句："这主任，不当，行吗？"这老弟，主任当了一千多天，早就炼出了听话听音的本事。回去想尽办法，终于挪了位置。忽一日，雄风再起。惊喜之余，回头再问那医生，才知道，他这叫"心因性ED"。在办公室主任的行当里，虽不敢说是"职业病"，但这医生撞上的，还真不止他这一位。

这老弟，从来是个性子刚烈的家伙，成天赔笑讨好的生计，实在是憋坏了他。他的这段曲折，虽有医生的说法，我仍然认为算是一种特例。如果一装孙子，下头就立即陷于萎顿，那么，这个社会早就没有人能够当老大啦。没有孙子，哪有爷，是吧？

这个社会，从来就是等级社会。装完孙子，一转身还是爷的人，估计要占一大半。再大的领导也是孙子，他在你这儿当爷，在另一些人跟前就是龟儿子、灰孙子。这话，我经常拿来开导被迫当孙子的朋友。

时间流逝的一大妙处，不只是看着孙子慢慢长成了爷，还可以看威风凛凛的爷，忽地一下又成了孙子。

早年间，我与一个书记打交道，每次都是随着更大的书记去的。虽说我也是孙子，但人家是把我当爷待的。弯着腰敬酒，搂着肩说话，极尽谦恭之态。也许是"孙子兵法"学得好，嘣的一下，人家就成了我上司的上司。隔着辈呢，说是我的爷，那是名副其实的。好在我跟他直接打交道不多。同事回来描述，送材料时，有些时候他是不看的，只是捻一捻稿纸："怎么这么薄，回去多写点！"有一次，等他审稿到了午夜，同事不敢催，只好由我来打电话。结果，在觥筹交错的背景声中，他对我这个当年的爷、如今的孙子咆哮："催什么催，你的任务，就是等到天亮！"放下电话，我就哈哈大笑。他这么当爷，估计距离重新回去当孙子也不远了。

爷当得久了，有时候会产生错觉，忘了上头还有个更大的爷。所以，往往一遇情况，就近于崩溃。十几年前，有一个局长，突然被市委书记单独召见。结果，吭吭哧哧说不出话，一下子紧张得晕倒了。此事让书记极为恼怒，斥之为"心理素质太差"，最后免职了事。

多年前，我跟着一位上司，去参加书记的现场办公会。这种场合，一般说来，我们只是旁听的角色。谁料到，书记突然开腔对我的上司说："小X啊，这件事你们回去要……"顺便说一下，这小X比书记至少年长十岁，但很多当爷的习惯，叫下属一律是"小X"。事逢突发，这小X当场目瞪口呆，随后，不停地专注点头，以示认真领旨。最后，又嘴唇苍白地表态："书记，我们坚决照办，回去一定抓紧落实。"

比较有喜剧效果的是，书记一转头，他赶紧附耳小声问我："书记刚才说的是什么啊？"原来，那一阵子的紧张，使他的头脑完全陷于空白。他的专注点头，他的"坚决照办"云云，都是装孙子的下意识表现。

看着平时颐指气使的大爷，忽然在孙子的角色中进退不得，真让人心生怜悯。这种情形，屡屡发生，有朋友形象地称之为："鸡鸡卡在板凳上。"

把心给你，身体是自由的

　　一直以为，所谓小三，就是二奶的一种可爱的别称。不料，前两天被一位小姑娘教育了一下，才知道，小三并不是二奶的升级版。她说，二奶是被包养的女人。小三就完全不同，可攻可守，可以把心给你，身体却是自由的。然后，她很耐心地问我："懂了吗？"

　　我赶快点头，但还是似懂非懂。其实，有些婚内的男女，虽然不做小三，但在他们来说，最理想的状态也如此：把心给你，身体却是自由的。灵与肉的冲突，是人类永恒的内在矛盾。

　　早几年，有一位朋友，离婚动静闹得挺大。动静大，并不是说摔盆打碗砸家什，而是说，看去一向恩爱的夫妻，说离就离，大家舍不得，只是谁也劝不到点子上。一天，有朋友探营回来，把情况一说，谁也不敢再劝了。

　　原来，闹离婚的这朋友有一次上医院，不知怎么地，医生就说起，腮腺炎能引发男性不育。这哥们笑了笑，心说，我家里那高高大大的闺女，难道是捡来的不成？回家后，上网一查，十几岁的男孩如果得了腮腺炎，不小心容易转成病毒性睾丸炎，可能造成不育。对照一下自个的情况，心里就有了阴影。一段时间后，磨蹭着上医院一查，天哪，自己果然没有生育能力。这事到此就罢也好，偏偏他又想，也许我的精子还有漏网之鱼呢。抱着侥幸，偷偷取了女儿的标本，但结论不侥幸：亲子几率99.99%不相合。

墨菲定律说，事情有两个发展方向时，一般总是走向坏的那一面。到了这个程度，这哥们不往坏的想都不行了。他开始阴沉沉地跟踪老婆了，还真让他发现，与他老婆暧昧来往的一个男人，真的比他更像女儿。

不是说，大家都向往"把心给你，身体却是自由的"吗？依这朋友看，女人真的是把心都扑在自己与女儿身上，可身体至今不完全属于他，这也是真的。这种情况，发生在男人身上，是寻常事；发生在太太那儿，他想破脑袋，也不明白这是为什么。

前几天，几位朋友又重新聊起此事。在座的三位老男人整齐地叹了一声，都说，忍了吧。一个上了初中的大闺女，这当爸爸的，要投入多少感情啊，岂能白白送了人？忍了，好歹还有一个女儿在嘛。

这种世俗利害的权衡，在没有落到自己身上时，原本就该这么计算的。天下的老男人，都会这么算的。"人质"都被胁迫了，似乎只好一咬牙一闭眼，什么自由都给。可现实的结果是，再猥琐的老男人，估计也是"给自由，毋宁死"。

"婚姻诚可贵，自由价更高。"现在的年轻人，似乎对婚内争自由更有研究。比如，有个小哥就说过，婚姻其实就是夫妻合股经营，总公司当然最重要，等总公司稳定了，分公司是肯定要开的。这就像才在网上流行的一种说法：现在哪有空谈恋爱啊，等结婚以后，再来搞婚外恋吧。

我知道，有一对男女，就是这么成立"总公司"的。老婆在外头当"万人迷"，穿梭于铜锤铁琶之间，到处拆家毁庙，艳名远播，只瞒着一个男人。这一头呢，男人也秘密开起了"分公司"，眠花宿柳，软玉温香，快活无限。谁晓得，有一天，那男的被老婆当场堵在了被窝里。虽然那女子的艳名，尽人皆知，无奈人家先掌握了证据。没法子，一打起官司，男的立刻成了"过错方"，家产被分走了大半。很多朋友都为那男的不值，不过这种事情，规矩向来如此。虽然都是总公司下的子公司，但两个分公司是互不承认经营权的。所谓"王不见王"，谁先见光，谁就先死。

自由是对等的，这个道理，没人不懂。可是，大家又都侥幸地认为，自由是可以悄悄享受的。于是，热闹好看的剧情，就不断上演。一位法院的朋友就告诉我，"分公司"之间扯破脸的，有越来越多的趋势。不过，比较让人费脑子的是，"分公司"们虽以破产告终，但大都以真情表示，其实还是更爱"总公司"的。看来，身体要争自由是真的，"把心给你"云云，也所言不虚。

前两天，看一位小哥在博上叹曰："中国两性关系，面临两千年未有之大变局。"深以为然，不要说两千年，就是二十年来之变局，也让人云山雾罩，乃至惊慌失措。有一段时间，我身边的所有好朋友，一个不落，全都劳燕分飞，整得我们这对柴禾夫妻，心中七上八下，想不悲壮都不行。

防剪刀，还要防马桶

男女关系，是世界上最危险、最复杂的关系。两性之间，一旦纠结了怨怼，远比你死我活之类的决绝，还要恐怖十倍。

这一轮值班，碰上的事体，很难让人不对男男女女情情爱爱，觉得灰心与怀疑。

值班的头一天，一对小夫妻大清早吵架，那女子把男人的小鸡鸡剪了下来，而且眼明手快，扔进马桶冲走。男人被送进医院时是七点半，下半身全被染红，阴茎只剩下2.5厘米。医生非常惋惜，说本来完全可以接上的。医生之惋惜，是职业化的。这样难得的手术案例，无用武之地，真的很遗憾。可是，这男人此生再无用武之地，才是真正的悲剧。

这个新闻，估计能让所有男人脊背发凉。盖因"剪鸡鸡"之事常有，"扔进马桶冲走"之事不常有。以后，男人不但要防剪刀，还要防马桶。这个世界太危险啦。

此类事，值班时总能碰上。做个不太精确的统计，一年下来，被女人没收掉的小鸡鸡，总有那么五六个；如果碰上好年景，被收割走的估计接近两位数。这个数据当然不精确。权威数据，得到各家医院的泌尿外科去统计才行。

这一次，略让人觉得蹊跷处有二：一是，从前总是发生在大半夜，看着熟睡如死狗样的男人，女子万般仇恨才化为利刃。这一回，时间在大清早，两人都在清醒状态之中，此为一奇也。二是，据同事访问回来的消息，女人是"趁其不备"下手的。如何"趁其不备"，语焉不详，估计那女子也不肯说。大清早吵架，还能"趁其不备"，此为二奇也。

在媒体谋生久了，早已见怪不怪，此次平中见奇，也算不易了。所以，一位女同事忍不住口占绝句："删繁就简三秋树，标新领异二月花。"对女人的快意，我虽然表示理解，但对其中的诗意略有异议。按南国时令，前几日还暖和，勉强算深秋吧。持剪之女子，把男人身上看不顺眼的多余枝丫，啪的一声"删繁就简"了。"删繁就简三秋树"，尚属说得通。"标新领异二月花"？把归了她的鸡鸡，扔进马桶冲走，这一点算是够标新领异的，但这"二月花"，是永远盛开不了啦。这样的女人，肯定没有机会梅开二度了。

女人是强烈的情感动物。如果在有情无性与有性无情这两者中，一定要做个二者只能取其一的绝对选择，女人基本上会倾向前者。男人嘛，不用说，一定是更趋向于后者。在这一点上，我很同意女人的痛骂，男人没有一个好东西。是的，男人确实是性的动物。这个烈性女子，遇上的肯定是老套的花心故事，她选择在情感与性上，都跟男人同归于尽。可惜。

其实，这个世界上，靠不住的男人太多了。大多数女人眼界太狭窄，只盯着男人的鸡鸡，认为只要小鸡鸡不负我，必不是负心汉。其实，真的是误会了。

第二夜值班，碰上了警方刚破获的一起抢劫案，受害者是开饮料店的一对夫妻。劫案发生在夜里十一点，饮料店打烊后，这对小夫妻共骑一辆电动车回家的路上。黑暗中，一男子蹿出，拦下车子，挥刀就砍，妻子腰部中刀倒地。然后，同事写道："张先生见状，马上骑着电动车向相反的方向跑。不料，草丛中又冲出三四个持刀男子，将他团团围住……"

真是让人悲哀啊。似乎，坏人更了解这男人的本性。注意，张先生是向相反的方向跑的，而劫匪正好也埋伏在反方向。也就是说，如果他救起妻子，再向前冲的话，他们也许可以逃脱的。可是，张先生偏偏要丢下妻子，还偏偏要向反方向跑。

这样的负心，出自本能，并不比小鸡鸡的背叛更可恶，但就是更让人悲凉。一位女同事在我的值班室大发感慨：男女之间的关系，真是奇怪啊。两个毫无血缘的人，就因为有了共同的孩子，就得拴在一起，还得装得恩恩爱爱。我不知道，她的感叹是否另有私人的背景。小鸡鸡们的背叛见得多了，这种稍显另类的负心方式，确实容易让女人更受刺激。女人本来就极端，另一位女士所发感慨，则让人更加疑惧："不用剪小鸡鸡，碰上这么倒霉的男人，拿一把刀，直接抹自己脖子算了。"

人这一辈子，总有被爱情照耀的一瞬。这一瞬的闪亮，也许可以抵得过很长时间的灰暗，但总的说来，灰暗与无趣，是男女关系的最终走向。也不是没有相对长久的甜蜜，但甜度越高，未来的危险等级也越高。一个人，如果把所有的寄托都放在男女感情上，确实是等于把所有鸡蛋都放在一个篮子里，太危险啦。

几年前，一个情人节里，在火车站广场上，有同事碰上了一个背双肩包的姑娘，拿着扫帚认真扫地。以为她是挨罚了，一问之下却大为感动。原来，她是爱上了一位小伙子。这小伙子嫌她人还不够贤惠、善良，她干脆拿着扫帚上这儿历练来了。

事隔多年，又想起这事，不是我刻薄，不知道那把扫帚，后来有没有幻化为一把明晃晃的大剪刀？如果，当时那小伙子过于享受这种甜蜜，我就很担心，他的小鸡鸡如今还在不在？

总的说来，在男女情感问题上，智者往往也是悲观论者。灰暗与无趣，是情感的终极走向，而情感的绚烂本质，又注定使人无法忍受灰暗与无趣，于是，逃避就成了惟一选择。当然，有时是灵魂的逃离，有时是小鸡鸡的背叛。

智者不选择逃离，而是慢慢享受灰暗的柔软。

云缝中透出的灿烂威严

最让我共鸣的父亲形象，出自散文家鲍吉尔·原野的笔下。

这个父亲笑容可掬，但往往在儿子夺路而出，急着去小便时，喝令他去厨房把烧开的水灌入暖瓶。儿子只好拎着铁壶，在冉冉热气中痛不欲生地灌着水。流水声使他将两腿紧紧夹着，身子扭来扭去。

鲍吉尔·原野说，这是世界上独一无二的酷刑。

我那一代的父亲们，确实比较难以捉摸。比如，大家蹲在院子里的泥地上，正玩得专注。冷不防，一位父亲走过来，弯下腰，伸出手，毫无表情地拎起一位孩子的耳朵就走。于是，那孩子就一路向上歪着脑袋，一手护着耳朵，一只脚半跳着，哀哀叫着回了家。其他孩子只是抬头看看笑笑，继续着自己的游戏。类似情节，一天得发生好几回。好像父亲们与孩子们都有默契，没人关心这是为什么。

在我们家，老爸是我妈最后的"核武器"。事态最严重时，老妈一般会放出狠话："等你爸回来，看你怎么办！"认真回忆，好像老爸最多也就是揪揪我和妹妹的耳朵。暴力基本上出自老妈，但奇怪，我们就是害怕老爸。

当时，家里有一台熊猫牌电子管收音机，体积比眼下的微波炉略小一点。那几天，老爸上县城开会去了，我在四个旋钮之间折腾着，很快收音机就成哑巴了。这收音机的重要程度，大约比得上现在单位里机房的服务器。你想啊，打碎一个碗，都得挨上一顿揍，这一回简直就是滔天大罪了。老妈束手无策到都忘了揍我，只是一直念叨："好好等着你爸吧！"

那段时间，我们家被下放至一个偏远的公社。每一回，爸爸从县城回来，都是我与妹妹欢天喜地的时刻。爸爸一进家门，总会掏出撒着白砂糖的面饼，一般是五个，用草纸包裹得很严实。一层一层解开时，几乎就是一种仪式。可这一次，爸爸进门后，解开纸包的过程，每一层对我都是一种折磨。我巴不得老爸立马去开收音机，好让屁股早一点承受该有的灾难；同时又想，最好爸爸今天不去动那破收音机，能迟一时是一时。

终于，老爸坐下来，满脸笑容把手伸向那个"定时炸弹"了。

"嗯？"他的笑容凝固了，回头疑惑地看了看妈妈，又盯着我。我多灾多难的屁股，久已等待的重要时刻终于到了。很奇怪，每遇大事，我永远记不清老爸威严与咆哮，只记得老妈在我的屁股上如何严格落实政策。

顺便说一下，我老妈动手时，一般是以肉掌相击，很疼。当年小朋友们口耳相传，有一种"断纹掌"打人极狠，有时能一掌毙命。我仔细研究过，老妈的掌上就有一条纹路，惊心动魄地横贯整个掌心。比较让我自豪的是，每次老妈打过我，就抱怨手疼。于是，她常有改进兵器的想法，说应该用细竹枝扎成一束，教训孩子比较好用。

成年后，我才知道，在印度与巴基斯坦的集市上，就有一种固定摊贩，专卖打孩子的藤条与竹枝，家家户户都在厅堂悬挂着此物。可见中国人观念落后，没人想着开发一下"打孩子经济"。有朋友听我讲起此事，笑说现在终于有地方买了，比如成人情趣店里，就有皮鞭嘛。你如果不喜欢打大人，用来教育孩子也行。在场人士听了，齐声"啊呸"了一回。

老妈年轻时是个大美人，所以走到哪儿，都常有人问我："你妈在文工团工作过？"每次我都表示最强烈的异议："你妈才在文工团呢！"这个绝对暴力的"文工团"，虽然动不动就对我和妹妹痛下狠手，很奇怪，我们倒是一点也不惧怕她。惧怕她的，只有老爸。

我老爸在当兵之前，当过两年小学老师；转业之后，干的活儿又基本上是文秘一类，似乎没有理由不斯文。在"暴力文工团"的笼罩下，老爸基本上不用对我们动手。他越是不动手，我们就越怕他。于是，父亲就这样在云缝中透出了他灿烂的威严。什么叫"威慑"？就是像老爸这样，"大棒"在手，但基本不用。

这个原理，很小我就想明白了。比如，舅舅每年都会从山东托运一筐苹果过来，路途约需一个月。苹果抵达福建，大约会烂掉半筐，然后老妈再送给左邻右舍一大半，只剩下少许几个。最后，往往会留一个最好的，放在房间里闻味。那时候的苹果，总是浓香扑鼻。有一次，我从镜子中看到，苹果冲墙的那面有一点破损，下午就成了一个小缺口，次日，缺口又成了月牙形。"蛀虫"当然是我妹妹。很自然地，对妹妹，我也挥舞起威慑的"大棒"："你不想让妈妈知道吧？"那几天，我真是作威作福啊，把妹妹使唤个够。她稍有反抗，我鼻子里"嗯"的一声，就立刻能够扎实地"维稳"。

那一代的父亲都不大管教孩子。所以，他们的威严，只是一种抽象的威严。后来，读到宗教学家的一种论述，说人类的宗教，分前后两期，前期是母权宗教，之后才是父权宗教。意思是说，人类最终是按父亲的形象来塑造上帝的。以我经历看来，父爱确实颇像上帝之爱，居高临下又暧昧不明。

印象最深的是，他花了好几天时间，做了一个木头小卡车，让我用绳子拖着玩。可是，我才玩了一天，就被他勒令着，送给了邻家的孩子。我至今没想明白，老爸当时想干什么。莫非，我们家的这个"上帝"，想用大喜大悲考验一下孩子？

有一段时间，我们家住在一个村子时，老爸骑着自行车，在两公里外的工厂上班。每天傍晚，我跟妹妹都眼巴巴地等在村口。远远地看见老爸，我们就狂呼着迎上前。每次，老爸只是淡淡地看我们一眼："跑什么！别摔着。"他不停车不下车，速度如常。于是，我们就像颇有古风的马弁，徒步尾追着大将军的坐骑，一路绝尘，狂奔回府。

弗罗姆说，父亲的本性在于：他发布命令，制定原则与法律，他对孩子的爱取决于孩子服从他的程度。我基本同意这一说法，稍有补充的是，孩子大都是在对父亲的反抗中，继承了父亲相对负面的人格特质。而且，这一反抗与继承，总有一个标志性事件。

比如，希区柯克小时候顽劣，四岁时，父亲为了吓唬他，把他交给了一位警察朋友，关进了监狱。虽然只关了短短几分钟，却让他终生难以摆脱恐怖的感觉，就此成了恐怖悬疑片大师。卡夫卡童年时，夜里在床上呜呜咽咽，父亲一怒之下，把他揪至阳台，关了房门让他一个人穿着背心在那儿站了很久。三十七岁时，卡夫卡还对父亲写信说起此事："您获得了所有暴君所具有的神秘品质。""只有在您的怀里无法感伤的东西，我才到写作里感伤一番。"

可惜，老爸不知道这两个故事。不然，他一定后悔自己的威严，还不够凌厉；后悔自己所伪装的淡漠，不小心流露出了暧昧的暖意。但不管怎么说，至少，父亲对那辆木头小卡车的予取予夺，从此让我对美好的东西，保持着适度的警惕；每得到一点点美好时，就预备着随时遽然失去。

小妖的幸福问卷

在花林粉阵边上行走多年，也算识得一些奇女子。比如，有一位叫粲然的，依我看，妖气指数在福建可以排名第二。之所以不列她为第一，是不把话说得太满。山外有山，妖外有妖。妖媚手段超过粲然的，说不定也有，只是我没见着。

最近，粲然办了本杂志，叫《幸福生活指南》。前几天，派了一位听起来像在瞌睡的男生，向我作"幸福问卷"调查。

问卷与我的答案如下：

1.小时候你觉得幸福是什么样的？

答：有电影可看。

2.回忆中最幸福的时刻是怎样的情景？

答：还是小时候，电影开映前那三分钟，幸福得几乎战栗。成年后，初夜的感觉不如这个。《南征北战》片头的解放军进行曲，每次听到的印象，不是激昂，而是幸福。这曲子，如果放慢三倍演奏，估计就是幸福进行曲。

3.你觉得现在的生活状况称得上"幸福"吗？

答：不算吧。幸福这个东西，在时态上，永远是过去时，或者是将来时。

4.当感到幸福时，你会做什么？

答：会有一些隐私的身体表达方式。还是不说了吧。

5.记得谁曾跟你谈论过"幸福"吗？

答：不记得。只见过表示得意的，没见过说自己幸福的。

6.你现在梦想的幸福生活是怎样的？

答：在邮轮上生活，不用上班，特别是不用上夜班。

出这份问卷的粲然，自己幸福不幸福，谁也不知道。不过，朋友们都知道，她倒是常常给人以片刻之幸福。

比如，粲然一去请假，领导内心就极端幸福。因为，粲然请假的理由，基本上是快"血崩"了，不回家就会立刻香销玉陨；要不就是男友万里归巢，要马上回家"嘿咻"，不然自己会在办公室里崩溃。如此娇媚的请假方式，领导肯定会有"救人一命胜造七级浮屠"的幸福感。

有一次，请粲然两口子吃饭。席间，我讲了一个鬼故事。这小妖顿时抖成一团，钻进她男友的怀里，从手指缝里看着我："怕啊！"她那坚贞的男友，立即挺起小胸脯，幸福地瞪着我，一副"再说下去俺就掐死你"的样子。其实，那鬼故事，还没粲然自己的小说恐怖。

幸福这东西，说穿了，就是大脑里分泌的内啡肽。粲然的本事，是一时兴起，就能控制一下别人这点可怜的化学物质。

在幸福的探讨上，我属于玄学派。幸福之有无，就如圣经"传道书"的首句："虚空的虚空。"每年都有几大城市幸福指数排名，排名靠前的城市，总有人骂娘。除了上新闻联播，基本上没人敢说自己幸福。大而化之，说一个国家的人幸福，勉强可以。如果指名道姓地说谁太幸福了，谁就会认为这是在骂他。

依我的经验，有关幸福的感觉，连想一下都有危险。什么时候你感觉这阵子好过了一些，什么时候灾祸就会循环而至。

比如，我小时候多病。什么时候身体好点了，但只要有一个人说，不错嘛，这孩子多精神啊。话音刚落，我就得来一场高烧，或者闹一次疟疾什么的。所以，我老妈一听到谁夸我，就着急上火，立马变脸骂人家"胡说八道"。原以为，这只是我们的家传迷信，后来看到犹太人变本加厉的习俗，才明白"吾道不孤矣"。

据说，在传统的犹太家庭，如果你夸他孩子鼻梁正，他会很认真回答："哪儿呀，这鼻子长得又歪又难看！"如果你又夸这孩子结实，他就会急赤白脸地说："你看你看，他面黄肌瘦，风一吹就完蛋啦！"你要是不识相还想再夸，他就要跟你拼命了。

可见，做人要低调，好事说不得。这道理，确实是人同此心，不分种族的。卡夫卡就说过，心脏是一座有两间卧室的房子，一间住着痛苦，另一间住着欢乐。人不能笑得太响，否则笑声会吵醒隔壁房间的痛苦。

幸福是什么？照我看，幸福就是一种巅峰体验。什么事如果到了顶，就得往下跌。你能永远赖在峰顶上？所以，当你真的感觉"幸福死了"、"舒服死了"，一定要警惕。仔细悟一悟，可能这就是人生中一个可怕的转折点到了。别轻易说自己幸福。一定要认为幸福，那也只当是在追求幸福的台阶上，有了一点"类幸福"的感觉。

中国人传统的幸福，主要在人生的四个时刻："久旱逢甘霖，他乡遇故知，洞房花烛夜，金榜题名时。"听起来，似乎总结得恰当。可是，后人对这四大幸福作了一点补充，成了一个有趣的段子，比较符合所谓幸福人生的一个固定走向。

段子如下：

久旱逢甘霖——太多！

他乡遇故知——借钱！

洞房花烛夜——不行！

金榜题名时——别人！

哭泣的几种流派

　　成年后，我当过多次的怂包软蛋，也干过一些颜面扫地的事，但惟有一件事我做不了——流眼泪。我的泪腺没有问题，在电影院里完全可以哭得稀里哗啦的，但只要身边有任何一个认识的人，眼睛就立刻如同枯井般干涸。

　　我的老婆与女儿对此都很好奇，曾经多次问过：你哭起来是什么样的？估计她们看不到答案。连我自己都不记得，前一次哭泣是什么时候。我老爸今年八十了，我也从未见过他的任何一滴泪水。

　　泪水，是一种很高贵的液体。虽然化学成份普通，比如，美国科学家就研究过，喜泪的味道比较淡，悲泪与怒泪的含盐量就大得多。可是，不管怎么说，灵长类动物中，能够流出泪水的只有人类。

　　前一段时间，观赏故事片《风声》，特别注意到，在片末，李冰冰的泪水是单行的。也就是说，她只用一只眼流泪，就把我们感动得死去活来。厉害啊。有一次看台湾电视，几位演员搞飙泪比赛。其中一位,朗读一份菜谱,居然也能读得热泪潸潸;放下菜谱,又立刻谈笑风生。可见,职业化泪水的威力,就在于收放自如。

普通人千万别玩这哭戏,否则一哭起来,就往往止不住。

十几年前,我有一位大胡子男同事,很豪放很可爱。有一次,喝过酒后搂着我大放悲声,哭得惊天动地。那是在内地,大冬天,我穿着一件羽绒服,他哭得动情,在我贵重的羽绒服上,一把鼻涕一把眼泪的,都抹在我肩膀与后背上。待他转哭为泣,已是大半夜了。出得门来,在月光下,我的后背寒光闪闪,如披了一层铠甲。"座中泣下谁最多?江州司马青衫湿。"人家动情,泪水自然是流在前襟;我不伤心,泪水当然只能湿在后背了。

后来,我才听说,这单位里还有一女士,与这位大胡子一样,也是一喝就醉,一醉就哭,一哭起来就得搂人,一搂着人就不放手。这两人回回如此,哭得很是畅快淋漓。我呢,运气不好,没被那女子搂上,被大胡子给抱住了。

不论哭泣有几种流派,泪水永远能够打动人。

我女儿小时候,泪水多得离奇。只要被严厉地看上一眼,立即眼泪汪汪。她的哭法,基本上属于婉约派,嘴里没有声音,只听得见眼泪吧答吧答。三两分钟,衣服就湿透。那双大眼睛,完全是一对关不上的小水龙头。所谓哭成"泪人",应该就是这令人心碎的模样吧。奇怪的是,她拭泪的方式,却是一个彻底的豪放派:握着两个拳头,用拳面使劲揉着眼窝。所以,她一旦哭起来,我从来不喊"住嘴",而是要大叫"住手",盖因怕她把眼睛给揉坏了。再后来,读豪放派词人辛弃疾的名句:"倩何人,唤取红巾翠袖,揾英雄泪。"我就很不服气，一个大老爷们，擦眼泪还得找个小姑娘，明显不如我女儿，算什么豪放派嘛。

不明所以的泪水，如果流得恰到好处，就像拍得极妙的言情连续剧，更能让人长久地牵绊。

有一回，与同事一块，开着车与一辆公交平行。公交前座的车窗边，一位年轻女子泪眼婆娑。为了不让车上的人看见，她只能把脸冲外。看得出，她一直在强忍泪水，紧紧抿着嘴角，不时有一点抽噎，所谓饮泣吞声是也，表情忧伤动人。我们两个大男人，一路上都在猜想，谁给了这女人这么大委屈？真是罪该万死啊。这种时候，男人最易涌起怜香惜玉之情。所以，聪明的女人，遇事千万别撒泼；即便你长得再可爱，也不要涕泗滂沱。更好的方法，就是将泪忍着，将流而未流，对付起男人来，必定无坚不克。

概率比较罕见的，是那种搞怪式哭法，先抑后扬或先扬后抑，总之剧情跌宕，让人怜悯，又引人发噱。这类哭泣，对哭者与观者，都是神经坚韧度的一种考验。

有一回，在一个车祸现场。我的一位同事，看到一位妇人坐在地上，怀里搂着一个受伤的男人，哭得极其凄惨，嘴里的哭调是："你可不能走啊……你要是走了啊……我们一家老小可怎么办啊……啊啊啊……"看着这妇人哭得哀婉动人，念及世界上又多了一位无助的寡妇，见惯车祸现场的同事，忍不住还是上前边安慰。

不料，这妇人哭着答："啊啊啊——他不是我丈夫，不是啊！"

同事以为她哭昏了神智："那你丈夫呢？"

她指了指蹲在路边的一个男人。原来，她的丈夫，就是撞了人的司机。那被她紧紧地搂着的，为之嚎啕的伤者，是一位陌生的男人！

好像也不能说她不该哭，但这种哭法，真的有一点像周星驰电影，而且结局又特别像韩国的反转剧。碰上这种哭法，要不笑是艰难的，但要真的笑出来，又颇为残忍。所以，在哭场中，不明真相的围观者，还真不是那么容易当的。

一点点可爱的歇斯底里

全世界人民都知道，女性是敏感的生物，有一点神经质，还有一点点可爱的歇斯底里。

有多敏感呢？前几天接受了一次教育。

一位冰雪聪明的女性朋友，大骂电台的卖药广告。骂完之后，有些疑惑地问我："你说，这卖药的，会不会在电波里放蛊啊？"

原来，这家电台的卖药主持人，是一个奶声奶气，咬着舌头说话的家伙。他推销的，是一种调整"大姨妈"周期的药物。这位娘娘腔，每次都像教人念经一般，在节目最后，以奇慢的节奏喊出口号："早吃早好，晚吃晚好，不吃永远不会好哦！"

最后一声"哦"，带点颤音，绵软，悠长，婉转。这一声奇特的"哦"，别人心尖儿有没打颤不要紧；要紧的是，听过几次"哦"声后，这位女听众的"大姨妈"就乱了，不止她乱，她表妹也乱啦，她女友也乱。"大姨妈"要么不来，要么来了就不肯走。

问："你们都信这个家伙？"

答:"信他奶奶的熊!"

那就别听嘛。

哈,不听还不行啊。他这娘娘腔,你越觉得讨厌,越想往下听。别说,他这口气,好像还真体贴。所以,大家都听,听了就乱。

这是什么奇怪逻辑?对男人来说,这"姨妈"是最让他敬畏的大人物,说来就来,说不来就不来。她欲来而未来之时,男人比女人更难熬,在提心吊胆中,等待着惊雷随时降临。但这位"大姨妈",能敏感到这种程度,还真是匪夷所思。

其实,对女人的敏感,大部分男人都有招儿。所以,就算是女人翻脸比翻书还快,他也能慢慢欣赏。难对付的是,经常她乌云遮面几天了,你还找不到原因。

一位朋友投诉说,他们家忽然陷入愁云惨雾之中。他知道自己做错了,但不知道错在哪儿,于是小心伺候了娘子好几天。终于,等来了暴风骤雨,大珠小珠落玉盘的词儿是:自私!麻木!冷酷!只想着自己,只懂得关心别的女人,我死了看你怎么办……一件连着一件,把所有的陈年老账都清算了一遍。最后,总算弄明白了,她喉咙疼了快半个月啦。这一回,疼得跟哪一回都不一样,吃什么药也不管用,喉咙里总像贴一片树叶。完啦!完啦!

是是是,是我没注意到,什么也别说啦,赶快看医生吧。然后,一位权威医生给了一个权威结论:有的咽炎有一种很少见的感觉,就叫"贴叶感"。你夫人的感觉,很敏感嘛。

不记得听谁说过,女人都是天生的历史学家,家里所有不愉快的陈年旧账,在回忆仓库里都纤毫毕现。所以,女人最易有身世飘零之感。但我这位朋友还认为，女人还是天生的小说家，能够凭着一点蛛丝马迹，在想象中铺排演义成细节丰富的小说，当然，结局一定是悲壮的，她自己呢，一定是弃妇。

罗兰·巴特说："爱情中最美好的是温柔。"可是，爱情在人的一生中是罕有之物，所以，温柔肯定也是稀缺资源。

几年前，在旧单位与几位男同事聊天，大家历数身边的女子，想找一位好脾气的女人当偶像。最后，一位同事改了一句古诗："坏脾气者常八九，可与人语无二三。"温柔，那都是给外人看的，大家朝夕相处，谁不知道谁呀。这单位里美人多，大家都有修养，说话又细声慢气。所以，每回一听外人夸女同事，谁谁长得漂亮啦又温柔可人，男人们听了，都露出诡异的微笑。

比如，有一位被外人夸得最厉害的女同事。一日，先生犯了错，又胆敢迟迟不归，打电话又不回。女人等在小区草坪上，见到男人就急，隔着八丈远，就把手机稳准狠地掷过去。此事后来传为佳话。朋友们都说：她的手机，就像毛主席表扬的鲁迅杂文："是匕首，是投枪。"还有一次，与这两口子一块吃饭，忘了先生说错了一句什么，结果一顿夹枪带棒，那男人的汗水，吧嗒吧嗒往汤碗里滴。在座的各位都噤若寒蝉，仿佛回到了家里的饭桌边，被数落的就是自己。

西哲有云，女人身上躲藏着两个人，一个是暴君一个是奴仆。一般说来，婚后变暴君的概率几乎百分百。而且责任往往在男人："我脾气本来多好呀，都是让你天天给气得，才变成这样的！"而男人的脾气，当然是越变越好了。比如我，家里有两个女人，每个月"大小姨妈"又要分别教育我几天，性子想不变好都难。

其实，女人在自夸温柔同时，潜意识里也明白，那温柔只是暂时的面具，用一用就要丢弃的。在男人未被驯化前，她当然也不会与男人硬碰硬。你注意观察一下，很多号称有女人缘的，大都是被台湾人称之为"温柔汉"的男人，个子相对小，说话有一点"娘"。那种肌肉男，铁定当不成"妇女之友"。何故？对女人而言，他们往往有侵犯感、压迫感，而"温柔汉"最宜听她细诉心事。

当然，真要结婚，那温柔汉就不是上选了。盖因女人一动情，就瘫软；而男人一动情，就坚硬。这一软一硬，是男女吸引的生物学基础。温柔汉给不了这个。

想破脑袋，这辈子还真见过一位脾气好得没法挑的女人。

小时候，大院里住着一位端庄温柔的阿姨。那时，家家户户都吵吵嚷嚷的。我老爸老妈吵架，家里的一个脸盆，叮叮当当，以不可思议的物理学概率，从二楼慢慢地滚到大院中间。那距离，足有百余米。我至今想不透其中的科学原理，所以那脸盆在我心里转了足有四十年。可是，这位阿姨，家里安安静静，从来没听见她骂老公打孩子。

只是，一天清晨，我起得早，这阿姨正在公用水龙头边洗漱。我看见，她手里的牙刷从嘴边掉进水池，才捡起来，又滑掉，那牙刷也怪，就这样跌落了四五次。突然，很妙的一幕出现了：这阿姨举起牙刷向水池砸去，然后，又捡起来，使劲全身气力再砸，不停地砸。最后，干脆把牙刷扔到地上，不停地跺，最后没力气了，改成拧着脚踩。

就这么一回。再后来，院子里碰着她，又是永远笑吟吟的脸。

不过，我这人打小就爱热闹。论起滚脸盆与踩牙刷两种玩法，我还是喜欢前者的叮叮当当。

凌晨的挣扎

老是跟我碰不上面，一位朋友很恼火。某日饭局上，他乜斜着眼，做暧昧状，扫了我一眼："鸡！"他的意思是，我的生活规律，白天睡觉，晚上干活，很像某个女性群体的谋生方式。

其实，作为生物种类的鸡，醒得极早，公鸡凌晨就得打鸣。有那么几年，我的起居时间倒是真正像鸡：每天四点半起床，赶五点五分的班车。特别是大冬天，哆哆嗦嗦站在风中，仰面看着满天寒星等着班车，很有一点养家糊口的悲壮。

那个时候，大家都年轻，正处于最能睡的光景。单位里的活儿，时间偏偏又掐得最紧。晨起的挣扎，无比痛苦。闹钟大作时，一掌拍下按钮，心里念叨，再睡一分钟，再睡一分钟。很妙的一种情况是，明明已经起床，穿衣，洗漱，狂奔，上车，最后一屁股坐在办公室了——又猛然惊醒，自己怎么还在床上？原来，这只是一分钟的梦。所以，有时候真正进了办公室，也恍如梦中。这效果，很有一点"庄生梦蝶"的意思。

　　有一位女同事，每日为多睡那五分钟，干脆不乘单位班车，改成打的。估计她数学是这么算的：一天多睡五分钟，十天多睡五十分钟，一个月多睡两三个小时。如果是一年呢？算起来，有超过一整天在睡觉。缺觉的家伙，晚上磨蹭着不肯上床，但白天计算补觉的时间，就跟保险公司的精算师一样抠门。

　　该女同事长相端正而大气，在单位号称"封面女郎"。只是，她把晨起梳妆时间，都省出来睡觉了，所以，她恢复丰采的顺序，大家做了归纳："早晨是鬼，下午是人，晚上是美人。"

　　我少年时，读俄罗斯小说，常常会碰到这么一句："如同早晨般清新的姑娘。"这位女同事，很容易就改造了文学经典，摧毁了我心底的青春女神。

　　还有一小伙子，睡功十分了得。每次都半闭着眼上车，上了车就睡死过去；叫醒他下车，进电梯又站着睡去；进了办公室，干着活儿一不小心又趴着迷糊过去。这样的家伙，你能指望他能自个起床？所以，我每天起床，闭着眼坐在马桶上，总是先给他打一个电话；车到半路，又一个电话；车到他家门口，最后再打一个电话。即便如此，他还是常常赶不上车。这小伙子，现在跑到美国睡大头觉去了，不知还记不记得我这个马桶上的恩公？

　　说是迟睡的人肝火旺，其实早起的脾气更冲。有时挣扎着赶到办公室，一看电脑上居然没人交活儿，火苗忽地就蹿起来。大清早，人家还在黑甜乡里缠绵，我挨个打电话催人交稿，那形象就如碰翻了一路蜂箱的笨熊。情景可以想象，大伙儿嘴里含含糊糊地应答着，但心里都营营嗡嗡，恨不能蜇我个满头包。那几年，仅凭清晨的电话，我就足可以入选十大恶人排行榜。

也有聪明的家伙，一看是我的电话，就跳下床，先开了窗户，把嘈杂的市声放入屋内，然后清清喉咙，中气十足，做忙碌状，以最清晰的口齿回答我的问题。接着，放下电话，关窗继续睡觉。这样的同事，不记我的仇，完全是因为他的生理节奏强，睡眠状态好。

通常，凌晨的思维大都是浑浊的，混乱的。不过，也有那么几天，思维异常清醒，想象力活跃到心惊肉跳的程度，至今难忘。

那几天，有一位年轻人，被我鼓捣着，乘着无动力小帆船，奔着西沙去了。正是初冬季节，大家都认为没有台风，想不到南海却刮起了九级大风。小伙子随身带的海事卫星电话，一直没有打来。黎明时分，班车停在两幢大厦之间，劲风吹来，车子摇摇晃晃，眼前立即幻化出舟倾帆折的景象。凶险的想象一旦涌起，就如一个恶浪接一个恶浪，难以止息。最后，小伙子的老爸老妈哭天抢地，向我要人的画面，都一格一格如放电影般清晰。

那几个清晨，我在心里不断与这小伙子对话：只要你平安回来，你爱睡多久懒觉，你爱怎么干活，一切都随你由你……当然，他还是闯过了滔天大浪；只是，该不让他懒觉时，我仍旧没放过他。可见，在平庸的生活中，人的忘性有多大。

在起居时间上，我基本上算是苦命人。这二十年的生活，用起早贪黑四个字，足可以概括。我倒不认为，能起个大早，多睡或少睡五分钟，就意味着谁谁责任心的强弱。所谓闻鸡起舞，胸有大志的说法，基本上是农耕社会的扯淡。

　　从前，常跟同事大谈早起的励志故事。比如，上海有一个轮渡工人，为了能凌晨准时起床，不误班轮，家里备了五个闹钟，闹铃一波一波的，跟机关枪子弹一样密集。据说，这五个闹钟，还进了浦东建设纪念馆。其实，我也知道，所谓的责任心，就是谋生的一种挣扎。从来就没有什么空洞的责任心。那个工人，不过是挣扎方式，稍稍别致一些。据我所知，很多航空公司的空姐，在赶早班机的前夜，按规定只能在集体宿舍就寝，凌晨专门有人叫早，防止她们睡过了点。那个轮渡工人不幸，没碰上这样的管理方式罢了。

　　现在好了，我又改上夜班了。夜里熬得累一些，但至少不要再设那些个可恶的闹钟了。据说，老单位一位新的早班主任，设了三个闹钟。对此，我颇有一些恶毒的快感。因为这个新主任，就是当年开窗才接我电话的家伙。

你是谁的证人

　　我一直很好奇，人的这一辈子，见过多少张脸，能够记住多少张脸？据新近看到的资料，说是人的一生，至少可看到四百万张人脸。这个数，当然是平均数。比如，车站上的检票员与山村老农，所识人脸的数目，就有云泥之别。

　　让我更困惑的是，一些本该熟悉的面孔，常常会被完全忘掉。倒是你只见过一面的，而且这辈子绝无可能再相见的人，却永远记得。

　　这种怪事，只发生于旅途之中。

　　比如，二十年前，在南京鸡鸣寺，见过一个刚剃度过的尼姑，喃喃诵经。一副眼镜遮不住满目秋水，阵阵红云不时袭上脸颊。木鱼声声中，就牢牢记住了这个尼姑。很妙的是，忽一日，我就有了机会，与无数尼姑相遇。我锻炼爬山的地方，是闽南佛学院女众部。寺前木棉花，开了又谢，一茬又一茬尼姑学生，在我眼前走了又来。也奇怪，我记住的，只是南京的那个尼姑，甚至她眉毛的微微闪动，也历历在目。

好吧，我承认，可能是这个尼姑很漂亮，她才成了我对南京记忆的一根线头。从此，那个号称石头城的六朝古都，对我来说，只是尘根未去的漂亮尼姑。

在武汉黄鹤楼附近，一个雾气腾腾的大锅边，站着一个手脚麻利的女子，捞面条，下饺子，起锅，盛碗，行云流水。两个武汉口音的男女在吵架，一个骂："婊子养的！"另一个还嘴："你个苕婊子养的！"周遭嘈杂不堪，她白檐帽下的脸庞，在水汽氤氲中专注宁静。我身边的女子幽幽地冒了一句："这活儿多好，你看看她的脸，每天被水汽蒸着，多白多嫩啊。"

只是一个极普通的女子，好像没有什么理由要记住她。但快二十年了，只要提起武汉，我甚至能忆起她鼻翼边的细汗。

人活天地间，如逆旅匆匆。南京、武汉，这两个女子，于我的生活有什么意义吗？没有。可是，生活需要有意义吗？命运需要讲逻辑吗？这两个毫无意义的女子，为什么总像一个机关精巧的按钮，一阵清风就被触动，时常闯进我的记忆画面？

在杭州西湖边，一个叫"断桥酒家"的地方。也快二十年了，我与女友的隔壁桌，一对男女对着满满一桌菜肴，默默相对。从头至尾，他俩没说一句话，没动一下筷子。周围人一点也没好奇，甚至没多看他们一眼。最后，两人很有默契地一同起身，也不知是谁结的账。我们也不好奇，只是不断看看桌上孤单的两碗面条，犹豫着要不要把那完整菜肴，端上一两碗过来，给面条做伴。

自此，杭州对我来说，只是断桥酒家，只是那桌边两个无语的痴男怨女。印象中，男的眉眼细长，穿着一件苏格兰花格；女的头发齐肩，扎着一个蓝发结。

还有一次，不记得是哪个城市的夜晚了，火车站前的十字路口，一个姑娘歪歪斜斜地走着。在斑马线上，她松手丢了一个小坤包，仍旧茫然漠然向前。然后，停步在马路边上。每个路过的人，都低头看了看坤包，没人捡拾。我们一家三口，跟在后边，别无选择地捡起包，认真交到她手中。车灯一闪一闪，这才发现那张略瘦的小脸，纵横的泪水，沿着下巴颏滴淌。顺着她的目光看去，马路对面也有一个小伙子呆立着。

这样几张落寞凄楚的脸，烙在我的记忆中，似乎是理由充足了。人总是这样，快乐的脸，你忘得快；难过的脸，你忘得难。别人脸上闪烁的悲凉与凄楚，你就算不知道细节，也一样可以触到你的柔软。

我年轻时，爱坐火车。每次走在铁路边，闻到风驰电掣而过的煤烟味，就觉得那是漂泊者的气息。现在想来，我喜欢的是车厢里那一张张陌生的脸。

不知道为什么，这一辈子，陌生的脸反而能给我安全感。

总觉得，这世间有一位导演般的主宰者，不断为大家剪辑着人生纪录片的蒙太奇，又毫无逻辑地塞给我们。不知不觉，你就成了某个表情某个时刻的证人。没事时，我常常琢磨，我是谁的证人，谁又是我的证人？

人生的蒙太奇，充满了隐喻与暗示。只是，我们常常读不懂。

"变坏"是件很难的事

估计是受了什么刺激，最近有两三位朋友都嚷着，从此要为自己而活着。有一位女士叫得更狠，誓言要从此"变坏"。要"变坏"的这位，长得漂亮。当时我就表示，一个人变坏多孤单啊，让我们一起"坏"吧。

人活到一定时候，有了一定阅历之后，常常就要自我怀疑，自我分析：这一切到底值不值啊？就像生意人有赚有赔，本来已习惯钱进钱出，忽然有一天，不知道什么小事烦了心，就想把摊子掀掉。其实，只是想想而已，掀完了摊子，还不是得自个收拾。

人年轻时，没有不为自己活的。比如，这男的，二十岁到三十岁那一段，据西方专家说，差不多每隔两小时就得想一下 sex。他倒是想热血沸腾地献身于人类，但主要是想献身于人类的另一半。这女的，大部分也自怜自爱，看着镜中红嘟嘟的嘴唇，经常有吻一下自己的冲动。如今的女子懂事早，更觉得青春如同佛典上的荼蘼花，花开不见叶，见叶不开花，总觉得花叶两不相见，要好好享用这最后的绽放。

所以，不要动不动埋怨年轻人自私，那是他们的应有生活方式。

不知到什么时候，大家就把肩上的责任扛起来了。要照顾家小，要对付老板，要智斗同侪，有时候还要眠花宿柳。一个字，累。

累的，主要是人格分裂的朋友。少年时，只要扮演两三个角色就行；如今，年纪越大要扮演的角色越多。角色与角色之间，又有无穷的对话。结果，活到一把年纪了，世事洞明，人情练达，但就是搞不懂自己。一句话，凡是天人交战得严重的，都是角色错位过头的。

这种时候，就有人开始嚷嚷着，要为自己活，要变坏啦。

从这个角度说，"变坏"还真得趁早。

比如，我有一位朋友，与某同事保持私情二十年，在家里是好丈夫好父亲，在单位则是打情骂俏的九段高手。更绝的是，他还专找那某同事开粉色玩笑。结果，他们俩越是"低级趣味"，还越没人相信他们有经常劈腿的伟大事迹。

法国前总统密特朗，与情人密切来往二十年，那是动用国家安全机构，监听数百人电话，才保密成功的。这位朋友倒好，不费一枪一弹，穿行于情场之中，自在得如同从客厅溜达到厨房。可惜密特朗死得早，不然他可以到法兰西当情报部长了。

这种人，坏吗？好像是的。可是，坏，是一种社会评价。没人知道他的坏，还算是一种坏吗？更重要的是，他自己不觉得坏，也不觉得累，怎么反而是我们这些自以为正经的人，天天喊累，对"变坏"那么心驰神往呢？

　　只是，"变坏"真的有那么容易吗？

　　不错，很多时候，在情感迷乱，玉体横陈之时，坚贞二字会突然显得可笑。虽然，在事后你也觉得所谓背叛，也很可笑。但更多的时候，你仍会为一时的迷乱而懊恼。你也许历经沧桑，年轻时在情场上杀人如麻，但你仍会有处子失贞般的后悔。

　　也许，你真的从此就"变坏"啦？

　　这个世界，一辈子都把感情看得神圣的人，其实没有那么多，但忠于感情的人真的很多。所谓忠于，其实是一种惯性，一种不愿更改的生活习惯。你也许真的想出轨，你可能也偶尔出轨过，但生活仍旧不会改变。

　　没法改变的，除了惯性外，还有概率。一个人越往岁月深处走，他遇见爱情的概率越低。一个在情感沼泽里跋涉过的家伙，对人的挑剔，就像一个博览群书的大学问家，才翻开书的目录，就知道开头结尾，甚至书中的曲曲折折，他都能闭着眼睛写出来。这样的书，读它做什么？不是没有好书，但找一本好书的功夫，岁月稀里哗啦就过完了。

　　所以，变坏的事，想一想是可以的；要真的变坏？很难。

　　至于说，从此要为自己活着，那是对的。到了一定时候，为自己活着，就等于为亲人活着。把自己活好了，你的亲人才活得更好。这是没法子的事。

婚前好友与生前友好

酒至半酣，妙语如珠。座中一位老哥，谈起往事与旧人，感慨系之："哎，那是我的婚前好友啊。"众人莞尔，心领神会。

这个"婚前好友"，出自那句著名的"生前友好"。咂摸起来，滋味悠长。一道婚姻门坎，几如前世今生，有一些好友，确实是带不进今生今世的。从这个角度说，我希望婚姻越迟越好，或者干脆不婚。

关于"婚前好友"的定义，可作如下讨论：一、须得是异性；二、须得是一块吃喝玩乐，情状暧昧但又知道彼此没戏的；三、未捅破窗户纸，心存好感，但顾忌太多，只庄严来往的；四、捅破了窗户纸，也确实揉皱过几张床单，但摸爬滚打中失去感觉，最后只当普通朋友的。

一句话，"婚前好友"，是心有灵犀的关系，彼此递个眼神，就明白对方在讲什么。麻烦的是，你们用眼睛说话，婚后的婆娘却只用嘴说话，或者干脆用手脚说话。你们递眼神，她只知道你在说话，不懂你说什么，觉得自己仿佛是异族人，疑云久久不散。最后，打趣的信号，成了家里的烽火狼烟。

所以，自以为明智的婚姻，大都把"婚前好友"当成了上辈子的人。"婚前好友"当然也不会凭空消失，但只躲藏在相册里。在合影照片中找到的黄豆般大的脸，基本上只起到遗像的作用。婚前好友送的物品，比如领带啊镜子什么的，如果舍不得毁尸灭迹，基本上等于偷偷收藏的遗物，还得说是妈妈买的。

但也别以为，你那口子是傻瓜。从"亲爱的"混到了只喊"喂"的过程中，她的嗅觉与敏感，训练得超过了职业刑警。合影中黄豆大的脸，其实早已被揪出，在放大镜下被巡视过许多遍。一点点砒霜可以治病，一点点鸦片可以镇痛，一点点邪恶可以找回正义。在你老婆眼中，那张黄豆大的脸，正是砒霜、鸦片与邪恶。允许这张脸的存在，正如允许砒霜、鸦片与邪恶的存在。到最紧要时刻，她大义凛然地一翻档案，你还不得乖乖举起白旗？

比较麻烦的，是上次关系的遗物。如果是至痛大爱，双方既杀得血肉模糊，按规矩自然会清扫战场，片甲无存。可是，"婚前好友"不同，本来就心无芥蒂，何来清扫？对他们来说，这就像同事跳槽后的办公桌，留下了纸啊笔的，你接着用便是。但婚姻中的人，又偏偏像考古学家。凡是略感陌生的东西，都要以严密的证据与逻辑，含泪做一番猜度与考证。

有一位朋友的白衬衣，就这样做了呈堂证供。其实，只是一件穿惯的衣服而已。问题是，人家不倦地拷问："那么多衣服，为什么偏偏只穿这件？习惯？你不习惯我吧！你隔几天就穿一次，是什么感觉？舒服？是看我不舒服吧！"好好好，把衣服当场扔进垃圾桶，这下行了吧？可是，人家又飞速捡了回来，仔细剪成条状，做成拖地的墩布，这才罢休。后来，那位朋友说，腰上的皮带也是"遗物"，原来都忘了，现在全想起来啦。这不是官逼民反吗？

　　其实，没有什么经得起风尘岁月，往日的情与欲早已成了虚幻。可是，总有一方不明白这个道理。婚姻初期的宽壕深堑，明碉暗堡，大都是用来防御"婚前好友"的。但结果，你担心的老部队既没有攻打的意图，也没有占领的兴趣。反倒是一些新兵，不知从哪儿冒出来，很容易就抄了你的后路。精心部署的"马其诺防线"，最后全无用处。一查，陌生的死敌，正利用了你错认强敌的机会，与你的先生里应外合，声东击西呢。

青春的笨拙有多笨

每年的七八月份，总有一些时候，让同事们自我膨胀，觉得自己成熟老辣，炉火纯青，甚至饱经沧桑。因为，又一批实习生熙熙攘攘地来了。

早几年，给同事派发实习生时，大家都像过年领红包般高兴。又能干活，嘴又甜的孩子，谁不喜欢？再后来，积极性也高，原因是管派人的那位女主任，审美观比较另类。有时听到电话里大嚷："来来来，给你派个美女！"兴冲冲奔进办公室，结果是见到一个木呆呆的小人儿坐那里。有时接到声音低沉的电话："唉，你牺牲一下，这位长得平淡些。"你满怀沉痛地进来，一开门就惊为天人——一个长腿大美女正微笑着盯着你呢。

这两年，实习生多如过江之鲫。每人都得带三四个实习生，大家机会均等，撞见美女帅哥的概率，跟抽签一样公平。可惜，想要碰上又有趣又好用的实习生，还真不容易。

前一段，有位小哥闹着非要请客不可，说是要开箱献宝。结果来了一位身材娇小的女生，号称"女刘谦"。席上定下规矩，她变一种魔术，大家喝一杯。酒至八分，那魔术还没有结束的意思，只好推盅投降。

没错，这"女刘谦"，正是这位小哥的实习生。小女生不仅魔术玩得风生水起，文章也如行云流水。写来的稿子，基本上不用大改动。最妙的是，举止得宜，乖巧可爱。据说，带她上公安局联系工作，警察叔叔被逗得眉开眼笑，最后双手奉上材料让她带回。小哥领着这女生，可不跟随身带着宝贝差不多吗？

一打听，她只是一家三本民办学院的大二学生。名校的笨小孩见得多了，随手在人堆里反而捡了一个小精灵，难怪这小哥有乞丐中彩票的感觉。

这几年，实习生的质量，真是"一蟹不如一蟹"。这成语听着不雅，但准确。有的孩子，还真是跟螃蟹一般骄横。最经典的，是一位梳着"爆炸头"发型的女生，让她去其他单位拿个材料，就勃然大怒："我是来实习的，不是来帮你跑腿的！"换了两个师傅，都说这孩子没法带。最后，只好让她走人。后来，换了一个实习单位，听说她倒是谦虚，但非常低调地把人家男朋友给夺走了。

单位里好些同事，都是当年办公室里能干的实习生。如今，连他们都感喟，现在的孩子是怎么啦？要不就太张狂，要不又太羞怯。

比如，我的夜班办公室里，有一位女生，前突后翘，完全是一个成熟的小女人。可惜，来了一个月了，谁也没听见她说过一句话。举止完全是稚嫩的孩子，整夜整夜地坐在师傅身边，只呆呆盯着人家干活。最绝的是，师傅走到哪儿，她一言不发地跟到哪儿。连人家上走廊喘口气，她也紧跟不放，几乎就是夜里怕黑怕孤独的幼儿园孩子。

前一段，受人之托，我推荐了一位实习生给朋友。第二天，朋友就来电话说："这孩子是个当老板的料。"

原来，这位实习生给我朋友的第一个电话，大约是害羞，打通后半晌没有说话。朋友喂了一声后，等着对方说话，但话筒里只是沉默。再喂一声，对方还是一片死寂。朋友忽然想起一个典故，惊得汗水顺着屁股沟流。这正是他们大老板的习惯！那位大老板的前世，不是盖世太保就是青楼怨妇，给下属打电话，接通后一般都不出声，先深沉地听上四十秒，待下属毛骨悚然，他自己也听清动静之后，再冷冷地一问："你——在哪里啊？"可这一回，朋友忘了看电话号码，毕恭毕敬等了一分钟，对方还是阴沉沉地没声音，他能不冷汗刷刷？能不以为自己犯下大错？

所以，惊魂甫定，他就坚决地认为，他遇上了一个老板级的实习生。

实习，算是人生的一个重要门坎。对优秀的孩子而言，实习也许能改变他的人生。对大多数人来说，青春当然很美好，但实习总是很糟糕。其实，糟糕的成长，也是一种成长。没错，青春是刚猛的、脆弱的，柔软的、丰盈的，明净的、忧伤的……但同时，也总是更笨拙的。青春的笨拙，也许会残酷地淹没一点美好，但笨拙也是青春的特质。失去了笨拙，也就失去了美好。眼前的实习生，只是笨拙而已。

老男人的情感喜剧

天有四时，什么季节只能做什么事。老男人动了情，等于在做着过了季节的事。这就像秋天种韭菜，也许能种活，但指望像春天那样，一茬茬割下来，剁在肉馅里包饺子，基本上不可能。这道理，本来也不新鲜。新鲜的是，韭菜与种韭菜的，双方都知道这个道理，但又玩得跟真的一样，这就有点喜剧的意思了。

我有一位学理科的朋友，最近学会了写诗。常常在半夜，就能收到他手机发来的短诗。女人的长发，眼睛，乃至脚趾，都让他吟咏再三。一个学理科的家伙，忽然就成了徐志摩、戴望舒，当然是爱上什么人了。

这位朋友，从来大权在握，身边美女如云，偶尔玩玩暧昧是有的，但一向安分。这一回不能说坠入爱河，但真的是陷于烦恼了。一个鲜嫩欲滴的女子，隔三差五就撩拨他一下。他当然明白，自己喜欢那女子什么，也明白那女子要他的什么。鱼，我所欲也，熊掌，我所欲也。两者皆不可得，写写诗也。朋友说，我的年纪，嘿嘿，自己的牙口能吃什么还不明白吗？

这种清醒的痛苦，以诗疗之，算一个好办法。

小女人对老男人的恋爱，在战术上，很像老毛的游击战十六字方针："敌进我退，敌驻我扰，敌疲我打，敌退我追。"老男人似乎有权有钱有经验，看似强大，但就缺了一样——野豹般的自由与生命力。小女人声东击西，常常就能得到她想要的东西；而老男人进退失据，很容易就当了冤大头。所以，职场女人之中，玩暧昧的高手颇多。

不过，据我观察，暧昧高手的段位再高，也有失手的时候。有一位朋友，碰上的是一位面相贤淑的女子，今天在他的身上扯个线头，明天又为他拽拽衣角。拽着拽着，不小心两人就拽进巫山了。女人得到她想要的东西后，要抽身而退，但这回有一点把事儿玩大了。老男人中，颇有一些孩子气的家伙，这位老哥就是。不让我进门？敲了半小时也不开门？这老哥找了一把钢锯条，从门缝伸进来，咯吱咯吱地，装模作样锯了半小时的锁舌，把那女的吓得不轻。

对那老哥，朋友们虽怒其不争，但这事，总的说来，还是颇让一群哥们解气。

前两天在网上看到，一位小哥贴的QQ签名："我那么喜欢你，你喜欢我一下会死啊！"其实，这话听来，更像是老男人心理，他们并不玩真的，要求的只是"喜欢我一下"。不少小女人都懂得这个，所以才能在老男人的圈子里，混得如同一条滑溜溜的美人鱼。

家里的黄脸婆，绝大部分也懂这个道理。比如，我知道的好几位朋友，每喜欢上什么人了，要么是狂练器械健美，要不就增加了在镜子前盘桓的时间。老婆一看就明白，"季节性流感"又来啦。一般情况下，老婆都不动声色，"小泥鳅翻不起大浪"嘛。要老男人一时走火入魔可以，要他挥刀砍家里的那杆红旗，门都没有。跟一个人生活久了，那个人在心里，跟他的信仰差不多。你想打游击战可以，但根据地是没人敢丢的。黄脸婆信心十足。

爱是一种勇气，爱是一种能力。爱，就是毫无保留地把自己奉献出去。对老男人来说，眼前再好，也害怕晚景凄凉。抛却一切的勇气，二十年前都用完了。老男人常常顾盼自雄，能力确实有，但用在情感上，基本是"强弩之末，力不能穿鲁缟"。美人穿的虽是薄可透香的"鲁缟"，但身边盾牌厚厚，机关重重。"强弩"要射的猎物太多，要他耗时费力瞄准，是不为也，非不能也。爱的能力，没了勇气做底子，箭射得歪歪斜斜，算是好的。弄不好，干脆就是把"强弩"扯直，变成了树下打枣子的杆子。有枣没枣，打三杆再说。遗憾的是，小女人从来不是在树上老实呆着的红枣子。

当然，有时老男人也确实动了真情。可惜的是，那种突如其来，呼啸而至的东西，来得不是时候。总的说来，这就像一只可爱的猫在不停地转着圈子，想徒劳地咬到自己的尾巴。深明大义的小女人，则在一旁看着老猫，不断微笑着鼓励着。因为她知道，这是老男人在自恋，在追逐着过了季节的爱情影子。

美食的哲学

前些时候，读过一本有关哲学悖论的书。其中一篇讲到，一位素食主义者，遇上了一头经过基因改造的猪。这头猪厉害之处，在于能够说话；更厉害之处，在于它一生的梦想，就是想要牺牲于人类的餐桌上。也就是说，它一心一意只想被吃掉。在兴冲冲奔向屠宰场时，它早已向所有人倾诉过自己的理想。可是，在餐桌上，面对用它胴体做成的熏肉肠和肉卷，那位素食主义者就是无法动动刀叉。在逻辑上，素食主义者已经没有了理论基础，他没有理由不尊重这只伟大的猪，但实际上他就是反胃。悖论是，吃或不吃，都是错误。

每次琢磨这个悖论，为遇人不淑的猪惋叹时，我就想起我的那些"名嘴"朋友。此名嘴，不是电视上那些扯淡的名嘴，是那种因为贪吃而有名的"名嘴"。俗名"吃客"，学名美食家。

这么说吧，他们可以为一只美味的猪蹄，千里万里奔到墨西哥去。这样一个人，如果遇上了这只殷切热切急切的猪，我简直没法想象，会是怎样一番光景。

一位最有资格的吃客，跟一只史上最伟大的猪相遇，也许会这样对话——

猪："那么，那么那么那么，我的排骨你怎么安置呢？"

"名嘴"："你是要中国的吃法，还是德国吃法？或者，是葡萄牙的、越南的、巴西的、非洲土著的？中国的有三百八十种，葡萄牙的，我知道二十七种。还有，你喜欢胖厨师，还是瘦厨师？你喜欢美女吃你，还是小孩吃你？你喜欢刀叉还是筷子，或者干脆用手抓着？你喜欢放在中国八仙桌上，还是进入西班牙风格的餐厅里……"

千万别嫌这个家伙啰嗦，我认识的这个美食家，在吃的讲究上，比这个场景细致十倍。一想到这头最了不起的猪，遇不上这样精妙的吃客，我就生气。所以，那本哲学书，我只读到这头猪的经历为止，大概是第十五页。

在我的心里，十个哲学家也顶不上一个美食家。

这么说吧，如果有谁让我开列人生十大信条，我会在第二条列上："认识两三个美食家。"在这一条之后，才是"为人要善良"、"不借钱给朋友"之类的老调调。

美食家地位如此尊崇，除了因为我生于饥饿年代，大约是饿死鬼托生之外，是因为我一向认为，美食家体现了人类普遍缺乏的美德——分享的精神。一个真正的美食家，一旦遇上了好吃的，如果不是逢人就推荐，不是拉上一堆人去饕餮一番，估计会疯掉。

一个真正专业的吃客，口味不但不刁钻，还很大众化。

在朋友圈里，好吃的人颇多。比如，有一位朋友专吃一些冷僻的东西。有一年在乡下任职时，他的手下投其所好，到山洞里掏了一堆蝙蝠回来，剥皮红烧后，装在脸盆里大啖其肉。多年之后，他还经常咂嘴回味。

另一位朋友，名曰辣叔叔，号称从未遇上让他觉得辣的东西。即便是那种让人喘不上气的海南小黄椒，他嚼起来也不动声色。他毕生的美食愿望，就是能真正辣上一回。

这样的家伙，我认为，只能算是吃客中的异食癖或毒理学家。比如，那位有名的辣叔叔，我听说印度有一种"断魂椒"，比普通辣椒的辣度高一百万个单位，我就希望辣上他一下。后来又听说，美国有一位科学家提炼了一瓶辣椒精，是"断魂椒"辣度的几千万倍。这瓶举世无双的辣椒精，只需在整个泳池里放上一滴，然后再用一只筷子沾上一下，你的舌头就会立即感觉"像被锤子重重敲了一下"。我又希望，辣叔叔能碰上这只"锤子"。不能怨我心坏，实在是这位辣叔叔心狠，只要遇上他点菜，大家就得鼻涕一把眼泪一把。

我认为，真正的美食家，应该从不点什么稀奇古怪的东西。他擅长的是，在最普通的食材中，提炼味蕾的精细感觉。这就像最优秀的司机，往往善于慢慢穿行于闹市之中；最出色的哲学家，喜用最平淡的故事阐述真理一样。一个真正的美食家，基本上就是一碗咸淡正宜的家常菜，从来是中庸哲学的实践家。

美食家中庸的另一个特征，是不能太有钱，也不能太没钱。一掷千金，天天山珍海味，吃燕窝像喝稀粥，吃鱼翅像捞粉丝，这样的人什么都能吃到，其实只是在吃蛋白质与碳水化合物。家里穷得叮当响，一块白水豆腐蘸酱油，也吃得稀里哗啦，只能说他有美食家的特质，要当美食家，先把肚子混饱再说。能够为人所亲近的美食家，应该只是普通白领而已，无非是借助休假时间，天南海北游逛，他的"舌尖之旅"谁都能玩，只要你有一点闲一点钱就行。

美食家最大的本事，是能够调众口之难调。一般说来，召集一场成功的饭局，难度不下于一场中央全会。会议地点如何，代表比例如何，都相当重要。如果"君住江之头，我住江之尾"，疲于奔命之后，谁还有胃口？比如，男三女五还是女五男三，就有点菜的不同；又比如荤多素少还是素多荤少，就更有讲究。这个荤素，指的是座中有无善说荤段子的吃客。如果围坐一圈的，有一半是闷嘴葫芦，这顿饭品质再好，也食之无味。

"食色性也"，美食家之所以成为美食家，就是因为他能化色欲为食欲。按弗洛伊德的性本能学说，美食家的"利比多"可以长久停留在"口唇期"。当然，这"利比多"如果升华，就是一本又一本地读美食书，不会犯忌闹事，更不会惹老婆大人生气。

我有一个朋友，也很知道"饮食男女，人之大欲存焉"的道理，一到吃饭时间，就到处招呼美女，没有美女他就不开饭。惟有一点不好，总是女多男少。男女搭配的比例，与荤素搭配的道理相当。这位老兄暴殄天物，把好好的饭局，搞成了"杰米扬的鱼汤"，实在是浪费了那些"美人鱼"。

夜班脸

凌晨下班进家时，总觉得自己是猫科动物，黑暗中目光如电，脚步柔软轻捷。无声地咀嚼，无声地洗漱，然后怀着一丝对自己的怜悯，悄悄卧下。

按照老祖宗的说法，山为阳，水为阴；昼为阳，夜为阴。常年夜班，少见日光的人，似乎应该是鬼气森森的一群，至少是阴气重一点才对。

基本上，只上夜班的家伙，都长着白晰的面孔。特别是女人，一开始总能特别吸引男性，皮肤雪白得近乎透明，烟视媚行，似乎天然地花容月貌。可是，再仔细看，不对了。皮肤雪白，但几乎没有光泽；烟视媚行，则是适应强烈阳光的方式。这样的脸，业内称之为"夜班脸"。

偶尔碰上个把这样的"夜班脸"，你可能没什么感觉。如果突然在白天看见一群这样的家伙，感觉就怪了。

这么说吧，我刚入这一行时，参加业内的一个全国会议。早起坐在会场上放眼一望，男男女女个个脸色惨白，都在阳光下眯缝着眼睛。恍惚之间，以为身处美国吸血鬼大片之中，在参加吸血鬼的家族大聚会。

列宁在盛赞国际歌时说，不管命运把你抛到哪里，语言不通，举目无亲，只要听见熟悉的旋律，你就能找到同志与朋友。对这些夜行者来说，"夜班脸"就是无声的国际歌。

比如，小区的夜班保安，每日为我开门，一直以为我夜夜笙歌，对我敬而远之。某个大白天，他忽然把我叫住："喂，把你手上的报纸留下来，我先看看！"嗯哼，什么意思？他指着我的脸："哈哈，上夜班的！"原来，他是突然才悟过来的。

一般说来，昼伏夜出的谋生者，生活交际圈都封闭而单调，来往的基本就是夜班的同事。所谓长夜漫漫，那是正常作息者的概念。古人说："夜长苦昼短，何不秉烛游？"上夜班的，应该倒过来，是"夜短苦昼长"。但"何不秉烛游"的说法是对的，只能在黑夜谋生的人，及时行乐的心态更强。夜间是用来干活的，白天是用来在嘈杂中苦等睡意的。所以，偶有的欢娱，往往都在晨昏之交的短短时辰里。一块寻欢作乐的，当然都是同事，也只能是同事。

《圣经》上说，凡事都有定期，万物都有定时。生有时，死有时，栽种有时。哭有时，笑有时，哀恸有时，跳舞有时。我们的中国老祖宗，也经常讨论办事的时辰。比如这句：风高放火天，月黑杀人夜，实际上讲的就是办事的气氛与环境。

上夜班的人在黎明之前大吃大喝，大嚷大叫，实在不是时候。天赶着要亮，酒要赶着喝，觥筹交错之时，总觉得有个影子站在身后催你。反正一个字：怪。

在厦门这儿，有两家肉品公司，一家叫银祥，一家叫黄金香。黎明时刻，正是这两家赶着送屠宰好的猪肉时。大家在街边喝着玩着，一般不看手表，而是以第几车猪肉来计时。第二天回忆，往往是这样说的："唉，昨天一直喝到银祥的第三车猪肉！"这种喝法，很像古人在深宵良辰，以巡城敲更的梆子计时。

一次，有人喝多了，看着送猪肉的车子飞驰而过，一时眼花："咦，这么多人光着身子在车上？"不能怨这老兄醉后眼拙，银祥送肉的方式，一般是把宰好的一爿一爿肉，悬吊在车篷中间，白花花地晃着，远远朦胧地看着，是有一些香艳。

夜晚在亮得晃眼的灯光下，白天又躲在暗黑的窗帘后，时空感有一点迷乱，但何时应该遇见何人，这种概念还是有的。

一个冬日凌晨，到一家有小院的大排档买醉。一位老兄，忽然吹着口哨好像在逗着宠物。回头一看，一个五岁左右的小女孩，穿着红色的小袄，立领一直扣到脖颈，踩着一双锃亮的小皮靴。这种时候，看到一个小女孩，在凌晨的月光下游荡，穿得这么正式，眼睛又亮得惊人。你总觉得哪儿不对，慢慢就毛骨悚然，以为这是一个小幽灵，或一个小女鬼。这真是一种难忘的怪异感受。后来，才知道这是大排档老板的小女儿，她也养成昼伏夜出的习惯啦。

夜班上得久，"猫科动物"也认识得多。比如在媒体圈里，一般都有一个叫"夜间编辑中心"的机构，简称夜编中心。早几年，有一位女性朋友的老公，是夜编中心主任，她自己又正好在跑政法单位。朋友们玩笑，说她家客厅也可以这样起名，不过得改一个字，叫"夜鞭中心"。至于两个卧室，可以根据她的工作范围，称之为"刑一庭"、"刑二庭"。当时，就看她暧昧地摇头苦笑。现在自己上夜班，才知道苦笑的含义：这上夜班的男人，对自己的女人，大多时候确实是"鞭长莫及"。至于"刑一庭"、"刑二庭"，开庭的时间也乱得很。

我为什么没有成为江洋大盗

我是一个让老妈绝望到抓狂的孩子。

幼儿园上到中班，还不会擤鼻涕。每次，妈妈大喝一声："擤！"我就希溜一声，使尽吃奶力气往里吸。这么一个简单的呼吸吐纳，就是学不会。

妈妈给了五块钱，让我出门买一斤盐。我听成买冰棒，狂喜之中狂奔上街。小贩子更觉喜从天降，把阔口保温瓶中的存货一下子清空。我用报纸抱着一堆冰棒，一颠一颠进门时，身上衣服与家门口，都黏成一片——冰棒几乎全化了。

不记得那时多大了，只记得老妈揍了我一身汗，然后又把我扔进木盆里洗澡。想想，还生气，在木盆里又揍了我一顿。五块钱，那个年代里，是一笔很大的开支。

碰到这样不吃打又没记性的破孩子，老妈很快就成了精细纪录我劣迹的历史学家。

比如，我闯了祸撒了谎，她会做出一副恍然大悟的样子："你从小就会骗人！三岁偷了饼干，夹在裤裆里。我一眼就看到了，你还嘴硬，说没有啊没有啊。我说，举起手，走两步！你一走，哗啦！饼干就掉下来啦。"

老妈扬着手，学着我小时笨拙骗人模样，每一回都让我深刻地认识到，我是个撒谎成性的家伙。也奇怪，妈妈家族里的人，似乎都有表演天赋，说话表情夸张，嘴里象声词也多。所以，我的劣迹，就这样在时间之河里生动地漂着，怎么泡也不褪色。

我从来认为，大人与孩子之间，完全是两个国家，有两套迥然不同的表达系统，但有一点是相同的，就是都要讲尊严。而且，孩子的自尊可能比大人更敏感。

不知道为什么，我老爸老妈那一代人，几乎都是打击孩子自尊心的高手。我老妈似乎更有创意，算是打冷枪的神射手。

一个冬天，快上一年级的我，跟一帮小朋友在大院里窜来窜去，玩得正疯。我老妈洗着被单，忽然勃然大怒："还玩！看看，你又尿床！大冬天的，洗被子容易啊！"

全体小朋友都愣住了。那一刻的安静，无比漫长。洗好的雪白床单，很快晾在院子里。其实，私下里，小朋友们都知道对方尿床的事迹。问题是，有一面标志着我尿床的巨大白旗，在院子里飘着呢。

相当一段时间，在小朋友中，我就像被批判的坏分子，颜面扫地。

那个年代，护犊子的家长不多。小朋友要是打了架，大人都是各自把孩子揪回家，暴打一顿。然后，再把孩子叉出家门口，向对方家长亮出孩子的青紫伤痕，以示尽了教育之责。记得这种时候，相邻的两家，都会传出孩子的鬼哭狼嚎，杂以"跪下跪下"的喝斥声。不知道其他伙伴跪下没有，反正我每次只肯跪一条腿。我认为，跪一条腿不算跪。现在想来，那也算维持了一点畸形的尊严吧。

美国有一个叫弗罗姆的精神分析学家说："如果不了解对方，那么想尊重就是不可能的；如果不是以了解为指导，那么关心与责任就是盲目的。"我与小朋友们碰到的悲剧是，几乎每一个父母，都以为最了解自己的孩子；而且又认为，只要出自于关心与责任，什么手段都可以用。

大概是小学二年级时，我偷了妈妈包里的钱，用途基本上是买了小人书。东窗事发后，我被勒令一星期不许上学。妈妈说，一个小偷，上学有什么用！一星期后，她想出了一个妙招，兼具惩罚与防范的双重功用：我的所有衣服裤子的口袋，一律用针线严严实实地缝上。一个小偷怎么能有口袋呢？也就是说，我从此不配使用口袋。这个无口袋阶段，足有一年。大概妈妈也隐约觉得，缝口袋的创意有点出格。所以，这个耻辱的秘密，我得以小心维护了一年。后来，读美国小说《红字》，看到通奸的女人，被教会规定，胸前终生佩带着鲜红的 A 字。我心里说，幸亏老妈没读过这书。

弗罗姆说，爱首先不是同一个特定的人的关系，它是一种态度，一种性格倾向。这种态度、性格倾向决定了一个人同整个世界的关系。我想，每个人都是通过爱上几个人，来爱整个世界的。

我老爸老妈的年代，世界实在太不可爱，大人国里的仇恨与鄙薄，远多于爱与尊严，怎么可能顾得上我们小人国呢？相反，他们潜意识里也许还有这样一种倾向：通过对付小人国的问题，来解决大人国里的麻烦。

我老妈是一个很固执的人，也是一个严格执行计划的人。在物质匮乏的年代，一切礼尚往来，都被她纳入不可更改的家庭计划中。

一天，她让我给街坊老刘叔叔送几个肉包子去。我又一次犯了极端粗心的错误，把包子错送到隔壁的尔辉叔叔家。路上，我还在想，是啊，上回，尔辉叔叔送了我们家大南瓜，所以妈妈这次就还他肉包子了。

近四十年后，小学同学的名字，我一个也想不起来，却能清楚地记得邓尔辉这个名字。原因就是，我陷入了一场可怕的外交危机。

本来，几个肉包子送错了，就将错就错吧。可是我妈偏不，她让我去把包子再讨回来！因为，尔辉叔叔的南瓜，已经用水饺还过礼啦。老刘叔叔的人情还欠着，你拿什么来还？老妈声色俱厉："自己犯的错，必须自己挽救！"

天哪！这怎么可能？

我至今认为，这是自己一辈子遇上的最大难题。两家的关系不能搞坏，东西又必须索回。成年后，一看到陷入危机的国际关系，我就想起小时候碰到的外交窘境，总结了一个道理：在弱国与强国之间，尊严永远是拿来换取实惠的。

可是，小孩子家对自己的面子，总有一种本能的保护意识。我在门口磨蹭了一会儿，但很快就想到，时间紧迫，万一肉包子被吃掉，我就完蛋啦！

硬着头皮进了尔辉叔叔家，万幸的是，肉包子还放在屋梁上挂着的篮子里。尔辉叔叔本想等全家人都到齐了，再来享用肉包子的。

包子最后是拿回来了。按照心理学"遮蔽性记忆"的原理，我已基本忘了这场交涉的细节。我只记得，自己像一条小狗似的，在屋梁下转来转去，直到尔辉叔叔自己开口问我。所以，上初中时，第一次学会"斡旋"这个生词，我就立刻想到，不管怎么斡旋，其中一方，肯定像一条转来转去的狗。

每一个妈妈，都爱自己的孩子；但每一个妈妈，又经常不自觉地折磨自己的孩子。更糟的是，她会以为，那种折磨，就是一种深沉而准确的爱。

现在，我的妈妈，已经是慈眉善目的老太太了，她不许我对她孙女动一下手指头，连大声说话也不行。可是，她仍然认为，如果不是她的严格要求，我现在也许就是一个小偷、骗子。

其实，我也在想，一个自尊心被戳得千疮百孔的孩子，后来为什么没有变成懦弱内向的小偷？为什么没有成为厚颜无耻的骗子，或者干脆成为名震一方的江洋大盗？

如果哪个儿童心理专家，愿意研究一下我这个标本，也许还能获奖呢。

亲爱的"歪脖树"

女人天生是一种善于奇思妙想的动物。

一天，我女儿问妈妈："如果小偷进了家门，你最想被偷走的是什么？"她妈妈咬牙切齿回答："那个叫晓坡的家伙！"也就是说，她要把我女儿的爸爸，痛痛快快地送给小偷。

女儿大乐，嘎嘎咕咕笑成一团。

这事真让我抱歉。彩电用旧了，放在路边，倒是有人捡；但一个大活人，用旧了后，怎么处理倒真是让人伤脑筋。

古人说，衣不如新，人不如旧。那指的是，人们之间的友情。如果歪解一下，赋予新的涵义，比如，用来解释婚姻的折旧率，如何？当然，在婚姻中，这话要倒着说，是"人不如新，衣不如旧"的。所谓"纸婚"、"七年之痒"之类说法，可以看成感情折旧率的一种计算方式。

正如越是削铁如泥、吹发可断的锋利刀片，越是容易卷刃或磨钝；越是美好纯洁的感情，越是经不起家务琐事的打磨。在婚姻中,能够经得起折腾的,反而是被人贬损的"不般配"。大部分的"歪脖子树",都经得起雷劈雨打。

我的意思是说,从感情的角度看,婚姻几乎没有什么般配不般配。如果一定要说般配,那就是两个人的般配,等于一对武林高手功底相当,正好彼此折磨。

大部分人都能看穿这一点。比如,同居与试婚,就是企图把折磨提前于婚姻之前。这类群体的理念是,人一辈子所受的折磨,有一个总量。如果把折磨的总量先消耗一些,以后的折磨会少一些。没想到的是,婚姻的折旧率也提前支取掉了。所以,很多同居与试婚,都没什么好结果。

少数人看空了这一点,干脆独身。

很多年前,鼓浪屿上有一对男女,青梅竹马,两情相悦。有一天,不知什么事,两人大吵了一场,从此再不说话。

后来,男的负笈去了英国,又留在剑桥教书,女的就守在鼓浪屿上。老了,男的回到鼓浪屿,拿着丰厚的退休金,还在郊外办了一个农场。两人这一辈子,都没有再恋爱也没有结婚,但也没有再说话,尽管六十年后,两个人仍然是邻居。

鼓浪屿上从来不乏传奇,这样怪异的情感故事,让我与同事又添对这个小岛的崇拜。

大概是十年前,居委会里的大妈,还想撮合他们。我的一位同事,也很想访问一下这对老人,最终未遂。

一场气,斗了六十年?没有人明白这是怎么一回事。但有人说,这大概是世界上斗气时间最长的怨偶。

我宁可把这对老人看成情感的哲人。他们看穿了婚姻的本质，为了逃避婚姻的折磨，不幸陷入另一场情感的折磨；但两个人婚姻折旧率，保持了零纪录，好歹维持了另一种美好。哲人的结局往往如此：眼望星空，身在泥淖。

一代新人换旧人，似乎是比较有效率的办法，可惜不怎么经济。

我的一位朋友很会说话。多年故友相逢，总会寒暄客气，彼此评价对方的变化。比如，女人伤春悲秋地自悼："唉，变老喽，变老喽……"他总是很正式地回答："一点也没老，只是变旧了。"

现在想来，这种说法，隐藏着男人一种不动声色的恶毒。

听起来，这像是在恭维对方的外貌变化不大。但依我对这小子的了解，他是说，你已经变旧了，大部分情况下，你就是撒泼耍赖，泪雨滂沱，也斗不过新人。

婚姻的折旧率，与所有的物件一样公平。有一位狂热的爱车族，把一切都比喻成汽车。不看好的婚姻，被比方成QQ车或普桑，好姻缘则比喻成名车。他的意思是，名车的保修可以少一些，零件可以少换一些，公里数可以更长一些。但我一直认为，就算双方是金童玉女，又真的打造了一部劳斯莱斯，但就是停在原地，两人心中也走过了千山万水。车内的上好的真皮，也会让你的屁股磨出茧来。

如果一定要打比方，我还是喜欢老套的比喻，婚姻就是并肩的两棵树。

好姻缘就是，两棵好好的树，长着长着，互相折磨着，就成了盘根错节勾肩搭背的"歪脖树"。能长成亲爱的"歪脖树"，是前世造化加后天的努力。

　　"歪脖树"最大好处，就是已经没人愿意下刀啦，就算能砍去也只能当柴烧。

　　我的意思是，我就是那棵"歪脖树"。

有钱邻居的八卦

在黑白的英美老电影里，常常有一个老太太或老绅士，虽足不出户，但洞悉人心。她或者他，反正是个颤巍巍的老家伙，只要在窗台边站上一小会儿，街坊的各类八卦，就巨细无遗，尽入法眼。

身为一个严肃的大男人，我本不屑于此。无奈，这年头你不找八卦，八卦自会找你。

比如，我住的这个楼道，净是有钱的主。住这儿，就像住在钱窝子里，不是说你能看到飘着的钞票，而是随时有可能被钱砸中。

这么说吧，早年间我在银行谋饭碗，需要经常出入金库。架子上，总是整齐地码着沉重的钞票。万一要是谁工作马虎，你就活该倒霉，被从高处掉下的整捆钞票，砸个眼冒金星。

我说的被钱砸中，就是这个意思——钱，肯定不归你，但为钱受伤的事归你。

很奇怪，有钱人都有装修癖。我住进来五年了，每隔一段时间就有人敲打装修，从没消停过。就是不装修，也是几个月就淘换一套半套家具。下了夜班回家，听着这些丁丁当当的热闹，真是恶向胆边生。只好在心里不停地念叨：别生气，千万别生气，一生气更睡不着啦。

我楼上的这一家，五十平方米的客厅，格局一点未改，但半点也找不出原墙壁的样子。原来的墙面及天花板，被各种名贵的木材与石材包裹得严严实实。准确地说，这一家人，完全是住在一个华贵的盒子里。大盒子里还套着小盒子——客厅供着一个佛龛，常年点着香烛，本地有钱人基本如此。那个十平方米的厨房，据说就花了三十多万元。

楼下的男人，在某办当个小头目。有一天上我这儿，很不屑地指指楼上："他们是卖茶叶的。你不知道啊，茶叶的价格是最没谱的。做这种生意，基本上与卖海洛因的利润差不多。" 这一家，倒是不怎么敲打装修，但经常换家具。家里有一整面墙壁，都是薄薄的金鱼缸，色彩斑斓，花了上万元，自动循环净化，永远不需换水。

楼下的男人，是我见过的最透明最爽快的公务员。他大咧咧地说："我上班好呀，上午九十点钟出门，中午在酒店吃个自助餐，午休做个足浴，下午三四点钟游泳打球。"这种舒服日子，嫉妒得我简直想一头撞死。

这样一个爽快的人，肯定也要让别人爽快。所以，他隔三差五就要请我们全家出去大吃一顿。我们只要稍有客气，他就很生气："嗨，什么啦，我有钱啊！"他的口头禅还真就这一句，一碰面就是"有钱啊有钱"地烦。为了释放他"有钱"的压力，我们只好很委屈地吃了他几顿。

在楼下的大肚子男人，不认识时，一直以为他是勤来的访客。原因是，每次在电梯口遭遇，都有一位女人客气地为他送别。那女人挂着礼貌周全的微笑，每次在电梯合上门之前，都会对男人轻轻摆摆手，柔声说再见。后来，我才知道，男人是一家上市公司的老板。女人原来也在公家单位，但很早就提前病退，回家伺候老公了。

每次遇见这一对，都刺激起我对老婆的极端不满。看看，榜样就在电梯边摆着呢！但想了想，自己又当不了老板，所以，这一场重要的教育工作，就这么一直搁置着。

值得大书特书的，是顶楼的一家。男主人是个酷老头儿，除了没有络腮胡子，明显是小了一号的肖恩·康纳利。一头雪白银发，纯粹而又灿烂，远远望去，仿佛圣人顶着光环。

他们家在这个小区，有四套房子。经常与他出入的，是一位年轻漂亮的女人，看上去三十出头，气质佳，皮肤好。开头那半年，我一直以为那是他的女儿。后来，才知道那是他的妻子。

接下来，你一定会鄙夷：又是一个小女人傍大款的老套故事？

错啦！实情是，十多年前，那个女人更年轻更漂亮时，爱上了已婚的"肖恩·康纳利"。这男人，当时也许头发还未全白，气质还没有这么酷，只是某单位的普通职员，也是朝九晚五地吭哧吭哧。而这个女人不仅美丽而且多金，生意做得风生水起。碰上了这么一个女人，左右为难可想而知。最后摊牌时，是这个女人挺着大肚子冲上门去的。

简单说，就是，一个有钱的漂亮女人，夺来了这个老男人，那四套房子就是那女人买的。

这个故事，我经常用来打击过于张狂的小男人。有一次，在食堂时，我与一位小朋友讲起这个事。那个自以为很抢手的家伙，听完后半顿饭功夫都在发怔，端着筷子仰着头，很有点"无语问苍天"的神情。可惜，他看到的只是食堂的天花板。

爱情的疼痛美学

我十八岁时，爱上一个眼眸黑得发蓝，头发黑得发蓝的女子。她大我五岁，对愣头青不感兴趣，当然是嘎嘣脆地拒绝了。

真是枉费我少年心机啊，记得当时借了一本《傲慢与偏见》给她，表白爱情的两个段落，一处夹了书签，一处折了页角。后来看钱钟书《围城》里的讥嘲：男女总是凭着借书的由头传情。就想，求爱要出点儿新意，可真难啊。

失恋的痛苦，对少年来说，没有想象的那么剧烈。当夜有雾，我骑着单车，绕着不大的县城飞驰三圈，一星期后就过去了。

同时间，有一位好朋友也闹失恋。这位小哥更绝，一边在铁路上慢慢踩着枕木逛着，一边不停地对我唠叨："娘的，我怎么不痛苦呢？我应该痛苦呀！"

爱情的成份与质地，甜蜜的份额所占不多。这一点，就是情场白痴的少年，也本能地知道。通常情况下，男女之间找到了痛苦，也就找到了爱情。或者反过来说，也一样。

前几天，连着看了两部电影，一部是《西伯利亚理发师》，另一部是《霍乱时期的爱情》。两个情感剧痛的片断，经典得让人叹服。

《西伯利亚理发师》，情窦初开的安德烈，向着久历风尘的珍妮求爱。珍妮先是故作轻佻地褪下衣服，后又转身披衣出门，说："忘了我吧，忘了我所有的事。"青春的无辜与单纯，怎禁得起这样可怕的生理心理双重冲击？镜头先是给了安德烈一个目眦欲裂的眼神特写；珍妮欲出门时，安德烈像一截木头那样，僵直地倒下、晕厥。

《霍乱时期的爱情》，二十岁的阿里萨，终于成功传递出平生第一封情书，他一路疯狂地冲回家。强烈情感的激荡，让他的生理起了反应，在家门口忍不住呕吐起来。妈妈先是吃惊："天哪，你得了霍乱！"弄明情况后，妈妈抱着阿里萨，为儿子的痛苦而喜悦："天哪，你恋爱了！趁着年轻，好好享受你的痛苦吧，它不会持续一辈子的……"

其实，这两个导演想说的是，爱情有多长，痛苦就有多长。真正惊世骇俗的爱情，是要痛苦一辈子的。所以，这两部电影所表现的爱情，都有些变态。前一对情人，是苦恋二十年不能得逞。后一对更绝，那个叫阿里萨的情种，是在守望了五十一年四个月十九天之后，才有了第二次表白爱的机会。

前一段时间，看网友拆字说，"恋"是个很强悍的字。它的上半部取自"变态"的"变"，下半部取自"变态"的"态"。现在再想想电影及现实，真是佩服得五体投地。

一场漫长的爱情，形同一场残酷的精神凌迟。你上辈子的冤家，如同一个思维混乱但又刀法精准的刽子手，零剐碎挖，刀刀见血。

没有人能够经得起一辈子的疼痛，所以我从来不相信所谓永恒的爱情。一辈子的爱情，只能在电影中找。

但，爱情的剧痛是有的，剧痛之后又经常会有阵痛。而且，我知道，可能还有"爱情疼痛美学"这样一门学问，痛得愈深，美学价值愈高。多数的情爱艺术经典，都以此为基础。所以，别人的疼痛，对你永远是一个很好的故事。

对爱的贪恋，因为得之不易而痛苦；因为痛苦，你才能抵近爱情的柔软核心，才能抚触到爱情的独有质地。

在以往传统的现实中，情痛，本来是最多不超过两三个人的私事。互联网的一大贡献，是人人都可以把自己的疼痛搬到网上去晒。你随便上一个博客，就可以感受到无比真实的"爱情疼痛进行时"。我不知道，这一切，让爱情疼痛是增值了还是贬值了？

艳光四射的办公室

我现在谋职的新单位，是一个气氛很严肃，政治上极正确的地方。上下级关系，非常符合一位伟人关于"不争论"的精神。比如，一位下属实在忍不住了，他会文绉绉地说："我个人认为……"一开始，我也以为，这是一种很有风度的表达方式。时间久了，我才知道，这其实是一种恼怒。"我个人认为"的意思是说，所有人都与你意见相左，只有你一个傻逼，才这么固执己见！

有一段时间，我很怀念那个能痛快吵架的老单位。后来在这个新职位久了，才发现，我想念的，其实是漫天飞舞的荤段子。

从前的那个办公室，可真是艳光四射。说段子的四大高手，轮流开荤，一不小心，就可能被一个黄段子绊上一跤，跌坐在椅，大笑，狂笑，邪性地笑，但真的不是淫笑。

我一向以为，荤段子也是生产力。一个不说荤段子的办公室，能有多少创意呢？

其实，有多少沉重的问题，就有多少种消解的方式。哪一种解决方式，都比不上荤段子的力道来得巧妙。这一点，很值得从事管理的人咂摸一下。

比如，有一位老同事，连日抱怨工作劳苦。最后，他甚至说，累得他连跟老婆亲热的力气都没啦。他骂道："你们领导，哼，真是惨无人道啊！"

结果，他与老婆在床上的那点事，迅速传为经典的荤段子。原因是有一位领导，当时就认真总结了："嗯，确实是的。惨，"然后他顿了一下，摇摇头，"无人道啊！"

这个"惨，无人道"，断句之妙，教授标点符号的现代汉语老师，可以引为教案。后来，单位里，大家再提谁谁夫妻之事不谐，就叹曰："惨，无人道！"

现在想来，这与网上流传的"民间语文"有异曲同工之妙。比如这句："纯，属虚构；乱，是佳人。"逗号之间，也有无限风情与智慧啊。

当然啦，领导就此充分理解，老同事体力有限，不能让他太忙。"无人道"的事，对家庭和谐总是不好嘛。另外，就是年轻的同志，也应该留一点让人家尽"人道"的时间。比如，单位里有一女青年结婚许久，肚子不见动静。大家都鼓励她，最好在新闻联播那段时间搞"造人运动"。理由无它，比照着主持人张宏民的模子"造人"，生下的孩子肯定一身正气大义凛然，还能皮笑肉不笑。你看，这种时间，领导还好意思让她加班么？

一个蜚短流长的办公室，能减去不少微妙的感情纠纷。"白骨精"们都明白，办公室恋情，一般情况下都结不下好果子。所以，谁与谁的关系越是不可能，大家就越是敢编他们的荤段子。当事人也明白这一点，所以，越是不可能的关系，他们自己就越敢拿来开涮。最后，一个段子，兜兜转转，往往色香味俱全，浓油赤酱，外焦里嫩，入口即化。看一个单位的文化与人事，听听他们的段子就知道啦。

荤段子，还具有强大的社交功能。

有一次，一位同事请大家吃饭。其中一位极有风情的女子，请假说可能迟到，理由是把腰给扭伤了，正在医院推拿着呢。朋友关切她受伤原因，对方回了条短信："穿袜子时的工伤。"

天哪，穿袜子，还工伤！这想象的空间也太大啦。一分钟之后，所有朋友手机，都有了这条香艳的短信。

嗯哼？穿袜子，有穿就有脱，那为什么要脱的呢？工伤，那么就是在办公室，哪间办公室？是老板办公室吗？穿袜子也受伤，那么姿势一定很别致，是什么优美的姿势呢？仅仅是穿双袜子，为什么要采用那种有风险的姿势呢？

结果，那天的饭局，人到得最准时也最整齐。这都应该归功于那只袜子的悬念吧？

对经常被荤段子恶搞的领导来说，比较可怕的是，他们经常倡导的"走出去请进来"的工作方式。

一般说来，那些外单位的段子高手，更肆无忌惮。一开始，他们总是不动声色，蔫坏蔫坏。不出手则已，一出手则天地变色。

比如，有一位单位里请来的女同行，其中一位，刚接触同事们就觉得她灵光四射，只有老总懵然不知。接触两天，大家熟了。

某日清晨，我与老总必恭必敬，上旅馆敲门请她用餐。不想，门内传来女子慵懒的声音："还没起床呢，等等——我们裸睡！"

老总与我，马上抱头鼠窜。

可恶的是，这一简单情节，很快就变得丰满可人起来。无比亲切的领导，迅速被置入一个可笑的画面：一声娇喘，如惊雷响起，走廊顿时一片稀里哗啦，乒乒乓乓，我们一脸敦厚的老总，在当下的情形下，被描成了逃出瓷器店的笨大象。糟糕的是，每遇见这位没正形的女子一次，这画面就被刷新一次，细节又变形地添加一次。

有一位作家在研究黄段子后说，其实，黄段子常常是一种以色情面目出现的反色情材料。我是这样理解他的意思的：性笑话消解了某些人的伪庄严。

早年间，我的一位老板特别严肃，特别礼貌。有一天，他在楼梯上碰上了一位用墩布拖地的清洁女工。女工恭敬侧身让开："你先上你先上……"老板十分客气："你先拖你先拖……"

结果，这文明谦让的感人一幕，让一位好事者目睹了，原样复述后，只被改了一字，不幸变成了这样：

女工："你先上你先上。"

领导："你先脱你先脱。"

就这样，我们庄严伟大的领导，迅速蹿红为"脱星"了。

粉红色的悬念

一位大约是 80 后的同事，在读了我的文字之后，问，你怎么有那么多传奇故事呢？对这个问题，我只能耸耸肩：那些破事儿，我几乎没觉得那是传奇，至少是在我经历着的时候。

我们这些六十年代出生的孩子，小时候能看的电影就那么三四部，关注的焦点，可不是就是身边的事嘛！生活圈子窄得可怜，人与人之间，牵来扯去，总有那么复杂的关系，总是能把喜剧搞成悲剧，又把悲剧弄成喜剧。当时寻常，现在回看，真是残酷。

比如，我少年时候的娱乐之一，就是翻看老爸的抽屉。在那里，曾看到过不少严肃处理"不正当关系"的文件。我看到过，仅凭一次大家都目击的手拉手，就认定的婚外恋；还看过，有关"不正当来往"的交代材料，那两篇检讨沉痛得让人起鸡皮疙瘩；还看过，离婚妻子检举前夫的信件，其中有这样的"罪状"：前夫闹"资产阶级情调"，经常给她送玫瑰月季等等。

前两天，在看今年第五期的《读书》杂志，其中有一篇文章的内容，是对"不可思议"的辞源解释。文章说，这个词语来自佛经。晚清的严复解释说，"不可思议"，是佛书中"最为精微之语"，其中大有禅意。其实，人所经历的事，都经不起回看。如果一定要看一看，品一品，大都有很可以再思、再议的妙处与深意。

现在想来，当年的我，能比传抄《少女之心》的同学多懂一些什么，除了现实的人际交往，大约还得感谢老爸抽屉里的"情感教材"。其中，最"不可思议"的，就是在一个普遍压抑的年代，这个神秘的抽屉，让一个少年的生活，经常飘荡着粉红色的悬念。

那时候，孩子们最初所接受的性教育，就是彼此之间骂人时的比划动作：用食指与拇指合成一个圈，然后用另一手的中指向圈子一捅。不太明白什么意思，但被比划到的孩子总是勃然大怒，拳脚相向。不知为何，这个性符号很强的动作，在那一代孩子中间，几乎每天都要用上几回。尽管大多数孩子，很多年后才明白其中的具体含义。也许，是成人世界的压抑，绕了个弯，在孩童世界中泄露出来了吧。

其实，我是一个缺乏想象力的人。好几位同事，都善于写小说讲故事。可我总觉得，故事让我绘声绘色讲一讲，还过得去。但一到了笔下，再好的情节，也还原不了当时的环境、光线、气味。曾经多次想试试写小说的乐趣，最后都放弃了。

一位与我同龄的朋友，写了篇怀旧的小说，好看得一塌糊涂。共鸣之余，我向她说了一件亲身经历的事。

我住的大院里边，有个安静的小房间，屋里有一台压面机。如果没人来压面条的话，就是孩子们最不受打搅的天堂。

一天，一帮小屁孩又聚在一起。当时，大家的年龄基本都在十岁以下。这一回，是围着一个褪下裤子的小女孩。挑头的男孩子要求，每个人都得低下头去，品尝一下那个女孩的"秘密花园"。谁不这么做，谁就得滚出这个圈子。

对一个孩子来说，没有玩伴，是一件很恐怖的事。没有人明白这件事情的意义，但大家排着队，挨个照办如仪。

我的小说家朋友，听完后感叹：天哪！你们这些男孩子，真是天生就有 A 片意识。她还说，这事真可以写到小说里。

现在想来，这对一个普通女孩，可不是什么写小说的素材。很难料定，此事对她的一生有什么样的影响。后来，我知道，父母天天都打她拧她，用最难听的话咒骂她。说是受尽亲生父母折磨，也不为过。听说，她很早就恋爱结婚了。

其实，我们的上一代长辈，对孩子们的态度，现在想想，如果只能用一个形容词，完全当得上"残暴"二字。几乎每个孩子，隔三差五的，身上都是青一块紫一块，那都是大人们的"教育成果"。有一句谚语说："下雨天打孩子，闲着也是闲着。"有这么多孩子挨揍，估计是老天爷安排那时候天天"下雨"吧。

记得有一次，妹妹回来对我说，隔壁小女孩告诉她，长大后的理想，就是快快生一个小女孩。

"生孩子有什么用呢？"这个小女孩自问自答说，"没事时，就像妈妈那样，揍上她一顿，那该多好玩！"

妹妹说完这事后，大笑起来。当时，我们兄妹俩都认为，隔壁女孩很有创意，这个理想很值得实现。

残酷的荷尔蒙

有一天，女儿牵着我的手散步，忽然叹了一口气："唉，我还没拉过男人的手呢！那是什么感觉？"我刚要张嘴，又被她不耐烦地制止："我知道啦，什么触电啦，什么荷尔蒙啦！"

我十四五岁时，才不知道什么叫荷尔蒙。我只记得，每天放学都会晚一点回家，好在路口上看一眼一位漂亮的女工。那张脸的独特气质，在相当长的一段时间，主宰了我的爱情梦想。

不幸的是，很快就传出消息，她的丈夫得了麻风病。那个厂子不大，几乎是一夜之间，每个人都发现，那个女工风采尽失，形容枯槁。不久，她就再也不见了。

小时候跟着老爸工作调动，四处迁徙。记得之前生活过的一个镇子，也有一个麻风病人的女儿，长得美艳动人，但就是没人敢与他们家打交道。老爸与一家麻风院院长是朋友，常常回来说，只要在太阳下晒晒，麻风杆菌就威力全失。所以，我们与这家人有一些礼貌的往来。后来，我们家迁至镇子隔壁的工厂。有一天，麻风病人的亲属来工厂医院住院,为了陪床,向老妈借了一床被子。被子归还后,就被丢弃了。这样的时候,老爸的科学道理,一下子就变得可笑了。

这种背景下,那个漂亮女工的遭遇,对我这样的少年,是一个多么大的打击。爱情的天堂,一夕之间就无声地塌陷了。

上高中时,有一位胸脯特别成熟的同学,曾经向我借了一本小说。第二天,她兴奋地告诉我说,小说好看极了,一晚上她就看了七页!对一下午能读完一本小说的我来说,这是一个逢人就说的笑料。所以,相当一段时间,我真的以为,胸大无脑是绝对真理。

就是这个女同学,忽然有一天,在厕所里生下了一个婴儿。事前没有一点迹象,没有人发现她的身体有一点异常。此事的轰动可想而知。走到哪儿,都能听到婴儿诞生的细节。关于"满城风雨"这个成语,对一个学生来说,这一回有了最可怕的诠释。

事主是我上两三届的学生,叫黑子,早早就退学顶了老爸的岗位。多少年过去了,我至今记得他的模样,颀长,黑瘦,走路时膀子一晃一晃的。按那个时代的标准,他属于说话流里流气,没脸没皮的家伙。总之,算一个"二流子"。

奇怪的是,我这个让爸爸管得最严的孩子,与他在一起时,偏偏感觉心里最舒服。更奇怪的是,那几天,我偏偏不知道,肇事的男人就是他。碰到他时,还肆无忌惮地问他:那个混蛋男人究竟是谁?

后来,我才知道,所有人都像我一样肆无忌惮。因为,大家都认为,他是个一贯厚颜无耻的人。他的反应,当然也一如大家所预料的。比如，有人看到他在工厂唯一的商店里买罐头，与他打招呼。这个正泡在大家的唾沫里生活的小伙子，嘻嘻哈哈地大声回答："这是给老婆买的呀，生孩子啦！"这个臭名昭著的家伙，就这样提着罐头招摇过市，一路嘻皮笑脸地对人说，要去"丈母娘"家。

一个下午，车间里一帮人又拿此事开涮，他仍旧不紧不慢地笑答："哈哈，又说这个破事，算啦算啦，干脆我就别活啦。"

没有一个人当真。

傍晚时分，有人看到他雇了一条小木船，划过工厂边的河流。一上岸，正好一列火车驶来。他突然起跑，像一个冲锋陷阵的战士，撞向了急驰而来的火车头。

这个工厂，是从东北搬迁入闽的。我记得黑子的妈妈，是个一说话就"嗯哪嗯哪"的亲切老人。那段时间，每到夜里，就能听见老妈妈苍凉的呼唤："黑子啊，我的黑子啊，你在哪里呀……"

而我，一个懵懂少年，经常握着一小扎黑色电工胶布发呆，那是黑子几天前送给我的。

这样一个惨烈的偷情结局，对很多人都是直接的警告。记得班上唯一的一对小情侣，立即中断了关系。我曾经偷偷地为他们传送过情书，多年后，男同学告诉我，他们实在没有能力控制自己可怕的情欲。对两个情窦初开的少年来说，黑子的结局几乎让他们崩溃。分手，是唯一的选择，如果要活命的话。

那是一个基本禁绝了情感活动的时代，对我那一代人来说，要么，就是黑子事件的可怕现实；要么，就是手抄本《少女之心》

的变态幻想。爱与性，总是曲曲折折，以变形的方式，冷不丁地一下撞得我眼冒金星。

但生活中总有奇迹般的拯救者。

我住的院子边，是一家粮站，粮站里有两个灿烂的姐姐。是的，完全可以用灿烂两字来形容。岁月越是流逝，这两位女性的形象，就越是在我的记忆中闪耀。

现在想来，当时她们大约正沉浸在两地恋中。一个十四五岁的少年，是很单纯很合适的倾听者。她们总是不约而同地不断倾诉着，她们的父亲是如何如何地爱着她们。但一个又一个细节，都在提醒着我，那是一个男人，很男人的男人，但肯定不是她父亲那样的男人。我们彼此心照不宣，每周我都能听到她们"父亲"的新故事。

也许，我狂暴扭曲的荷尔蒙，就是在这样纯洁的倾诉中，被慢慢抚平的。

很快，其中一位姐姐去外地结婚了。也很快，传来了这位姐姐的死讯：在一个水深仅仅过膝的池塘里，她奇怪地淹死了。

当天夜里，粮站的木板走廊上，不断传来穿着拖鞋走过的橐橐声。那个声音的节奏、力度，每个邻居都知道是谁。记得第二天一早，那栋楼里的人聚在院子里，表情惊恐，面面相觑，都在问：你听到了吗？

此事，算是我一生中唯一碰到的灵异事件。

对人们来说，那是一个美丽的灵魂留恋不去。现在想来，那也是一个情感导师在向一个少年道别。

　　粮站的同事在清理遗物时，找出了我借给她的两本书。那几天，月色撩人，树影婆娑。我一个人走在满地月华之中，几乎觉得自己也是一个浮动的幽灵，一身的暴戾之气都随那个姐姐远去了。

　　如今，我少年的月色还未淡去，但女儿已能淡定地谈起荷尔蒙。岁月的沧桑，生命的更迭，情感的动人，以如此美丽的方式来提醒我，真是妙得让人不可思议。

身边的传奇

早年间，有一个同事称，只要静下来，就能看见自己的后脑勺。此事虽然奇怪，但很难证实。所以，只要该同事一发呆，就有人笑着说：哦，他又在看自己的后脑勺啦。

其实，稍微一想你就会发现，身边还是有不少奇人的。当然，不是这种不靠谱的奇人。

比如，我老妈拌饺子馅时，从来不用伸出舌尖尝尝淡咸，而是用鼻子闻闻，就知道味道如何。这种闻味知咸的本事，我从小就看着，全家人都不觉得奇怪。老妈做事不甚利索，包饺子能弄得满屋面粉。我老爸曾经屡屡抱怨："你妈呀，包个饺子，得有一个团战士跟在后头清扫战场。"他也从未发现，我妈有这个本事。直到有一天，我突然看到老妈也用上舌尖时，才发现她年华老去，这种"特异功能"不复矣。饺子，也不复当年美味。

我老婆的工作，是替人管理着五千多个保险箱。每个箱子上都有五位数的号码，她的本事，是能够记住其中三分之一的号码。

这种能力，一开始连她自己都未发现。每次客户来开箱时，她常常不用查阅资料，顺手就把号码敲进电脑。这些号码，就是箱子的主人也未必记得。这样的事多了，她才"咦"的一声发现了自己的功力，回到家经常向我夸耀。

职业的能力，真是天生的。

我小时候住的银行大院，有一个传奇式的老会计。他的厉害，是能够双手同时打两副算盘。两眼来回瞟着两套账目，左边一本，右边一本，嘴里念念有词，手指翻飞，噼里啪拉，很快就报出准确数字。那个热闹与神奇，电视剧《暗算》里有一场算盘大战的场景，根本不能与之相比。

我到银行工作时，正是金融业务开始扩张时，也是算盘功用发挥至极致时，到处都在搞省级、国家级算盘大赛。当时，媒体还不发达，估计不少珠算奇人都被埋没了。反正我知道，比赛办了几年后，算盘越用越小，最后小得只有巴掌大，与三岁儿童玩具一般。这么小的算盘，意在使算盘珠子的距离减至最小，计算速度增至最快。那时候，几乎每个县城每家银行，都有一个公认的算盘奇才。可惜后来电脑普及，几乎是一夜之间，所有奇人都风流云散。

一般说来，我们习惯于在电影院里等待奇人奇事，但有些不可思议的事，却经常从我们眼皮下溜走。

有一天，我和一位女同事外出工作。那位采访对象说话很快，我们俩都在奋笔疾书。忽然我发现，女同事盯着那人，嘴里与对方交流着，手上却继续不停地记着。天哪，她竟然不需要看笔记本！

说完全不看也不对，只是，她偶尔才看一下笔记，眼睛基本是看着对方，那手完全像一台速记的机器。出来后，我问：你怎么会有这个本事。她笑笑：瞎写，那些"鬼画符"只有自己能看懂。这可真的是"瞎写"，不用眼睛的"瞎写"！电脑键盘的输入技巧，叫"盲打"；她的"瞎写"，则是纸上的"盲打"。这也算一奇吧。

人的一生，吃多少喝多少玩多少，都有定数。大部分人的一生，注定庸庸碌碌，愁苦烦劳，惟有发生在身边的奇迹，是个安慰。如果能在自己身上发现奇事，那几乎就是他人生价值的证明。

我们单位里有位老司机，号称"火娃"。此人之奇，在于不只脾气火爆，身体也火热。数九寒冬，他只穿一件背心。寒夜中，我缩着脖子上了他的车后，一眼瞥见他的炎夏衣着，每每精神恍惚，以为自己穿入时空隧道，走错了季节。

这种时候，我最乐意接受他的嘲笑，为他的不凡做个证明。平淡的生活，需要这样小小的奇迹。

恐惧大师

这个世界上，有一种人精于制造恐惧，有一种人则善于体察别人的恐惧。

我小时候，听一位见过死囚斩首的老太太讲故事。她说，刽子手在挥刀之前，都有一个标准动作：先用刀背轻轻地磕一下犯人的后颈，然后再手起刀落，斩下人头。这轻轻一磕，是在试试刀的准头吗？不，刀背这一磕的妙处，是惊犯人一个激灵，让他绷紧脖颈的肌肉，好让刽子手下刀。

那冰凉的刀背，所制造的恐惧，定有绝顶的效果。想来，刀虽未落下，但那犯人的灵魂已然出窍。

中西思维之不同，也体现在对恐惧的研究上。中国人善用恐惧，但说不出个所以然来，而西方人是要用科学实验来说话的。

据说，为了试试恐惧的威力，西方科学家曾拿一位死囚做过实验。他们告诉这位死囚，可以选择一种无痛苦的死刑。行刑之日，犯人被押进房间，躺下，把手伸进一个小窗口。然后，由一个医生不断告诉犯人行刑的每一步骤："现在，割开你手上的静脉了。"其实，那只是刀背的轻轻一划。然后，又报告："你的静脉开始流血了。"其实，犯人滴血未出。接着，再报告："你可以听到血滴下来的声音。"其实，那滴答滴答的血流声，是水龙头在铜盆里制造的效果。

就这样，一步一步，犯人最后心脏抽搐而死。

结论是，他死于恐惧。也就是说，他被吓死啦。

我因为工作的原因，目睹过一次死刑枪决。在刑场上，犯人跪下，法医拿着一支粉笔，在死囚背上的心脏位置，点了一个白色的标记。然后，一位负责行刑的战士，用枪刺顶着那个白点。就隔着一把刺刀的距离，枪口中喷出最后一击。

多年后，我在谈及目睹的情形时，一位女性朋友第一反应就是："呀，太残酷了！你想想，那白粉笔，点在他身上的恐惧；那枪刺，点在他身上的感觉！点了一下，又点了一下，那是什么样的感觉！"

她是一位作家。善于体察别人的恐惧，也许是她的职业素养，但我喜欢她的关切。这一关切，并不因为对方是罪犯而有所改变。死刑，是对罪犯的终极惩罚。但罪犯也是人，也有免于恐惧与痛苦的权利，不然，就不会有由枪决执行到死刑注射的进步了。

对恐惧的体察与关切，是一切美德的基础。一个变态的社会，常常是多数人容易陷于恐惧，一些普通的小事都会让人有恐惧的联想。甚至可以说，人人都是恐惧大师，他们陷于恐惧又常常制造恐惧。

文革时，我年纪尚幼，在一个县城，常常听大人讲一些残酷的见闻。那时候，一些恐怖的情节，像现在手机里的段子一样流行。其中，有两个自杀的故事，至今难忘。

有一个"走资派"，在囚室里用一桶水自杀。他把头伸进木桶中，活活把自己呛死。从技术角度看，这种自杀实在很难让人相信。只要他稍微挣扎一下，桶倒水倾，他就死不成；就算木桶能稳稳立着，人被憋得难受了，被迫伸出头来喘气，也一样死不成。可是，他真的就死成了。

还有一个汉子，死法更骇人听闻。他与大伙儿一块吃饭时，在饭桌上立了一根筷子，用这根筷子顶在鼻孔里，然后抱着自己后脑，使劲向筷子压下去，让那筷子从鼻孔直插脑中。也许，在那样的囚禁条件下，这是他惟一能选择的自杀方式吧。

我记得大人们当时的叹惜：唉，这种死法都不怕，他还怕什么？

是呀，他们怕什么？是什么，让他们像疯狂逃脱般逃向死亡。

后来，我有一点明白了。

大约是上世纪七十年代末，我还在中学时，记得当时最大的新闻就是公审"四人帮"。一天，一位男同学忽然在班上说，其实江青还挺漂亮的。所有同学都瞪大了眼睛，他又说，江青真的挺漂亮的。啊，这还了得，一个那样的坏女人，你还能说她漂亮！所有同学群起而攻之，见他就骂。那一天，再没人跟他说一句话。

第二天，他就吊死在家中的窗梁上。那种老式的窗户，上边是两个气窗，下边才是可以开合的窗页，窗页与气窗之间有一根梁，他就把绳子挂在这根梁上。小时候，他母亲也吊死在这根梁上。自杀的原因，只是因为她偷了几斤粮票。

　　真正的恐惧，是对可怕命运的不确定性感到恐惧。刀在未落下来时，是最让人恐惧的。是对自己处境的恐惧，对自己恐惧处境的想象，杀死了这对母子。而我与我的同学，也参与制造了恐惧的气氛。

　　所以，恐惧本身，比死亡的恐惧还要令人恐惧。

忧伤的骗子更具杀伤力

曾经有位女士一本正经地对我说："你有一双忧伤的眼睛。"我当时就笑喷了，这么骂我，真够狠毒的。

前一段，德国宝马的女继承人苏珊·克拉腾，爆出被人骗色诈财。案件有这样一个细节：那个叫斯加尔比的骗子，除了能精致敏感地对女人表现出双方共同爱好外，还有最根本的一点——那种忧伤的感觉。

"他富有魅力、殷勤体贴，"受骗的克拉腾对警方说，"同时，他看上去非常忧伤。这激起了我内心的共鸣，觉得我们心有灵犀。"

骗子有许多种，忧伤型的骗子显然最具杀伤力。

成熟的人生，即是忧伤的人生。从人生哲学的角度看，每个人都隐约明白自己的宿命，知道自己的终局。年岁愈长，忧伤愈甚。这种阴郁的东西，就像垃圾。年少时，这种情绪垃圾似乎更多。但那个时候，心里住着的情绪清洁工，身体还强壮，垃圾往往能够日产日清。年岁大了，清理速度慢了，常有隔夜的垃圾。不良情绪像一列不断增挂车皮的火车，一个不快总让你联想起另一个不快，一件挂一件，车厢越挂越长。忧伤的列车，从此载着你蜿蜒曲折。

没有人愿意把忧伤当成礼物四处馈赠，所以，自然流露的忧伤最能打动人。这个骗子的成功之处，是把忧伤卖出了价钱，把这种看似高贵的情绪，在一个女人那儿兑换成了 750 万欧元。当他把忧伤抹去，直接勒索 4900 万欧元时，苏珊·克拉腾才恍然大悟。

四十六岁的克拉腾，坐拥两家德国顶级公司：宝马汽车和化学制品巨头 Altana。她掌控公司全局，甚至有本事亲自动手，将宝马前总裁毕睿德（现大众汽车首席执行官）挤出公司，但偏偏就掉进了一个最俗套的陷阱中。

"这样的男人能释放出女人的母性本能，她们想照顾他、关爱他。"德国的心理学家这样分析这个女人。

忧伤的女人，也一样打动男人。那么，这个时刻，就可以说成是，能释放出男人的父爱本能？这种激发本能的说法，过于牵强。

关键在于包装。忧伤，要卖出好价钱，当然也得靠包装。

德国媒体是这样描述这个奇妙的骗子的："如今关押在慕尼黑监狱的斯加尔比确实长相不俗，他的英俊潇洒是让你想带回家见父母的那种：高挑、修长、下巴方正、唇红齿白、连眨眼睛也尽显从容。他是瑞士一位高级行政人员的儿子，修读法律专业，任职银行经理——而他的样子也确实很符合这样的身份。他整个形象就是那种刚刚洗浴完毕、扑了爽身粉的那种优雅而体面的样子。"

这样的男人，一旦握着忧伤的武器，在情场上真可以百发百中，杀人如麻。

所以，同是忧伤，在破衣烂衫的男人那儿，就不能称为忧伤，只能叫忧虑、忧愁、忧烦。而在这个四十一岁的男人这里，就是叫忧伤，是那种纯粹得如单晶体一般的忧伤。

要讲完这个骗子与德国女首富的故事，需要很长的篇幅。简单说吧，两个人的认识，是从一本书开始的。在一个度假天堂，苏珊·克拉腾正在读巴西人保罗·科埃略的著作《炼金术士》，这是一本关于如何追随自己梦想的心灵寓言。"我最喜欢的书，"斯加尔比说，然后坐到她身旁。

这个开头，其实就是忧伤撞上了浪漫的一个过程。这位全德国最讨厌抛头露面的女富翁，从此不得安宁。

忧伤与忧虑不同。忧虑堕于物质，计较于琐屑；而忧伤是芬芳的空气，属于精神层面。这位一辈子也未被人追求的女人，在心底一定认为，世俗的情感是忧虑的，超凡的纯粹的爱情则是忧伤的。她脆弱的防线，一下子就被忧伤所洞穿。

因此，尽管这个骗子关于忧伤的谜底是那么拙劣——他因为车祸撞死一名黑手党头目的年幼女儿，黑手党追杀他，威胁说除非交出 1000 万欧元作为补偿，否则将他"撕成碎片"。他说，是因为"负罪的痛苦"，才让他那么忧伤的。可怜的女富翁就这么相信了。这个忧伤的谎言，在克拉腾之前，至少骗了三个女人。甚至有一位八十多岁的老太太，还为这个忧伤的男人染了红发。

人的一辈子，似乎总要经历一点浪漫的忧伤，无用的忧伤。

有一种女人，是在暮色降临时才开始浪漫的。这种女人，年轻时总以为，现实生活中所有的一切，都是书本里有过的。因此，她怀疑一切情结与情伤都过于戏剧化，她怀疑一切的追求都是追求戏剧化，她不相信人与人之间的感情。到迈入中年，她才觉得年轻时的情感，在蹉跎中已如沙海中四散的珍珠，难以再拾。老了，她才觉得浪漫与忧伤，也是一种真实。

苏珊·克拉腾，这个可怜的女人，表面上看，是以为自己可以当别人的解忧药；实际上，是以自己的忧伤与浪漫吸引了骗子。

所以，这个骗子没有白白夸耀自己："能像看地图一样轻而易举地读懂女人。"这一回，他读懂的，是一个忧伤的女人。

搭识优秀女青年

搭讪即公关。会不会搭讪，事关一个人的生存质量。所以"搭讪学"，已成一门显学，台湾有本叫《搭讪圣经》的书就十分畅销。

我听说过的最奇怪的搭讪，发生在女厕所，时间在半夜。

一位女工在上厕所，然后一个男人走进来，做走错厕所状，然后与之搭讪；又然后，乘搭讪之机抢走了女工的手机。

这是不久前发生在本城的一桩新闻。读毕稿子，我绞尽脑汁为两位当事人设计台词，就是想不出走错了厕所，还有什么可以搭讪的。按常理说，任何人一发现走错厕所，第一反应是立即退出。他们能搭讪些什么？这条短短的新闻没有回答，在"搭讪学"上留下了一个很有学术价值的谜团。

就我本人而言，最失败与最成功的搭讪，都发生在列车上。

十八岁时，第一次单独旅行。在起点站上了一位漂亮姑娘，在我对面一坐下就哭。

年轻时，每个人都有一点点恶毒的浪漫。看着对面这个姑娘伏在小桌上，肩膀一耸一耸地呜呜，我没有同情，反而有莫名的兴奋与妙想，猜她为什么哭，更多地是想怎么一展手段，让她破涕为笑。

时间，已清澈地过滤了尴尬的搭讪细节。我好像最后也没能与姑娘搭上一句话。如今，我只记得那姑娘抬起头时，那怔怔的目光，还有脸上两道动人的泪痕。

所以，现在一看到法制新闻里，所谓某某歹人"搭识不良女青年"的说法，我就万分反感。搭识，不就是搭讪后认识吗？这个词，读起来为什么会有那么卑下的情感色彩？我得承认，作为一个内心丰富的男人，希望"搭识"一位曼妙的女子，一直是我年轻时乘坐火车的动机之一。

火车旅行是个浪漫的过程。这个浪漫，体现为可静可动。静，可以在短短几个小时读完一本平时懒得翻的书。动，则是可以认识平时你不会主动认识的人，在心理上处于一种好整以暇的进攻状态。在这个封闭的空间里，搭讪，在大部分时间里简直是你惟一能做的事。

有一年，我坐上了一趟终点站为上海的特快列车。在埋头七八个小时读书之后，在途中一个大站准备下车。一对年轻人也站起来收拾行李，这大出我的意料，因为我一直以为这是一对上海情侣或夫妇。

目光交接，发现他们也一脸惊奇："咦，你不是上海人？""你们也不是？"我答。显然，双方的判断都失误了。又显然，双方对上海人在心理上都是封闭的，至少在火车上是封闭的。在下车前短短的半小时，我们热烈交谈，找到了可以开列清单的许多共同点。正好，他们第一次去的城市，我几乎熟悉每一条街巷。下车后，我顺路把他们带到了目的地。

成功的搭讪，犹如北京天坛的回音壁。你轻轻耳语，对方就能听到你的真实。

后来，我参加了这对年轻人的婚礼，吃了他们孩子的满月酒。看着他们白手起家，从租住破旧的公寓，到成为拥有两家公司一家工厂的实业家。我们都没有忘记，那种亲戚般交往，正是从下车前的半小时开始。

所以，我的经验是，要打下厚实的"搭讪学"底子，得从多坐火车开始。不知为什么，飞机上就是不太适宜搭讪。我最长时间坐过十九小时的飞机，但就是找不到火车上的感觉。

你如果实在内向与羞涩，我建议可以从搭讪女列车员开始。越漂亮的女列车员越好搭讪。长相漂亮的女子，大部分都内心明亮，这也符合心理分析的常识。当然啦，最漂亮的女列车员，基本都分布在进京列车上。我有一个当列车员的表侄女告诉我，她所在的进京列车，乘务员都是在职业学校的空乘班上招聘的。

关于女列车员的美好形象，我读过一首聂绀弩的旧体诗，虽然这诗也许与搭讪无关，但我还是忍不住要拿出来，与大家分享一下：

　　长身制服袖尤长，
　　叫卖新刊北大荒。

主席诗词歌宛转，
人民日报诵铿锵。
口中白字捎二三，
头上黄毛辫一双。
两颊通红愁冻破，
厢中乘客浴春光。

这是文革时期东北进京列车上的乘务员。我估计，当时聂老身为被改造的反动派，不方便与女列车员搭讪，抓耳挠腮之后，才有这般好诗。

嗯，他死了，就证明我们错了

·

职业对人的性格影响有多大？

有一个朋友去找狱警办事。注意，是在监狱之外，办一件与监狱无关的事务。回来后，她对我说，那个狱警完全不会笑，虽然那张脸的五官比例很好，一点也不胖，但就是有一个感觉——他满脸横肉！

我不信。这是一位感性的朋友，她的表达一向有些神神叨叨。

很巧，不久前，一位老同事搬了新家，邻居也是一位狱警。他愤怒地向大家投诉：与那家伙才打过一次交道，就发现他对谁都恶声恶气。他说，我们一家大小，都感觉像是他的囚犯！

看来，职业对人的影响真的很大，大得可怕。比如，律师擅长扯谎，老师说话斯文，会计对数据敏感，这些都是真的。

最近，我联想比较多的，是医生。连着几天追看美剧《豪斯医生》，不想都不行。

基本上，这群最终掌控我们生死的家伙，是一些善于节制同情心的人。

豪斯医生手下有一位漂亮的助手,叫卡梅伦。在第二季第二集,我听见这位名满全球的怪医生训斥她:"离我的病人远点!你只会在快死的女孩身边,滥煽情地满足自己的心理需求,最后只混成一个保姆而已。"

像这样的桥段,剧中比比皆是。豪斯医生的朋友威尔森,也这样警告卡梅伦:"你要与这个快死的人做朋友?他心里好过几天,你要难过好几年!"

这部风靡世界的电视剧,一直在推销一个理念:凡是好医生,都力求与病人保持冷淡关系。而且,那位外貌如黑社会般的豪斯医生,总在冷言冷语地敲打着他的诊疗对象,不断派出助手到病人家中,像侦探一般挖掘隐私,因为那总与病情有千丝万缕的关系。

这些,与我们一向熟悉的"待病人如亲人"的说法,简直是十万八千里。很奇怪的是,所有剧迷都如同受虐狂一般,喜欢这位尖刻的医生。如果谁不幸生病,估计都希望落在他手中吧。

在和平年代,大部分生命的死亡过程都在医院发生。医生的使命之一,不只是疗治你的病痛,也包括帮你关闭生命最后的大门。他们穿梭于生死之间,浸泡在呻吟、血泊、脓肿之中,也许可以不断打赢与病魔的一场场战斗,但从生命进程上说,医生永远是失败的。生命终归要变质、腐败,这是任谁也无法抵挡的。

生命的秘密太多,即使有比"核磁共振"更高级的诊断手段,豪斯医生们也无法穷尽种种谜团。在生命面前,医生总是不断地掷骰子。所以,每临决断的关头,有人问,万一我们错了呢?豪斯医生也总是面无表情地回答:"嗯,他死了,就证明我们错了。"

好的赌徒,掷下骰子前需要冷静。所以,好的医生,需要与病人有冰冷的距离。这是豪斯医生的信念。

记得是前年吧,一位朋友的妻子得了恶疾,一种罕见的病毒。一位其他科室的陌生女医生进了门,坐在了她病床边。问寒问暖,说长道短,十二分热情,谈着谈着,就声音哽咽,泪流满面。原来,她的母亲正是因为此病而去世的。这一哭,几乎哭塌了病人的信心。我的朋友气得七窍生烟。

给病人最好的服务,并不等于拿病人当爹娘。《豪斯医生》的火爆,证明了"待病人如亲人"的无用与伪善。剧迷们懂这个,其实病人更懂这个。就像狱警不需要笑容一样,医生必须把他的软弱同情心藏起来。

《豪斯医生》以每集讲述一至两个病例的方式推进,但一直没讲讲,见惯生死的医生自己怕不怕死?

一位当院长的朋友,帮我解答过这个问题。他说,几乎所有的医生,都比常人更恐惧病痛与死亡。因为,他们正好知道病程的每一个转折,知道痛苦的每一个细节,知道生命的火苗何时将黯淡并且熄灭。

唇冷心热

贪吃炭烤牡蛎，不幸把嘴唇给烫伤了。

伤势很奇怪，嘴唇的外观没有任何异常。如果我的牙齿长得足够好的话，仍然可以称之为唇红齿白。照样吃饭，喝水，亲吻，它的功能没受什么影响。但惟有一样不同——没有一点感觉了，木木的，涩涩的，好像不是自己的器官。

为了试试它的灵敏度，这两天频繁亲吻老婆。好处是，提振了老婆的士气；坏处是，老婆有些疑虑，以为我做了亏心事。

所以，对唇伤有了一点联想。

如果我生在法国，身份是个政治家，又正好在大选期间，这嘴唇就伤得恰到好处了。你想啊，亲吻谁都没有感觉。满脸橘皮的老人，肮脏的街头小贩，自己的仇敌宿怨，都可以亲得很投入。对那些完全不合自己品味的人，都可以吻得十二分动情，反正奉献嘴唇，与奉献木头的性质相同——不会恶心，没有感觉。因为唇伤，我获得了一件暗器，政治上的暗器。

如果我正在热恋之中，那这一回就真亏大了。烈焰红唇，炽热情欲，基本与我无关。我可能会因此丢失了一个好女人，错过了一生中一个难忘的时刻。当然，我也可能因此挽救了一个女人，在感情高烧中发生的一切，事后往往是要后悔的。最好的爱情与最混乱的爱情，往往都从两副嘴唇的物理接触与化学反应开始。谁知道呢，也许这一次嘴唇的麻木，就此改变了两个人，或者更多人的命运。

如果我是一个007式的间谍，我可能会就此丢了一条性命。有部西方谍战电影，一位身负拯救世界使命的间谍，与一位美艳的女间谍周旋。场景发生在火车上，两人热烈深情地拥吻。忽然，男人出手如电，松开怀抱时，那美如女神的间谍，当胸插着一柄短刀。最后时刻，她难过地问："你是怎么知道的？"那沧桑男子极酷地答道："因为你的嘴唇是冰冷的。" 不过，我总疑心这是一起冤案。依我粗浅的知识，女人在最热烈的情感与性爱高峰时，舌尖常常是冰凉的。所以，"法兰西之吻"，也就是湿吻，不只有点燃多巴胺的作用，还有测量情感峰值的意义。那位间谍也许误用了嘴唇，铸成了大错也不一定。

当然啦，如果我是一位内心敏感的浪子，这两天，一定禁绝一切与嘴唇有关的情感活动。连嘴唇也用不好的浪子，也太砸牌子了，太没有"专业精神"了。吻，如果只是一种单纯的口唇运动，这浪子也当得太没有滋味了。

顺便说一下，单纯从美学的角度看，世界上最值得亲吻的嘴唇，是美国影星斯佳丽·约翰逊。她的嘴唇微微上翘，轮廓鲜明，丰满柔润，性感得几乎可以杀人。好莱坞的化妆师说，斯佳丽的嘴唇完美无瑕，在上妆时从不用画唇线，甚至可以不需要口红。在中国，有一个叫梅婷的影星，唇形接近斯佳丽。遗憾的是，妩媚之态不足，总是一脸凛然，应该十分动人的唇线，反而显得有些执拗。

依我的见识，平凡生活中的女人，最好不要有这样惊心动魄的美唇。如果不巧，她的唇纹还特别细密零乱，那就更要小心了。很可能，她的情感世界将特别复杂，比如，闹一场死去活来的婚外恋什么的。我见过的这种美唇女人，无一例外。

黑人有最发达饱满的厚嘴唇。如果对嘴唇上的感受特别讲究，娶一位厚唇的黑美人，是一个很棒的选择。

不过，我还有人种学上的一个疑问，从生物进化上说，人体器官的不同特点，都是为了适应当地物候条件而形成的。比如，黑人的鼻孔开阔，是为了适应高温，便于散热。 嘴唇上有最丰富的毛细血管与神经，那么，他们的厚嘴唇有什么特殊作用吗？难道只是为了更敏锐的亲吻感觉？或许哪位博学高人能指点指点我。

致忧伤的战士

让－保罗·萨特说过，所谓爱情，就是争取爱的斗争。如果这句话正确，那么，暗恋就是情感战役中，最隐蔽最忧伤的伏击战。

一般说来，这场伏击的起始时间模糊。

不知什么时候，你就发现目标从天而降，在眼前晃来晃去。他的每一句话都能击中你的内心，他的每一个表情都能与你的心跳应和；他的白衬衣是那样顺眼，甚至他手背上毕露的青筋，都那么恰到好处。恭喜，你命中的克星到了。

这场伏击是那么艰难。你每分每秒都在瞄着目标。你知道他的一切喜好，一切爱憎，可是，你仍不知道他这一刻在想什么，在做什么；他什么时候渴，什么时候饿，什么时候生病，统统不归你管。你就像一个世外高手，空有一身好武艺，也只能把身边的空气舞得呼呼作响。

一开头，你享受这种爱，爱上了爱的感觉。你翻一页书，喝一杯水，都要揣想对方在做什么。但如果对方总无应答，那你爱这个人，与爱桌椅板凳，爱一杯水，爱一堵墙，有什么区别?

这场爱的战斗，似乎还未打响就要输了。

爱情的本质是忧伤。这是爱情的第一课，谁没有经历过忧伤，谁就没有经历过深刻的爱情。

在这个星球上，人类是唯一会在感情上自虐，或互相折磨的动物。一个人，如果没有经历情感的高烧，如果没有在爱的泪水中浸泡过，没有在疼痛的荒漠中飞砂走石，你不能说他浅薄，但至少可以说他的人生不完整。这就像一个战士，如果从未经历过战场上的搏杀，幸运固然幸运，但终究与战士的本质不符。

情人节到了，空气中到处氤氲着玫瑰花。不要以为这是甜蜜者的季节，其实，本质上，它更多地是属于忧伤的战士。

这个世界，大部分爱情从开始的那一秒，就在每一秒地走向凋亡。太多的爱情还没有开始，就知道会有一个忧伤的结尾。几乎没有一桩爱情是永恒的。即便你看上去打赢了一场爱情的战争，那紧握在手中的胜利果实，也会像指缝中沙子不知不觉就流走了。

但忧伤的战士仍然前仆后继。

还是不要说输赢吧，这是人类最美好的情感。在这样的美好战斗中，被包围，被缴械，被俘虏，被击中，都是一生中最珍贵的回忆。

更多的玫瑰，是为忧伤的战士而盛开的。

生活很卑微，自尊不卑微

自尊，是一种看起来简单，但其实很复杂的情感。这种东西，用对的时候，你会感觉自己凭空长高许多，身材一下伟岸起来；用错时，就是强撑面子，表面正气凛然，事后恨不能把发烫的耳朵揪下来。

有两个关于自尊的故事，刚刚听来，颇费琢磨。

前天，在乡下，一个货车司机在倒车时，不小心把一棵柏树撞断了。树的主人与司机起了争执，几乎酿出血案。问题出在赔偿方式上。司机愿意估价赔钱，但对方坚持要以另一种方式索赔。树的主人说，这是他家"挡风水"的树，给钱有什么用？不要钱，给树磕上三个头就行。但司机倔，出再多钱也可以，但就是不磕头。双方拉拉扯扯，一人掂起砖头，一人抄起木棒，还好被路过的警察喝止了。最后，当然是赔钱了事。

在酒桌上说起这个故事，朋友们分成两派。

一边的朋友说，这事太伤自尊啦！可以多出钱，但头是坚决不能磕的。你叫我磕头我就磕头，太没面子啦。男儿膝下有黄金，不就一棵树嘛。磕头？荒唐荒唐！

另一边的朋友说，嘿嘿，正是因为一棵树，我才愿意磕头！如果是让我向着树的主人磕头，那打死也不磕。对树磕头，算是向大自然磕头，有什么丢人？一个司机，钱有那么好挣啊？赶快磕赶快磕！

另一个故事没这么搞笑，但更极端。

一对情侣，男女都在欢场谋生。不同的是，女的出台，卖笑也卖肉；男的则是陪人喝酒聊天，卖艺不卖身。一天，男的也出台了。其实也没怎么的，只是与一女子出去吃消夜。但女的误解了，认为男的也有了那种事。无论那男的如何解释，如何指天发誓，那女的就是不信。

一气之下，男的纵身跳海，以证尊严与清白。

这就有些让人奇怪了。她一个操皮肉生意的，为什么要男友清白？而那男的，为什么又要接受她的人格监管？他为什么要在这样一个女子面前，维持自尊？

这就太令人诧异了，在最没有廉耻的泥淖中，在最畸形的廉耻观下，怎么可以维持这样一种正常的自尊？

两个最没有脸面的人，为了脸面闹出这样大的动静；一个用自尊来换取生活的人，又为了最后的自尊拼死一搏。

自尊，真是一种顽强到可怕的东西。

生活可以很卑微，但自尊就是不会卑微。

爱，原来是这样恐怖啊

去同事家串门，逗九个月大的小朋友玩。正好我手里有一个颜色鲜艳的打火机，小朋友舞着小手，雀跃欲夺。而我则欲给还取，似给似不给。每当小朋友几乎得手时，目标往往又被挪得更远。再三再四，小朋友终于兴味索然。最后，任我如何舞着鲜艳的打火机，他也只是斜睨一眼，不动声色。

我被他看透啦。

忽然就觉得，自己原来是一个大骗子。一个纯净的小天使，也许就此开始明白，人生的残酷，是因为总有我这样可恶的家伙在捣乱。

大人与小孩，是两个完全不同的国家。大人自以为是世界之王，天下大同，子民幸福，但其实只是在小孩子的国家边界打转。大人对孩子在体力与智力上的优势，权力与地位上的落差，其实就是霸权大国与弱小国家的心理距离。做任何事，大人都在说，这是爱。小孩心里却经常问：爱，原来是这样恐怖的啊？

我小时候，最怕妈妈洗头。那个年头，大人给孩子洗头，都用一种长得像刺猬的塑料工具。妈妈拿着这个小刺猬，稀里哗啦地挠下去，每次都挠出我一脸的眼泪。这个洗头流程，简直就是一个没完没了的酷刑。任我如何哇哇抗议，妈妈总是说，干净的孩子才有人爱呀。痛？怎么会呢！你看隔壁小朋友也这样洗嘛。

所以，现在一看到理发店里哭嚎的娃娃，我就明白他们的恐怖。被又痒又刺的头发屑折磨着，还一动不许动，又被大人斥为很不乖。这就像小国被大国侵犯，还要说大国侵犯得好。这还有天理没有？

我妹妹幼时洗澡，经常会被妈妈突然在屁股上击一掌："你这个小妖精！"于是，妹妹总是哇的一声大哭；妈妈就柔声安抚："傻瓜，妈妈是在爱你呀！"终于有一天，妹妹在给自己的孩子洗澡时，忽然忍不住也拧了一下自己的孩子，才明白，妈妈那一掌，那一声"小妖精"，真的是有无限的爱意，无限的感慨。可是，孩子哪儿懂？孩子只认为，这是大人的喜怒无常。爱，为什么要打，要拧？这是孩子永远不明白的逻辑。

我幼时住的大院里，有一个大胡子叔叔，是全体孩子的公敌。每次遇见这个大卡车司机，他要不就是高高举起孩子，用胡碴子狠狠扎一扎；要不就是把小孩的帽子，一把夺走戴在自己头上，让孩子急得跳脚才归还；要不就是一把将小男孩裤子拽下，让小朋友捂着小屁股狼狈逃窜。此类情形，影响深远，以至我现在一看到松紧带裤子，就想起了大胡子叔叔。

这个大胡子叔叔，开的是一部带挂斗车厢的卡车。如今在路上看不到这种车子了，但当时马力大些的卡车，都带着挂斗车厢。

一日，趁着他午睡，大院里的几十个孩子全体动员，齐心协力把挂斗摘了下来，把车厢推到了百米外的街角，一个轮子还歪在沟里。小孩子搞起恶作剧，总是思路新颖。这一回，轮到了大胡子叔叔跳脚了。

人际即政治。此次事件，对孩子而言，算是小国对大国的挑战报复。由此可以证明，强权政治总是要自食苦果的。

更可怕的是，一时理解不了的爱，有时是要转化为害的。美国有一位老爸，怎么也不同意孩子吃冰淇淋。那四岁的小女孩怒上心头，两次在咖啡杯里下了老鼠药，让老爸连续两次进了医院。

能说这小女孩天生就是魔鬼吗？对孩子来说，那冰淇淋就是她的天堂。你不让我上天堂，我就请你下地狱，这很公平呀！

这是小孩与大人之间最极端的战例。问题出在两个世界的沟通上，更具体地说，是两个世界对天堂与地狱之类的常识，理解上有很大的差别。

一个普通的人可以有多坏？

多年以前，读过一篇文章，题目叫"一个普通的灵魂可以走多远？"无疑，那是一个关于好人的故事。故事早已忘了，但标题则牢牢记住。记住标题，是因为我当时就逆而思之，在心里追问：一个普通的人可以有多坏？

在我从事的职业中，有一个官定的规矩：好人的事迹，可以鼓而吹之，而坏人的故事则不许渲染。按照鄙国"缺什么补什么"的饮食理论，久而久之，我对坏人的兴趣，远远超过了好人。比如，你一夸谁谁有多好，我心里马上就会有一个镜子般的映证：另一个谁谁有多坏！

这种心理有些变态，但好处也明显，不会被培养为"凯子"。也就是说，年轻时不会被人骗色，年老时不会被人骗财。

在我看来，这个世界大部分事物都可以获得解释。比如，普通的谁谁有多好，怎么个好法，为什么这样好，我追出十万八千里，都可以刨出根来。

惟有坏字最难写。有些人的坏，你从家庭、同伴、学校，及其他教养上，似乎可以找到解释，但总有个别人的坏，你永远无法理解。

有一个天生杀人胚的故事，值得说说。

接近二十年前，在另一个城市。那个时候，还没有网络，也没有发达的传媒。忽然有一天，这个城市的几乎所有女人，都不敢在夜间单独行走了。确凿的消息是，有一个骑着单车的男人，手持铁棍，见到独行女人就当头敲下。不劫财不劫色，一棍子敲下就跑。棍下的女人，不死就是重伤。

发案地点没有规律，工业区或居民区都有；时间也没有规律，从晚上八九点到凌晨三四点都有；选择的女人也没有规律，长发短发、年长年轻的都有。

那段时间，每天下了夜班，我都得把女同事送到家门口，住在几楼就送到几楼。没有路灯的地方，就算是男人也胆寒。

破了案，大约是在两个多月之后。做下这系列案件的，是一家化工厂的普通工人。正巧，这工人所在的工厂，乃至他所在的车间、班组我都去过。于是，细细问了同事与警察。

原来，杀人对他来说，就是个游戏！这个游戏，他已经玩了很多年了。

初中时，为了一本集邮册，他把一位女同学骗进了防空洞，冷不防举起一块大石头，一下把同学砸死。然后，再镇静如常地回到教室去上课。一个初中生，竟有如此的杀人胆魄。可怜那女同学的父母，至今还在等孩子回家。他们一直以为，女孩是出走了。

上夜班时，他与一位女工聊天。那女工聊着聊着，就向他炫耀新买的项链。他一把扯下项链，把那刚满产假的女工，顺手就推进了炉火正旺的电石炉。几分钟内，尸骨无存。可怜的是那女人的丈夫，一直以为妻子是在与自己吵架后离家出走了；而女方家属则一直把女婿当做杀人嫌疑。

作案时，这家伙正担任着工厂的联防队员，夜晚出去巡逻，就等于出去作案。就这样，他晚上作案，白天就与警察一块办案，还积极地帮助警方排查嫌疑对象。

露馅是因为他最后一次作案，在泥地留下了大半个鞋印。那鞋印，经警方鉴定正是这家工厂发的劳保鞋。全厂的工人都按命令交回了鞋子，只有四双没法收回。其中，三双有了明确的去处，只有他那双没有合理的解释。

至于这一段时间来，他为什么要频繁地作案。只有一个奇怪的理由，他就喜欢敲那么一下，就喜欢听沉闷的头骨破碎声。

没有动机，就算有动机，这种杀人，从心理解释上也让人不可接受。

这个工人，现在可以叫他恶人了。为什么会恶到这个程度？

那段时间，人人都想找一个合理的解释。他与我们一样成长，儿时一样有可爱的玩伴；长大也一样有合意的工作，有正常的同事关系。

找不到解释。

最后，似乎有了一个充足的理由：说是他有一个杀猪的舅舅。他从小对杀猪之类的活儿特别有兴趣，有时还上去帮忙。

这种说法，也经不起分析。那个年代，哪个孩子不喜欢看宰猪屠牛？我也狂热地喜欢这种场面，我怎么没变成杀人犯？

只能解释，这个世界，好人与坏人是有比例的。普通的好与坏，在大多情况下是可以解释的。但顶尖的至善与大恶就不同了，那是永远也没法用理由来解释的。

最近，我的一位好友闭门不出，在写着一帮杀人逃犯。那是一个长篇小说，是关于忏悔与救赎的故事。以她的笔力，我断定会是一个曲折精彩的巨制。我很希望看到，对那种不知道什么叫"坏"，或者干脆没有"坏"的概念的坏人，有一个让我心服的解释。

胸罩里藏着的小蝙蝠

是个男人就知道，泡马子的最关键环节，就是要攻占女人身体的制高点。所以新一代的男人，基本上对什么罩杯之类的东西，研究十分透彻。不像我这种老男人，到一把年纪了，才分清罩杯的尺码顺序，是从 A 到 G 更大，而不是从 G 到 A。

女人当然更知道这个制高点的战略意义。有这样一个段子：火车上一姑娘怕把钱弄丢了，就把钱藏在了胸罩里。想不到的是，后来还是失窃了。报案后，警察问，那地方那么敏感，你就一点感觉都没有？姑娘脸一红：谁知道那小伙子是要偷钱啊！这姑娘错就错在，把制高点的意义看得过于单一，过于伟大了。

一旦脱离了玄妙的性别范畴，这个位置，确实跟身体的普通部位，没有什么差别。有时，甚至麻木得让人匪夷所思。

法新社最近发了一条新闻：英国一位名叫阿比·霍金斯的年轻女性，在自己的胸罩里发现了一只小蝙蝠。这只小蝙蝠，在这个十九岁姑娘的胸罩里，足足呆了四个多小时！她曾觉得有东西在动，却以为是她的手机在颤动。

也许，这新闻是告诉人，这个叫"胸罩"的东西，除了能装钱，还有藏小动物的功能。这么说，好像有些过分？其实法新社的编辑，比你想象得更酷。这样一条新闻，竟然是放在"2008年度奇特动物故事"里面的。也就是说，他更关心那小蝙蝠的命运，而不是那位惊恐万状的年轻女士。

其实，我很想问问这位动物新闻的编辑：要是把那可爱的小蝙蝠放在你的老二上，请问尊意如何？

不错，男女的性征，只是相对于异性而言，否则就不叫"性征"了。但过于强调了"性"，往往就忽略了对"征"本身的关心。事实上，很多男人对女人的关心，只停留在单纯的性征意义上。一旦没了性意义，他对女人的身体就表现得漠然了。

要提醒诸姐妹的是，对性意义的挖掘，很多男人是"只管耕耘，不问收获"的。如若不信，你可以去医院的人流手术室外看看，至少有一半女性无人陪伴，而且这些女子都年轻得让人心疼。一位朋友陪着老婆去过那儿，回来后十二万分纳闷与生气："难道这些女子肚子里的正在长大的种子，都像圣女一样，不需要男人帮忙，只是圣迹不成？"

那一次，这位朋友说，还看到一位女子独自蜷缩在病床上，拿着手机，对着墙壁，抽抽噎噎地不知对谁泣诉：我疼，疼……

女人经常喜欢骂男人"挨千刀的"。朋友说，对这类男人，用不着"挨千刀"，结结实实剁上一刀就行。

回过头来，还说那可以躲藏蝙蝠的胸罩。我怀疑，那些未在手术室外等候的男人，可能都忙着研究罩杯的新用途去了。一般来说，新一茬的男人都更富于审美情趣与科学精神。

逆着时间的河流跋涉

(一)

　　如果有一个人出生时就是容颜衰朽的老人，然后每天年轻一点，"倒着长"，先是壮年、中年，后来是青年、少年、童年，直至回到摇篮。那么，他的人生际遇将会怎样？他的爱情生活将会怎样？他对时间的感受又会怎样？

　　菲茨杰拉德的中篇小说《本杰明·巴顿的奇特一生》，就讲了这样一个故事。最近好莱坞将之改编为电影《返老还童》，由布拉德·彼特主演，加进了不少情爱的噱头。可以想象，这位酷哥演绎的情种是怎样的情形。原来本杰明·巴顿"倒着长"的悲凉与滑稽不见了，因为怪异的年轻所带给家人的烦恼、难堪，肯定也不见了，只剩下了爱。因为这是另一个本杰明·巴顿，他一出生时就是丢在街头的"老"弃婴，原来的一切身世背景、生活环境统统被剥离了，留下的基本是浪漫与奇遇。

　　其实，真正的生活，从来都是一地鸡毛。"倒着长"的烦恼，并不比"顺着长"更少。有道数学题可以算算，如果你在五十岁时遇上了你二十一岁的妻子，然后你逆着时间的河流，向四十岁、三十岁前进，而妻子则与你背道而驰，三十岁、四十岁、五十岁，你在情爱巅峰上的时间有多久？会比正常的情侣相处更长吗？

一开始，你总是比你的爸爸还要老，出门时人家以为你是你爸爸的爸爸；再接着，你比你的儿子还要小，从外貌上看几乎就是你儿子的儿子；最后，你又与孙子进了同一所幼儿园，有着同一位保姆。孙子升上了小学，你却缩小成了婴儿。所以，你给每一个亲人都带来了无尽的烦恼。对你的妻子与儿子来说，丈夫与父亲年轻到这个程度，完全就是一桩丑闻。以至你的儿子命令你，在家里有客人时，只能称他为"叔叔"。

天哪，面对如此不可思议的命运，你还会想当这个幸运的本杰明吗？总比别人年轻，是一件多么可怕的事！

（二）

如果你是一个对时间有着病态焦灼感的中年人，读着这样一个故事，是不是会有一种报复般的快感？

可是，且慢！你的快感，比起本杰明·巴顿的快感还是差了点。虽然他经常要焦虑地察看自己那张过于年轻的脸庞，但更多的时候他还是沉迷于年轻身体所带来的享受与魅力。这就像中年人沉迷于自己的沉稳与圆熟，以及由此带来的权势、金钱一样。

在没人知道他的真实年龄时，他进入任何群体之后，总是更受欢迎，更容易成为风云人物。因为，他总是显得比别人更成熟一些，更有经验一些，也更得体一些。然后，就急转直下，开始变得更年轻，也更柔弱，更无所作为。

那么本杰明的故事，是倒过来说成熟更好，而年轻则意味着一事无成吗？

年轻，还意味着容易被成熟所吸引。本杰明二十岁时拥有的是五十岁的容颜，那时也年轻的妻子对他说："你正处于浪漫的年龄——五十岁。二十五岁过于老成世故；三十岁必定过于劳累而脸色苍白；四十岁往往会花上抽一整支雪茄的时间来讲一个故事；六十岁，六十岁太接近七十岁了；但五十岁是成熟稳健的年龄。我喜欢五十岁。"她说，与其嫁个三十岁的男人来照顾，不如嫁个五十岁的男人来接受照顾。但结果是，本杰明反而变得越来越年轻，越来越被旺盛的享乐欲望所吸引。最后，谁也没有照顾到谁。本杰明与妻子，在时间上背道而驰，但最终的结果，都归于软弱、低能。在时光的旅行中，没有人能占到便宜。

那么，本杰明的故事是倒过来暗示，成熟比年轻更靠不住？

（三）

我的大院里住着一位美得炫目的老太太。一头如雪般飘逸的白发，肤色白晰无瑕，更难以想象的是，以她的年龄，居然还有姑娘般清澈纯净的目光。也许是她的年纪足够老，所以我才可以放肆地欣赏她的美。想不到，从此她见了我就脸红。那一瞬间，她的心境一定闪回至少女时代。

假定，只是假定，我爱上了她，或者产生了类似爱情的东西。而且，她真的具有少女情怀，她的命也足够长，她能听懂我说的一切，但我的年轻，会慢慢追上她的成熟。那时候，我还需要她吗？

倒过来假定。假定她爱上了我，麻烦也多。老年人都是哲学家或者管理学家，凡事总要问个为什么，还要做一番可行性论证，还要踮足翘首瞻望前景如何。而我还年轻，爱了就爱了，爱了就享受激情，所谓"糊涂的爱"是也。等她论证完了，爱情也早已远去。

可见，时间是爱情的敌人。

好吧，我是中年人，双脚跨在衰老与青春之间。我的感情很深沉，但也很尴尬。对感情，正处于那种不说觉得憋屈，说了又很矫情的状况。我需要一个什么样的女人？她应该有少女的娇憨，少妇的风情，中年的优雅，更大年岁的沉静与通达。这种集岁月精华于一身的女人，一定是千军万马为之沉寂无声。可是，这个世界要是真有这样的女人，那你这个尴尬的中年人的存在，对她又有什么意义？

可见，时间真的是爱情的敌人。

（四）

一次喝酒，一位三十岁的女同事忽然说，如果我一下子变成六十岁的老太太，什么烦恼也没有，在这里悠闲地喝着茶，多好！

　　很奇怪，她一下子跳过了中年。更奇怪的是，我认识的人，包括我自己在内，在三十岁时，从来没有想象自己从三十五岁到五十五岁这段时光是怎么过的，总是一下子跳过中年，想到了沉寂的老年。

　　这个时间段，总是被不知不觉地滑入。就像酒喝至六分，介于失控与可控之间。这个年龄段的男人，希望永远停在原地不动。他们不想向前走，本能地恐惧着沉寂；他们也不想"倒着长"，向后退回那青涩的生瓜蛋子时代。他们翻阅着年轻时的照片，常常有一点点嫌恶。一位朋友这样描绘着自己当年的形象："头发厚厚的，黑发倒像是假发；目光傻傻的，眼中空无一物。"

　　他们也回忆年轻时生命力的旺盛，那时候多巴胺与荷尔蒙多么丰富，追逐着女人是多么地疯狂。可是，他们心里清楚得很，那个年头，生命力旺固然旺矣，裤裆里虽然动不动就支起帐篷，但女人正眼都不瞧你一眼，你的生命力就如荒原上的野火，除了毁人毁己，一无用处。

　　要他们回到年轻时，从头再来，门都没有！

（五）

　　"刘郎已恨篷山远，更隔篷山一万重。"

　　如果逆着时间的河流向上跋涉，把所有人生顺序倒着走一遍，结果会是怎样？

　　没错，你奋斗了，你爱了，你受伤了，你成功了。现在，顺序倒一下，你的事业，从成功后的平淡开始，然后是刚成功的狂喜，然后又是奋斗，再然后你回到准备，最后你又回到一无所有的平淡；情感，你从现在的平淡，回到炽热甜蜜，然后又回到单相思的苦恋，再回到未认识她以前的平淡。

结果，你发现了什么？开头与结尾都总是平淡。

很多事，你操不操心，程序与结局都是一样的；那个人，你爱还是不爱，路程与结果也是一样的。可是，即便结局是平淡，但一路的乱石荒滩，湿寒灼热，狼奔豕突，仍没有人不愿意经历。

大部分人，这一辈子都在过程之中。

时间的意义，也只在过程之中。

纠结于心的，永远是那过程中的一地鸡毛与零落桃花。

孩子们的江湖

几乎每一位当父亲的，看着女儿慢慢从小女孩变成小女人，都有些心惊肉跳。前几天，也是一位将来注定要当外公的哥们，不知道从哪儿找了一段话发给我："看好你的女儿，让她缓缓地长大，别让她穿红色的裙子，别让她戴黑色的手环，不要让她听摇滚，不要让她写诗。要看好你的女儿，握着菜刀狠狠看着，不要让她成为诗人或摇滚歌手的情人。"

估计讲这段话的家伙，自己不是写诗的就是搞摇滚的，而且不知害了人家多少女儿，如今生了女儿才翻然悔悟。亏这位哥们还相信他！

我倒没有这么紧张。如果女孩偶尔有些叛逆，就大惊小怪，那问题一定出在大人。

事实上，孩子没有你想象的那么脆弱，孩童世界也远不是成人以为的那么纯净。争斗、欺骗、背叛、权力、牺牲品，其实在孩子们的江湖里一样也不缺。孩子眼中的冰淇淋、巧克力及老师的表扬，与成人世界中金钱、官位及其他种种利益，在权重上几乎没有差别。

女儿读小学时，中午都在学校食堂吃饭。一次，班长把一块肥肉扔进了另一位同学的碗里。没有孩子爱吃肥肉，但老师又规定，任何同学不得丢弃肥肉。一旦违规，罚吃三块肥肉。不知道为什么会有这么变态的规定，但对孩子们来说，够有威慑力了。平白多了一块肥肉的同学，立即惊恐地把肥肉丢到餐桌上。恰巧，老师一眼瞄到了后一个动作，女儿则是看到了全过程。同学说："那不是我的，是班长的。"而班长却好整以暇，口气平静："谁看到啦？" 所有的目光，一下子都集中在女儿身上。可以想象，老师的目光像法官，同学的眼里是哀求，班长的眼神是逼视。诚实、友谊、背叛、权势，这些抽象的说教，一下变成了最沉重最结实的现实摆在了面前。孩子的想法，其实与大人一样现实。说真话？那个势力庞大的班长以后会怎样对她？说假话？那如何对得起受了冤枉的同学！

你说，那一刻，跟成人世界的复杂与残酷有什么区别？

最后，女儿的选择是低下了头，说什么也没看到。回家后，惭愧的女儿一直问我与她妈妈，有什么办法？

没有办法。至今我也想不到什么办法。也许女儿的无奈，也是我的世界中面临的无奈。

女儿在小学五年级时，当值过一周的学校监察队员。说起来，这个队员也有不少特权，比如可以不用做操，可以评判各班级卫生，等等。我看过她后来写的作文，文字虽然幼稚，但思想过程与"腐败分子"没什么差别。

比如她写道，能够站在楼上，头一次从上向下地看着同学在做操，角度不一样，看到的都是齐刷刷的人头，风景真不错。想到全校只有四个同学，戴上袖标后就可以不用做课间操，感觉真好呀。估计那个时候，这个搞了特殊化的小丫头，一定有一种"君临天下"的感觉。

又比如，她还写道：某班负责的卫生区的沙坑上，还飘着几片树叶。按规定，可以判这个班级的卫生不合格！想到就凭一句话，就凭几片树叶，就可以让这个班的卫生白搞，让所有的同学白辛苦，监察队员的权力真大啊。可是，人家就几片树叶啊，要不要按规定办呢？小丫头也陷入矛盾之中。

看到这样的作文，真是悚然而惊。大约也是从那时起，我就明白了，为父为母的，其实能教给孩子的，远不及她向同伴及她所在体制中学到的东西多。

想到这个，就觉得我那哥们可笑。还什么"要看好你的女儿，握着菜刀狠狠看着"，他一点也不知道，他的女儿可能早就磨好一把"菜刀"了。到时候，谁砍谁还不一定呢。

压力与伪高潮

似乎大家都生活在高压锅里。钱多的财少的，位高的职低的，权大的势弱的，都嚷着自己压力大。这种光景，真个是大猪哼哼，小猪也哼哼，全世界都在哼哼着。

前两天，一位衣着光鲜的小朋友，驾着一辆中档轿车来赴饭局。席间，又喟叹生存压力大，叹完自己又叹他婆娘压力也大。反正是劳心劳力，累得活不下去了。顿时，座中一片哼哼唧唧，桌上的羊肉炉几乎变成了黄连汤。谁没有一肚子苦水呢！乱糟糟中，有人质疑那位挑起话题的小朋友：凭什么说你老婆的压力大？那位理直气壮地回嘴："早上八点钟上班，晚上八九点钟下班，每两天与我商量一次辞职，每三天问一次我买的彩票能不能中大奖。这算不算压力大？"

此言一出，立即鸦雀无声。大家都有共识，盼着中彩票的一般是些什么人！

比如，我所在的单位，大家都是白领，论起收入来，可能还是那种比较白的白领。我初来乍到，就发现办公室里，买彩票的同事特别多。这帮白领彩民，几乎每日加班，都要热火朝天讨论中了头彩之后怎么办？有恶狠狠地说，要买下现在这个单位，让老板为自己打工的。有好心眼说，要包下现场诸位这一辈子夜餐费的。更多地是说，转身就走，当场炒老板鱿鱼。

其中有一位，方案比较变态。他说，中了彩票后，立马改成蓬头垢面，破衣烂裳。车是一定不开了，改挤公交上班。千万亿万彩票都中了，还与老板计较什么，一定认认真真当好上班族。娘的，大家一听就知道这家伙最恶毒。他是想自己忍精不射，暗爽，然后继续冷眼旁观同事与老板不断地玩着伪高潮。

基本上，热衷彩票的，都是极富想象力而又相对绝望的群体。私下里辞职喊得山响，在老板那儿屁都不敢放一个。就像黄脸婆，柔肠百转，咬牙切齿，在心里与老公离了无数次婚，但终究不敢张嘴。中头彩的概率大约是 1200 万分之一，被闪电击中的概率是 265 万分之一，被老板端走饭碗的概率那就更高啦，就是猪头也明白这一点。

老板不能得罪，但压力总要宣泄。于是，彩票就成了永恒的话题。一次，加班至深夜，忽然看到，美国佬的飞行器在火星着陆。眼前的事就够烦心的，想到居然有人吃饱撑得慌，把个东西弄上那么遥远的地方，就气不打一处来。有人问，真是的！上火星干什么去？有个忙晕了的猪头反应奇快：干什么？办彩票店嘛！

说得也是，你以为移民上了火星，生活的压力就没啦？有压力，就有梦想。有梦想，彩票店就永远能开张。

死神的艺术品

在我的行业中，"偶然"往往比"必然"更有价值。一轮夜班下来，有些"偶然"，你真是想破脑袋也不知为什么。

最新接触的偶然事件，是一位失恋女子从二十三楼跳了下来，在纵身一跃的瞬间，她电光石火般起了悔意，结果就跌在了二十一楼的阳台上。上帝是怎么给了她挽回人生的机会的？我的同事次日到现场仔细察看，二十三层到二十一层是垂直的，也就是说二十一层并不比二十三层更突出。即便是她在空中有过挣扎，那她是怎么跌入二十一层的？她的跌落轨迹，完全不符合重力原理。110警察、120救护人员、物业人员，乃至她本人，全都搞不清为什么她能捡回一命。

早前，我曾在报上看到，美国一女子从七十余层跳楼，结果落在了八十多层上，因为当天的风太大了，她是被吹回来的。但是，本城这位女子跃下时，天朗气清，并无大风。

只能说，死神在办理此事的瞬间，不小心崴到手腕了。

　　同是高处坠落，我还碰到过一位醉汉，躺在五楼窗台上睡觉，一个翻身，掉到了一楼草地上，送至一家部队医院时仍呼呼大睡。经检查，毫发无伤。医生分析说，可能正是他以最放松的状态落下，毫无恐惧毫无挣扎，才能避免伤亡。估计，这个解释在死神看来，基本上狗屁不通。

　　我的一位同事，碰上过一位从高楼跌落的民工，钢筋斜斜地从背部插入，从眼眶处捅出，那样子仿佛恐怖不堪的大羊肉串。所有人都以为，他必死无疑。但结果，连最见多识广的外科医生也惊叹不已。此人仿佛是死神的一个艺术品，那根钢筋一路避开了所有重要的器官，治愈后，这位民工连视力也未受损失，那根螺纹钢筋居然还避开了他的视神经。

　　去年九月三十日上午九点十五分，没错，就是这个时刻，我目击过一次死神面前的逃脱。我对时间的记忆一向糊涂，但那一时刻实在太难忘了。

　　当时，我从一所学校出来，妻子远远地走在前面。忽然听到她的惊叫，冲上前一看，路边一幢居民楼旁，一位中年男子直直地插在铁栅栏上。三根尖头钢筋从腹部插入，从背部穿出。他正努力想把自己从栅栏上拔出来。四下无人，暂时只有我与妻子两人。妻子大叫：不能拔！不能拔！拔出来你就没命啦！事后想，也许她是靠在部队当卫生兵时的一点医学常识救了那男人。那插入钢筋的伤口，其实只有一点点的渗血。一旦拔了出来，或者是不停地挣扎，后果可想而知。那男人两脚悬空，使不上一点力气，她又让附近邻居搬过凳子垫在他脚下。

　　120、119、110人员，大约在六七分钟后赶到。120输液，119切割钢筋，整个过程大约四十余分钟。那男人除了偶尔一两下呻吟，一直清醒安静地配合着。倒是后来赶来的一位男子，站在他身边，脸色比伤者更惨白。原来，插在栅栏上的人，属于为他工作的电焊工，是从他家的五楼阳台坠落的。

　　最后，那可怜的男人，是连着数根栅栏一块送进医院的。手术一直从十点多做到下午四点多，这位电焊工逃过一劫，但落下残疾。事后，再次经过那有了一个缺口的栅栏，就想，如果那男人不巧避开一两寸，没有被插在栅栏上，而是直接砸在水泥地面上，后果不难预料。也许，他还是得为此感谢死神的仁慈，虽然他接受了极大的痛苦。

八婆们的饭局

　　女人是天生八卦的动物。熬到八婆这一级的，一般都是八卦故事中一等一的高手。我很不幸，交往的女性朋友，基本上是八婆级别的。所以，如果有饭局，而且饭局常委是八婆时，基本上处于被群殴的状况。可怜的是，被痛殴之后，却仿如接受了一次灵魂按摩，爽呆了。

　　前两天，一位外地小八婆来厦，在八婆中引起了极大轰动。原因主要是，此八婆目光如水，内力深厚，发型为朋克式，每一根直指天空的短发，都代表一个八卦故事。据介绍，下一步，她打算剃成光头，修炼的层次更高，到时候，就是每一个毛孔都流淌着八卦。

　　2008 年高兴的事不多，八婆们的聚会算是一件。更难得的是，满满当当一桌子八婆中，只混杂我一个大男人。所以，我有幸从"槛外人"的角度，观察了八婆们如何操演八卦故事。

　　一般说来，八卦与八股一样，也是有固定格式的，所谓破题、承题、起讲、领题、出题之类，一样不少。比如，那天办饭局的地方，叫什么"外婆家"。特点是光线幽暗，情侣双双，价钱死贵。当然啦，也不能不承认，菜肴味道奇佳。于是，那选定饭局地点的八婆，就成了破题的材料。嗯哼？光线幽暗，你是怎么知道如此暧昧的地方的？情侣双双，你是牵着哪一个人的手来的？价钱死贵，你用的是谁的钱包？嗯哼？嗯哼？一圈问题下来，那个八婆身边的影子人物，基本上无所遁形。最后，拼凑出他的形象：眼睛大、肚子大、声音大、钱包大。可怜那被"破题"的人，不能抱头鼠窜，只好汗出如浆。

那天负责领题出题的，自然非外地来的小八婆莫属。任何一个小如草芥的事由，在她的浇水施肥下，眨眼之间就长成参天大树。她鼓励八婆们的口气总是异常急切："快！说下去，快！快！说下去！"仿佛你不立刻说下去，她就会一口气上不来憋死。或者，循循善诱："对，对，就这样说，原汁原味地说下去！"在她纯情如水的目光笼罩下，你哪怕在餐桌上说出"大便"两个字，似乎也是干净的。事实上，那晚，一个装淑女多年的八婆，不知不觉就说了好几次"大便"。说完之后，才恍然大悟："我是有语言洁癖的，今晚突破极限了！"一副欢欣鼓舞的样子，一副感激涕零的样子。果然，小八婆是"往高层次带人"啊！

当晚有一个教案，可以当做培训八婆的范例。一位内力只炼至九成的老八婆顺口说，见到某某与一位美腿女子在一起。小八婆立即目光如炬，洞察秋毫：你怎么会注意到那两条美腿呢？难道那两条美腿是在正常位置吗？与另外两条毛腿有什么互动吗？

就此，又一段新八卦在她的领题下，按照她"说下去！说下去！"的节奏，迅速进入了波澜壮阔的伟大高潮。

当然，小八婆功力最深之处，体现在当面编派你的八卦。厉害的是，她编完之后，你自己都以为这是真的。最后出门时，男人往往膨胀得自以为貌若潘安，手段堪比意大利情圣卡萨诺瓦。

不过，你可以热爱小八婆，但就是不能娶回家。任何爱情桥段，在她那儿，都有一百零八套剧本，而且每一个细节都纤毫毕现。我正好认得她的男友，只是不太熟悉，所以想破脑袋也不知道这可怜的男人，是如何设计恋爱情节的。

装孙子的十条经验

朋友所在的单位，突然闹了一场人事地震。目瞪口呆之后，找我这个老家伙倾诉。兹将宽解他的话记录于后，以供自勉：

一、饭碗很重要。劳碌有命，富贵在天。我从前上班时，基本上是天不亮起床，而现在是天快亮才睡觉。即便如此，没有更好的饭碗之前，我还要捧下去。养家糊口，从来都是悲壮的事。你可以体会悲壮，也可以展示这个悲壮，但不要忘记，可能别人感觉比你更悲壮。

二、人事安排只可能合领导之意，永远不可能合下属之意。你是下属，你年资再高也是下属。下属是什么？下属就是孙子。你可以在心里认为自己是爷爷，但在上级心中，你就是孙子，这是事实。

三、不要觉得装孙子丢人。再大的领导也是孙子，即使他在你面前是爷爷，他在另一些人跟前也是孙子。

四、装孙子不等于就可以轻贱自己，也不等于自己就不重要。

即使自己在很多时候不重要，也不等于自己在所有时间和所有人面前都不重要。

五、要有"被领导艺术"。被领导不等于被动。爷爷为了把爷爷当稳，很多时候也能听进孙子的意见。"能改造领导的群众，才是好群众。"在紧要关头，孙子也可以很大声说话。

六、要善良地体察别人的善良。极坏和极好的人，都是少有的。人事安排中纷争与自保，可能代表他的本性，但你不能因此否定他长久以来显露的善良。你可以争取自己的机会，但不能突破自己的底线。这个底线，事前必须想好。

七、不要轻易对一个单位绝望。体制的惯性从来强大，可以裹挟着一切乱七八糟的东西，不停地制造着成就。回望成就时，那些污秽的细节是可以忽略不计的。

八、不要不断地在脑中放大自己的失落。不见得每个人都比你快乐，要透过现象看本质。叫床的声音大，不等于快感最强烈。

九、责任越大，义务越多，烦恼越重，出事的概率也越高。这一点，对小人与君子都是平等的，你庆幸地把出事的概率降低了。

十、铁打的营盘，流水的兵。对一个单位来说，其实你们才是铁打的营盘，头儿们从来都是一茬一茬的"兵"。"常将有日作无日，莫待无时思有时。"大多数当爷的都霸气十足，只顾着享受"有"的快乐，忘记了终有一天变"无"时难受。你把根在营盘扎好，常常会有机会看到霸气变衰气，从中可以体验一点人生哲学。

性感与车感

　　车感与性感一样，都妙不可言。性感是与生俱来的，车感也是天生素质。有的人虽是新司机，但转弯、刹车，平滑得如轻轻抚过妙龄女子的肌肤；有的人虽驾龄多年，但你坐在他的车子上，俯仰幅度之大却如庙中磕头。

　　就像胸大的女人不一定就性感一样，平时灵光四射的聪明男女，不一定都能握好方向盘。我不会开车，冷眼旁观这些菜鸟司机，是件挺有趣的事。

　　有位女同事，一向稳重大方，属于那种气质美人。单位里的一位帅哥，特别喜欢搭她的车。大概是学"移库"时，走了后门，一倒车就露怯。每逢此时，她就得把那帅哥赶下去，一边倒车一边惊慌失措地大喊："快！看着我的屁股！看着我的屁股！"此事传为佳话，同事们都知道，有一位帅哥是专司看着她屁股的活儿。至于是车屁股还是肉屁股，常常有人恶意混淆。

　　还有一位女司机，每次上车之前都有隆重的仪式。先换上一双如芭蕾演员穿的布底鞋子，为的是踩油门与刹车时有好的脚感；
然后又戴上一双有浮点的手套，为的是增加握方向盘时的手感。
我头一次坐她的车时，听着她车上音响如天籁般的童声合唱，真
是享受。问题出在下车时。我刚跨出车门，一条腿还在车上，她
就立即起动马达，勇往直前。还好我小时候玩过跳格子游戏，单
腿跳跃的功夫没有全忘，一条腿在车上，一条腿在地下，单腿前
进了五六米。这种经历，真是没齿难忘。

　　文如其人，车更如其人。看人开车，你可以诧异地发现朋友
的另一面性格。比如，一个看上去温柔有加的女子，挂起挡来，
乒乒乓乓稀里哗啦，动作粗暴得让人不敢相信；而一位五大三粗的
汉子，嘴里虽然不停骂着"我操"，挂挡时却可以轻柔得如为婴儿
洗澡。

　　我的朋友平素都温和谦逊，但奇怪的是，一谈起驾驶技术，
基本都趾高气扬，仿佛天下第二。那第一，当然是他们的驾校老师。

　　有位小伙子，再难的技艺都一学就会，考倒杆时居然没有过关，
急急忙忙请我疏通关节。一问，原来是考试时，不幸发现岳母与
他同场竞技，顿时有了心理障碍。更糟糕的是，岳母大人过关斩将，
如履平地，他反而没过关。单位里被公认为最聪明的人，在这种
情形下砸了牌子，脸面全无。一片嘲笑中，他列出多条理由：第
一、车子有问题；第二、天气有问题；第三、老婆有问题，出门前
就咒他今天过不了关，兆头不好。这一切，都不影响他过了路考后，
一提及车技就眉飞色舞，大吹大擂。

　　还有一位朋友，我至少三次目击，他起动马达时忘了放手刹，

还拼命轰油门，就像骑在系了缰绳的驴上，拼命挥鞭驱策，弄得自己汗流浃背。但他讨论起车技，一样赢得成片的崇敬目光。

要提高车技，应该向的哥的姐学习。一次，坐在同事的车上，看到一辆的士的车窗上，斜翘着一条美腿。一女同事大叫，快，追上去！看看这条腿属于哪张脸？顺便说说，在好色这一点上，女子丝毫不逊男人。男人只欣赏异性，而女人不放过任何性别的美色。可惜，司机技不如人，只能看着那耀眼的美腿，随那辆的士越来越远。大家都叹，如果这是交通高峰时刻，就好了。单位里有一位女司机，下班高峰时，从来就紧盯一辆的士，跟着左突右冲，总能在密集的车阵中趟出一条路，比别人提早回家。

在一塌糊涂的恶心中惊醒

　　曾经遇上过一位奇人，自称从不做梦，甚至不知道梦是什么，总是黑沉沉一觉到天亮。虽然我饱受失眠多梦之苦，但也不认为这是天赋异秉，恰恰相反，这可能是上天对他的刻意剥夺。

　　多年以前，看过一部名为《薇若妮卡的双重生命》的波兰电影。两个少女，都叫薇若妮卡，相同年龄，一在法国，一在波兰，都有金子般的嗓音，都有心脏病。互相感知，却从未谋面。影片中，薇若妮卡在问："你说冥冥之中，会不会有另一个人和你一模一样，我们在这个世界上不是孤单的？"这部电影，我理解为西方版的"庄生梦蝶"。

　　绝大多数人的生活，都平庸而沉闷。绝大多数人也当不了演员，没有机会另扮角色，体验戏剧人生。只有梦，可以提供机会，暂时分裂自我，创造多彩的双重生活。如果连做梦的机会都被剥夺了，那该多可怜。

　　我是一个做梦的高手。夜里随便一个梦，惊醒或上卫生间之后，重新上床，往往可以接着情节再做下去。一个梦可以分成三四段做，简直像章回体小说，接续得天衣无缝。

有几个梦，这半辈子反复地做，可以拿出来分析分析。

比如，在梦中，大约每个人都有从高处跌落的经验。据专家说，那是因为远古时人类栖身大树上，为防跌落而建立的生理预警机制。而我跌落的梦，往往是骑在一条飞翔的金色巨龙上，然后凌空跌落。按照鄙国的圆梦理论，这应该是天子之梦，至少是我的前世贵为天子。可是，某日我在家里打扫卫生，从储物间里发现一个极小规格的热水瓶，上面浮雕着一条金色的龙，与梦中那条龙一模一样。一问父母，才知道，那是我幼时母乳不足，用来为热牛奶保温的。真相大白，我哑然失笑。梦中之龙，果然与我命运攸关，但其意义，完全是生理学上的。

比如，我常做的梦，是在列车上走私毒品。眼看着警察一节节车厢地搜查过来，退无可退，就突然惊醒了。更经常的梦，是自己掉在粪坑之中挣扎，一步一滑跌，怎么也爬不出来。那一刻，觉得自己是全世界最肮脏的人，然后在一塌糊涂的恶心中惊醒。

我是一个有犯罪欲的人吗？或者，我是一个缺乏安全感的人？又或者，我是一个极端自卑的人？这些梦，要告诉我什么？人生要伤脑筋的事很多，我不愿为这几个破梦，再杀伤自己的脑细胞。

当然，我还在梦中无数次杀死别人，也无数次被别人追杀。甚至被押上刑场，身中数十弹而不死。这一切，都未让我的生活减少阳光与微笑。

在大部分情况下，暗夜里的梦都不会与日常生活叠合。一旦叠合得严丝合缝，那确实会让人恐怖。

大约二十年前，电话还未普及到家庭。楼下住着一位医院的护士，一天傍晚她对我说，有一位朋友的父亲已进入临终，万一有事就打电话过来，由我转告。当夜，我梦见自己站在病房中，看着一群医护人员对一位老人实施最后的抢救，上呼吸机，以及心脏胸外按压，等等。最后，一位医生看了看手表说："现在是三点三十五分，不行了，通知家属吧。"梦做到这儿，家里的电话声突然响起，我跳下床，一个声音通知说，老人已然辞世。我与梦中的医生一样，也看了看表，时间正是三点三十五分，分秒不差。

我惊出了一身冷汗，梦与现实的叠合到了这个份上，真的让人毛骨悚然，几乎崩溃。事后，又问了那护士，抢救的过程与细节，也与梦中丝毫不差。我甚至疑心，是那老人的灵魂到我家里走了一遭。

关于梦的理论，从古到今，汗牛充栋。比如，弗洛伊德说，梦是现实欲望的变相满足。但我比较相信，梦是对现实生活的暗示与预兆。

多年前，一位朋友在闹婚外恋。一个晚上，我与他及他的情人在一条水泥马路散步。忽然，那女人停住脚步，惊叫一声："就是这里！就是这条裂缝！"原来，她数天前做了一个梦，梦里就是我们三个人在散步，走的是哪条路，她已不记得了，但忽然看到这条水泥路上的裂缝，她一下子完全想起来了。

　　后来，她与我的这位朋友分手了，出国之前与我发生了龃龉。而那位朋友与我也再不是亲密无间。

　　多年后，反思起我们三人之间的关系，我往往先从那条裂缝想起。

崩溃之前的预感

爬山时，经常会遇到一位小个子姑娘。一身运动打扮，气喘嘘嘘，面色绯红，一切如常。但我知道，她是一位精神分裂患者，不只她是，她弟弟也是。她也许已经不认得我了，但我知道，她仍旧在与自己混乱的大脑搏斗着。爬山锻练，也许就是一种抵抗的方式。

多年前，我在一家媒体供职时，她给热线打来电话，第一句话就是："大哥，我是一个精神病人。"没有人会开口就自称精神病，接电话的以为对方是恶作剧："你怎么知道自己是精神病？"答："因为我感觉自己又快发病了。"

后来，我与同事去了她家才知道，她的精神病已发过多次。父亲下岗了，她一直靠捡拾废品来维持治疗费用。现在，她预感自己快撑不住了，而且还预感到弟弟也有了精神病。

预感？那是什么样的预感？

她说，每次发作之前，都会在镜子中看到自己的鼻子忽大忽小。

弟弟的表现，则是夜夜不眠，全身燥热难当。姐弟俩对将要发生的失控，都感到恐惧。

因为她父亲暴跳如雷的自尊，我们最终没能给她什么帮助。但她一再提及的预感，却一直让我难忘。

人的大脑有 140 亿个神经细胞，每天能够纪录 8600 万条信息。这样一个庞大的系统，一旦崩溃，真的应该有一些预兆吧。我们的误解，在于很少注意到，精神病人有强烈的自救意识。姑娘的可贵，在于她为了自救，抛掉了一切自尊。可惜她的父亲，为了可怜的面子，始终在拒绝帮助。

关于精神病人的预感，最著名的例子，是英国著名散文家查尔斯·兰姆与他的疯姐姐。兰姆二十二岁时，姐姐玛丽在精神错乱中杀死了母亲。兰姆为了照顾姐姐，终身未婚。姐姐的病时好时坏，要发作时常有预感。每当此时，姐弟俩就手拉手哭着向疯人院跑去。姐弟俩这般相依为命的情景，感动过那个时代的很多人。

大前天，10 月 10 日，是世界精神卫生日。这两日，看了一些关于精神疾患防治的知识普及，但还是不及我多年前读过的这件轶事打动人。

兰姆与他的疯姐姐的事情，在他给英国著名诗人柯勒律治的书信中有详细叙述。

姐姐举刀刺死母亲后，兰姆给柯勒律治写信说："上帝还让我保留着理智，我能吃、能喝、能睡，判断力（我相信）还非常健全。……感谢上帝，我现在非常平静而镇静，能够把留下来的事尽力做好。请给我写一封尽可能充满宗教精神的信吧，但不要提及已经发生并且结束的事。"事实上,兰姆后来也发作过一次精神病,但这一次,他很好地控制了自己。而且,他懂得如何让自己不失控,他让朋友"写一封尽可能充满宗教精神的信",显然也是一种自觉的治疗。

据查,中国的精神分裂患者有 780 万人,每千人中有 6.55 人患病。受到病患影响的,绝不止 780 万家庭。我不知道,这么多年过去了,这位姑娘是怎么艰难生活的,但很高兴她还能正常地爬山健身。每次转身看着她的背影,我都为她的顽强而感佩。

这个世界让人抓狂的事太多啦。有太多的事,也经不起细想。老天保佑,大家都应该为自己仍处于清醒状态而庆幸。

奇怪的凶器

　　我见过的最奇怪的凶器，是一根面条。这根面条，把一个人的手指戳得鲜血淋漓。原来，是一碗面条放在冰箱里冻得梆硬，一根面条支楞着，不亚于一把锋利的刀，正好穿入了面条主人的指甲缝。这是几年前，在台湾电视上看过的新闻。

　　顺便说一下，冰箱里的东西，最宜于充当凶器。在一篇日本悬疑小说中，警察到末了也没能找到一点破案线索。原来，那凶器是一大块坚硬的冰冻羊腿。谋杀亲夫的女主人，为数天来在她家忙前忙后的警察煮了碗羊肉汤。当警察喝着热汤，看着面前这位带着温暖与忧伤的新寡妇时，怎么也没想到，他们正在品尝凶器的美味呢！

　　话扯远了。其实，我想说的是，无妄之灾随时都在等着你。

　　比如，一次我正在裁纸，一手抹下去，指肚顿时被利器割得肌肉外翻。凶器不是裁纸刀，而是那张质量优良的4A复印纸！又比如，一次与人在罐头里抢豆豆吃，两个人同时拔出手来。结果，手背上的伤疤多年不褪，成了我嘴馋的铁证。最离奇的一次是，在黑甜乡中睡得正酣，不料背上突然一阵巨痛，大叫一声醒来。我被家中娘子狠狠咬了一口！原来，是她在梦中被人非礼，情急之下就向对方动用了钢牙利嘴。天哪，她要表示坚贞，也不能拿我背上的肉当决心书啊。

基本上，我是一个容易受灾的倒霉蛋。最新的灾情，发生在昨天深夜，地点在电脑桌前。

当时，一篇长文看得久了，腰腿僵直。于是，想换个寻常所用的舒服姿势，先斜靠椅背，然后把腿架上桌面。灾难往往毫无预兆——斜转过椅子，与桌面呈四十五度角，然后再抬腿，翘脚，这一切动作本应一气呵成。不料，这一回，脚的尾趾准确无比地磕在桌子的下沿。由我本人亲自监理，做工精良的桌子，立刻成了锋利的凶器。趾甲盖被当场劈开，鲜血沥哩答啦，洒满了桌前的地毯。时已深夜，本只想找上一块创可贴，悄悄收拾这一地狼籍，想不到根本走不出书房，手一松，血就向外涌。从前，我一向自称"阳光中年"，想不到这一回，一不小心当上了"热血中年"。无奈之下，只好惊动家中娘子，起床清理血案现场。

细想我之倒霉，似乎基本上是因为自己笨手笨脚，这没什么奇怪的。值得惊诧的，是种种受伤方式之怪异。

再细想，其实任何东西，只要角度够刁，力度够巧，都能伤害一个人。从一张纸到一个桌沿，直至一句提问，一个眼神，一种姿态，都可能成为锐利的凶器。人的脆弱与人的坚强一样，都是匪夷所思的。

想明白这个道理后，也许你我就可以制定"减灾计划"了。

我在拐弯处等你

这是一个讲创意的年代，骂人也得讲创意。

前几天，听一个幼儿园的小朋友讲新闻，说班上两个小朋友吵架，一口一个"你妈的"。老师大怒，说："你们还会骂点别的吗？"然后，一手拎一个，面对面拽到一块："好好骂，大声骂，互相骂，不骂出新东西，不许回家！"

两个小朋友只好对骂了。不一会儿，形势立即明朗起来。甲小朋友只能循环那么两句："小屁孩，大屁孩；大屁孩，小屁孩……"乙小朋友词汇量大得多："笨小狗，癞蛤蟆，鼻涕虫……"后来，连顺口溜都出来了："你妈神经病，带你去看病……"

其实，这场对骂不能算有创意。那个顺口溜，我那一茬孩子就常常背诵。看来，骂人也得从娃娃抓起。

说起来，骂人之法也就是那么两三招。比赛文法知识，运用"赋比兴"，将对方斥为非我族类，算是一种。古今中外，概莫如此。例如，纪晓岚笑骂学生：放狗屁，狗放屁，放屁狗。委内瑞拉总统查韦斯痛骂竞选对手："你有猪的尾巴、猪的耳朵，你像猪一样哼哼叫，你就是一头低等的猪。你就是一头猪，不要试图隐瞒这一点。"看看，两人前后相隔三百年，骂法有差异吗?

当然，我国幅员辽阔，骂人的地域色彩更鲜明。例如，同是"xx养的"，北京用"丫头养的"，湖北用"苕表子养的"，山东用"逼养的"。同样是表示强烈的情感色彩，成都用"你个锤子"，合肥用"你个芋头"，南昌用"你个棺材"。搞对外汉语教学的同志，仅仅这些就够忙乎的了。

骂人方式，有武骂与文骂之分。青筋毕露、唾沫横飞的肮脏之骂，为武骂；拐着弯子骂人，不见脏字，则为文骂。我以为，两者概念，互有交叉。千万别认为，写文章骂人才是文骂。比如，北大孔庆东教授的文章，就文武兼备。

最见功力的骂人方式，是拐了弯的文骂。业余级别的，最多拐一两个弯；高段位的，则是九曲十八弯，可做考据学的范例。

我幼时，大院里的一个女人，大家都叫她"嘟嘟嘟"，更大胆些就叫她"公共汽车"，生了气才骂她"破鞋"。这个"嘟嘟嘟"，是"公共汽车"喇叭声。此骂也算文骂，但拐弯度不大。

清代艳情小说《姑妄言》里，文骂最多。比如，有一个人物叫屠四，跟一个风尘女子做假夫妻。大家称呼这个屠四为"屠半八"。屠四认为自己排行老四，叫"屠半八"挺文雅的，欣然受之。他哪儿知道，是因为那个女子极淫浪，屠四又是假丈夫，大家认为，他只算得半个王八，才名之为"屠半八"。

《姑妄言》里还有个人物，名曰竹思宽。此公的绰号，叫"贝者贝戎",听起来像王爷,但性急的人是叫他赌贼的。"贝者贝戎",系拆字党的作品。为了赌,竹思宽什么都偷。外婆死了,表弟骑驴来报丧。他把人家的驴子偷去卖了,夜里又把亲属的孝服偷去典当,充做赌资。如此行径,可不是"贝者贝戎"?

他的大名"竹思宽",听起来一派古风雅韵,颇有"雪满山中高士卧"的范儿,但里边也藏着一堆恶搞恶骂。所谓竹思宽,乃竹丝而宽,自然是篾片了。篾片之意,一是帮闲,叫做"篾片相公"。二是竹子劈成的薄片。篾片是从竹青、竹黄而来,所以他父亲叫竹青,母亲叫黄氏。他的父母是一对吝啬鬼,竹思宽千方百计偷光输光了父母积攒的家业,从客观上说,让吝啬鬼父母往宽处想,可不是"思宽"吗?竹思宽的另一层意思,就更刻薄了。此君的阳物比驴还大,一旦行事,女子均皮开肉绽。裆下暴得大名后,敢让他近身的女子世上罕有。竹思宽在云雨之事上,对女子两腿之间能不"思宽"吗?

中国人对风雅有不懈追求,就是骂人也可以骂出趣致的。所谓"曲径通幽处",其实也通往刻薄之处。所谓"柳暗花明又一村",就是一路风景,进村之后让你踩到猪屎牛粪。文骂之恶之妙,或正在于此。

骂人,对骂人者有心理治疗作用,有止痛化淤之效。世道艰难,遭遇不公,谁不骂人谁不是人,而是神。神之骂,不叫骂人,而为诅咒。比如,神说,你是猪,你就在泥泞里打滚嬉戏;神说,你是蛇,你就成了爬行动物。神之诅咒,是骂人者最想达到的理想境界。

　　骂人之爽利，是以挨骂者的不堪为代价的。事实上，挨骂的与骂人的，比例基本相同。只能骂人，不能挨骂，这类人心理肯定不健康。但无论如何，骂人易，忍骂难。挨得住九次大骂，受不了一次笑斥；武骂可忍，文骂难熬。这些都是挨骂中常态。

　　不过，有关挨骂的隐忍，那是另一个题目，其中高人多矣。或许下次有兴头，再聊聊。

男人只是在淡淡地微笑

深夜迟迟不睡的女人，都是有钱的白痴。这个结论有点无厘头，但真的有人论证过。

证据主要是，每到下半夜之后，就有那么几家电视台的直销栏目，总在播放一个叫什么"贴贴瘦"或"睡睡贴"减肥广告。节目中，主持人一会儿"上街调查"，一会儿让人称体重，一会儿让人做 B 超，就是要说明"贴贴瘦"或"睡睡贴"的神奇。节目中出现最多的语气词就是惊叹："哇！"

主持人号称，这种神奇的膏药，只要每天睡前贴在肚脐上，一个月可以减肥八到十五公斤！为了验证，她上街头拽了一个少妇，睡前称了一下体重，做了一下 B 超。第二天一早，又是一声惊叹："哇！"然后那少妇说，简直不敢相信，睡一觉就减了一公斤！B 超医生则亮出铁证：她的肚皮脂肪层足足减了四毫米！

只要有一点科学常识，就不会有人相信，贴一下膏药，一夜就可以减肥一公斤，而且还可直接作用到脂肪层。除非，那膏药的成份是硫酸，可以直接销肌蚀肉。

做广告是要花钱的。当然，电视的深夜时段，用广告业的行话说，叫垃圾时段，价码比较低，但再便宜也得花钱吧。

这广告给谁看？当然是深夜还不睡的女人。如果这广告没人看，减肥药没人买，药商还天天花钱做广告，除非他们是白痴。如果他们不是白痴，那就是深夜迟迟不睡的女人了。就药商而言，这个"目标客户群"的准确定义是，迟迟不睡的有钱的白痴。

基本上，女人一生中有两个时段智商最低，一是热烈初恋时，二就是疯狂减肥时。可怜的是，热烈的恋爱，三五个月就过去了，而疯狂地减肥，时长则起码三五年。为了重现窈窕之魅影，除了丈夫孩子不敢干掉，她们什么狠心都敢下，更别说钱包里的几张票票了。从心理上说，减肥女子个个都算秦始皇，如果有可能，她们会毫不犹豫，立即驱使徐福领着三千童男童女，出海为她们寻找减肥神药。对减肥药的功效，她们的基本态度是，逢庙烧香，遇佛磕头。像这个减肥膏药，只不过在肚脐上贴贴，药商心里有数，反正贴不死人，只当是给白痴们的一点安慰好了。

对自己身体的认识，男女有天渊之别。男人年过三十，没有人会以为还可以靠胸大肌来改变什么。钱包大，才是硬道理。狂吃乱喝起来，从来理直气壮，一任肥膘在全身游走。女人就不同，一过三十，对自己身体的任何一点变化，都惊慌失措，仿佛世界末日的预兆。她们仍沉浸在窈窕美人的历史中，幻想地心引力对胸腺组织不发生作用。更年轻时候，知道男人需要什么。现在，男人添了沧桑，女人自己也长了岁数，她反而变得迷茫。

照我认识的所有男人看，在他们眼中，三十到四十多岁的女人中"妖怪"最多。三十岁后，玉手向"肉手"过渡，却偏要把指甲画得像魔爪；一张素脸本来无碍她的亲切，却偏要把厚粉敷得如莎士比亚说的"马蹄踏进去都拔不出来"。男人明明已经学会兼容并蓄，女人却偏想把自己变成骨感美人塞给他。在感觉上，她们与男人基本错位。

一句话，男人只是在淡淡地微笑，而女人却认为自己被置于危险的嘲笑中。疯狂的减肥白痴，就由此而来。

细节的可怕与可爱

我家小朋友，对其老爸的好色之心有充分的估计与警惕。比如，一家人坐在餐桌边吃饭，她会突然对着电视发出一声惊叫："哇，这个女人胸脯好大呀！"我只要一扭头一抬眼，小朋友立刻就对她老妈隆重宣布结论："你看你看，老爸太好色啦！"经这般多次考验，我已炼出深厚内力：基本上对任何大屁股大奶子女人都表情木然。

不过，由于该小朋友锲而不舍的精神，对其老爸的风流史终有新发现。一日，在一本旧书里，忽然挖掘到一个证据。于是，开始敲山震虎："你是不是在一本书里藏着秘密呀？"或是和蔼诱供："是不是有一个很好看的东西夹在书里啊？"最后，干脆跳出来拿出铁证：原来是一张发黄的呈半透明状的薄薄纸片，上面画着八九个衣领、领结。画功精细，笔触纤巧，显然对时装颇有研究。经仔细考证与鉴定，绝不是我或她老妈之手笔。

经小朋友百般启发，我的记忆仍如凝固的陈年浆糊，粘不起任何历史碎片。无疑，那是出自一个姑娘对时尚的热爱。至于，为什么她要把衣领与领结的式样，画在纸上并夹在我的书里，已不可考。这样一个来自遥远时空的细节，忽然一下让我感受到古人说的"白驹过隙"。想想看，一匹大白马，在眼前闪过，都视而不见，更别提在匆匆的时光中，我漏过了多少值得回味的细节。

记得早年间，我在父亲的一个压箱底的硬皮笔记本里，曾翻到一张白桦树皮。变黄的树皮上，用钢笔写着"1954年某月某日"的字样。显然，那是一个值得纪念的日子，而且与浪漫的情绪有关。父亲一定是担心忘了，才随手记下了这个日子。但是，当我问起这张树皮的来历，他也是一片茫然。以我老父亲总乐于谈起他那两段并不复杂的情史来看，他显然并非有意隐瞒。

时间啊，真是一条专门冲刷细节的河流。

从事管理学研究的人，最注意细节管理。我从前的一位老板，张口闭口就是："细节是天使，细节是魔鬼。"同事都知道，他提醒的重点在后半句。其实，生活中的细节管理何尝不是如此。不信，你身上带一根别的女人头发丝回家试试？老婆马上就成了你的魔鬼，或者说，你在老婆眼中成了魔鬼，反正都一样。

不过，也有许多时候，动人的细节宛如翩然而至的天使，环绕在你身边，撩拨着你心尖。前提是，你注意收集，注意保存，注意保鲜。

据说，玛丽莲·梦露离世后，留下了两大档案柜东西，包括各种衣饰、纪念品、信件、照片、处方、单据，甚至梦露买鞋、买衣服、出去吃饭的发票，梦露的个人生活尽在其中。从2006年初开始，一位叫安德森的摄影师受雇，对这两大柜子的遗物开始了长达两年的拍摄。安德森一件一件翻检着东西，几乎爱上了这个女人。他晚上辗转反侧，难以入眠，不得不靠喝酒来平息自己的情绪。他甚至会失言把妻子叫成"玛丽莲"。他认为拍摄时应该把文件放在玫瑰花上，常常一大早跑去买玫瑰，像初恋的小伙子。

这就是细节的可怕与可爱。人死了，但细节还依旧鲜活。物质细节的恒久，让逝去的生命，在新时空里换一种方式继续存活。我在想，玛丽莲·梦露对细节的疯狂收藏，是不是因为对最终的命运，有了隐约的不祥预感？

对细节的收藏，其实就是对自己生命历程的纪念。通常情况下，孩子往往比成年人更敏感，更注意收藏细节。我家小朋友，从小到大的玩具，逛过的景点门票，看过的电影门票，还有每一年级的作文簿，都被她自己收集得整整齐齐。不过，年龄愈长，她对生活细节的遗漏愈多。对这一点，我反倒高兴。她又不是玛丽莲·梦露，完全不需要对自己那样狂热地自恋。另外，更让我放心的是，她也不会像梦露那样，被太多的细节给绷断了神经。

物以稀为贵。美好的细节也一样，一点点就好。

死亡和太阳令人不可逼视

关于死后躯壳的处理，我听过最惊世骇俗的方式，是美国的一个家伙，把骨灰混入礼花，点亮夜空，开了一场焰火晚会。比起这种色彩斑斓的创意，那些把骨灰高压成钻石，然后戴在亲人手上之类的搞法，还是不够大气，不够超脱。

对死亡的恐惧，是人类的终极恐惧。求永生而不得，才会发明这些五花八门的仪式。有关死后之种种猜想，其实就是一切猜想都归零。古人说，"死后原知万事空"。"万事空"的说法是对的，但"知"是肯定没有的。忘川的彼岸，从未有人回来过。所以，有关死后躯壳的安排，在什么时候都是忌讳的话题。

年轻时我也不大想这个问题。只是有一次，在参加一位老人的最后告别时，看到殡葬工人像对付普通物件一样对待遗体，乒乒乓乓地往炉子里卸货，才注意到了那个带弧形槽的手推车。当时我忍不住在心里骂了一句：妈的，老子的个子这么大，这车子这么短，以后千万不要让我碰上！

最近，一位美丽的女性朋友，以最惨烈的方式与大家说了拜拜，而且，以极端的方式破坏了自己的躯壳。是的，这里只能称作"躯壳"。因为她美好的灵魂从九楼跃下时，已脱壳而去。那段时间，朋友们几乎夜夜难眠，一方面伤心绝望，一方面毛骨悚然。大家总是控制不住地想象：会不会在某一时刻，她突然就出现在你面前？有的朋友，甚至在大白天都不敢独处。虽然我们都知道，这位朋友生前善良，待人极好。此事已过去一月有余，恐惧已渐渐淡去。回头再想，吓住大家的，其实不是那朋友，而是那具破碎的躯壳。

所以，关于躯壳的最后处理，应该听一听专业人士的意见。

托马斯·林奇，美国人，"林奇父子殡仪公司"的老板。在密歇根州的一个小镇上，他每年要安葬大约两百多名死者。最妙的是，他同时是一位诗人。这位被媒体称之为"诗人殡葬师"的人，最火的作品不是他热爱的诗歌，而是他随手写下的《殡葬人手记——一个阴森行业的生活研究》。

这个来自阴森行业的家伙，完全有理由阴森一下。寿终正寝的，就不必说了。车祸、凶杀、自杀，以及其他意外；球棒敲碎的脑壳，重物压扁的身体，被来复枪子弹崩开的脸庞……这都不奇怪。让我奇怪的是，他的《殡葬人手记》里，有哲思，有诗意，有伤感，有机智，有优雅，有幽默，但惟独没有阴森。

能让这家伙惊一下的时候，基本上都是自杀。比如，他描写一位失恋小伙子，用猎枪塞进嘴里寻短见。"死者一只眼朝东一只眼朝西，这是子弹把脑袋崩裂成的，看起来却是刻意求取的观察的平衡：一只眼眺望未来，一只眼凝视过去。通过这一精心安排的姿态，把自己的生前身后交融在一起。"他说，这是他遇到过的最惊心动魄的自杀。

意外的命定的死亡，不论在什么时候，都会让人感到命运的无常，人生的无助。这一心态，殡仪馆老板也不能逃脱。

比如，有一位小姑娘，叫斯蒂芬妮，名字取自于石匠的保护神的名字——圣斯蒂芬。她深夜乘车时，不幸死于突然丢下公路的一块墓石。而墓石，是几个顽皮孩子从墓园撬出的，上面刻有"福斯特"的字样。在传说中，石匠之神圣斯蒂芬也是被石头砸死的。更巧的是，她的父母在挑选墓地时，选中了基督雕像手指向的一个位置。过去一看，紧挨着空地的墓地，死者叫福斯特。这个福斯特，正是那块砸中小女孩的墓石之主人。

对这一蹊跷事件，这位殡仪馆老板，以哲学家兼诗人的身分，罗列了好多条理由，但没有一条能解释得通。最后，他只好仰天长叹："如果这是上帝的旨意，我会说，主啊，你真丢脸。如果不是，我也说，主啊，你真丢脸。没什么两样。"

我没什么信仰，但仍旧相信，一切都有命定的轨迹。生死有命。不过，这"命"的偶然，只是你自己的排列组合。一旦运算出错或是程序出错，你就只能把悲伤与无助留给亲友了。

一个夜晚，我与一位同事，回到多年前工作过的一个老单位出席饭局。进门后，大家都围着热情寒暄。一位小个子的朋友，见我在人堆里四顾不暇看不到他，干脆像女人那样，伸出指尖拧了我一把。散席后，我们与这位小个子朋友在门口话别，犹豫了一下，他往北走，我们往南行。谁知，第二天，就传来了他的死讯。原来，就是这之后的几分钟，他在过斑马线时，被一辆急驰而过的警车撞飞。后来，我与同事作了种种假设，任何一种假设，都能改变他的命运。但现在看来，世上的事，没有什么"如果"，只有结果。而这结果，是亡者本人生前运算时，计算出错了。

一个更普通的夜晚，我与一位朋友，为了在本城建一座抗战死难者纪念碑，与一位加拿大的赞助者洽谈。这是一位英国裔的墓园设计商，在咖啡厅里，他打开了电脑，一一展示着他在澳大利亚与东南亚的墓园建筑。而我与那位朋友，则听着他轻声细语地介绍有关墓园设计的理念。我记得，那个时候，大家谈着死亡与墓地，像是讲着邻家的故事，只是这个邻居刚刚搬迁过来，谁也不认识。可是，突然一天，这邻居就向你露出了面孔。那晚与我一块去洽谈的朋友，转身之间提前去了墓地，永不再返回。而且，是以运用地心重力原理的方式，无情地安置了自己的躯壳！托马斯·林奇在书中引用一位作家的话说："死亡和太阳令人不可逼视。"朋友生前是如何逼视死亡的，我们是永不得知了。只好等大家都在另一个世界见面时，再细细探讨吧。

关于死亡，这位"诗人殡葬师"从不同层面解释说，有"肌体死亡"、"代谢死亡"，以及"社会性死亡"。能够震惊我们的，都是社会性死亡。而关于躯壳的最终安排，我喜欢托马斯·林奇这样的经营态度。他老老实实地说，他卖的棺材，好的也不能把死者送上天堂，差一点的也不妨碍他们上路。

性与死，是永恒的主题。从前，我与朋友们一向乐于谈性，而忌讳说死。估计，今后也还是这样。这一回，是这位朋友之决绝，逼着大家一再思考了这么不愉快的问题，而托马斯·林奇的书，确实有助于这样的思考。

我是危险的中年偶像

昨夜一小朋友过三十大寿，纠集了一帮红男绿女。座中有一位漂亮女士，据寿星自称，是他的小姨子。只是，他介绍的话音刚落，一圈怀疑的目光便聚集于这位女士身上。而且，该"小姨子"越是泰然自若，不怀好意的光芒就越加炽热，几乎能听见生物电流的哧哧声。

由于鄙国多年严格的计划生育政策，"小姨子"这一物种日渐稀少，特别是在城里，几乎濒临灭绝。所以，狼兄虎弟们对小姨子之向往，如久旱盼甘霖。

前些日子，在一家人气颇旺的网站，看到有人在"晒自己的龌龊事"，至少有上万条跟贴，其中有不少都是在晒自己与"小姨子"的情事。哪有那么多小姨子啊？估计都是群狼的意淫。盖因大部分已婚男子，对身边婆娘犹有爱意，无奈年华老去，美色与风韵如当今股市，只跌不涨。求年轻而不得，对枕边婆娘又心有忌惮，只好幻想有一个小姨子。既亲近，又不会让婆娘打翻醋坛，自己还方便下手。

寿星朋友之失误，在于不知当今的风月行情。即便是真的小姨子，也不可轻易示人。"小姨子"，即是意淫的代名词之一。

说起来，这位引发"小姨子风波"的先生，相貌英俊，很得女性宠爱，这使他的太太万分警惕。只是昨夜的寿宴，河东狮子迟迟未到，才使席上的疑云久久不散。

一般说来，众人心中印象，仪表堂堂之士，在情场往往都有摘叶飞花、百步穿杨的功夫。而且，大家还估计，他匣中的丘比特神箭，多得如厨房中的筷子，随取随用。其实情形正好相反，越是仪表堂堂，身边越是机关重重，防卫甚严。大部分情况下，由于婆娘如东非大草原的狮子般盯着自己得手的猎物，先生刀枪入库，马放南山，虽求战心切，但久不上战场，武艺生疏矣。当然，也不是没有例外。朋友敢把"小姨子"领来，也许其中另有款曲？

其实，依兄弟我阅世之深，最危险的倒是那些相貌平平之人，特别是那些乍一看不怎么地，越看越受看的家伙。不论男女，都是如此。有一段时间，身边离婚的朋友多如过江之鲫。细细分辨，几乎都不出此类人物。而他们动静之大，决心之明，远超过运筹帷幄决胜千里的名将。不过，我十分理解这一点。外人看人家在婚姻中跳槽，好像从厨房进客厅，从客厅进大门般容易。真实的内幕，我了解一二，此事对人生之伤害，规模与烈度基本上是一场淮海战役。而且，往往是城门失火，殃及池鱼。有一次，一怨妇到我家里哭诉，边哭边拔我最心爱的的沙发草编垫子，哭诉完了，那精美的草编垫子也基本毁了。总的说来，我属于识大体顾大局的好同志，人家在打淮海战役，你还能计较一个草编垫子吗？

所以，这夫妻之道，相貌般配的最危险。两个长相一般的，在一块更危险。一方美貌，另一方相貌一般的，倒是安全。多年来，我那些守着单方面俊丽配偶的朋友，都平安度日。"巧妻常伴拙夫眠"的道理，什么朝代都不过时。

想明白了这个道理，我最近对自己也警惕万分。本人与拙妻正是相貌一般的类型。而且，对照专栏作家小宝前几年所订立的标准，兄弟我年岁渐长，正好进入了中年偶像的行列：有学问，讲道理，很大气，健康一般，相貌普通，纯情似水。

真是危险啊危险！

穿透厚实袈裟的青春

下午爬山锻练，总要经过紫竹林寺。木鱼声中，在寺前广场，常有数百尼姑整队列阵，或齐声诵念，或游走默祷。闽南佛学院女众部设在此处。都是妙龄女子，再宽大再厚实的灰色袈裟，也挡不住逼人的青春气息。

法相庄严之中，本不该如此怜香惜玉。无奈我乃俗人一个，经常用错情意，估计佛祖不会怪罪。

最打动人的是，日暮下山时，寺前广场边，几个电话亭前都依偎着尼姑，有时远远就听见清脆欢快的通话声。佛门净地，平添不少家常气氛。

其实，只要心中有佛，哪儿没有禅意？一入庵门，便青灯古佛，从此与红尘无涉，这样的时代永远不会回来了。

记得一次在韩国首尔，举目而望，基督教堂似乎随处可见。于是，问朋友，怎么不见佛寺？这可是在东方国家啊！朋友答：佛寺都在市郊或人烟稀少之处。又问：那么，这里是佛教徒多，还是基督教徒更多？答：这几年，基督教徒越来越多。佛教的传统，总是寻清幽之处建寺。基督教堂的选址，就有很大不同。人家是在热闹处建教堂，方便传教，教徒自然越来越多啦。

想想也是，天下名山僧占多。东方国家的情形是，哪儿风景好，哪儿就有寺庙。只是如今到处红尘滚滚，清幽之处愈来愈难找了。朋友的说法，似有理也无理。

高僧大师就不提了，说说我认识的佛家弟子吧。

一次，是到某地与政协人士座谈。会场外，撞见一有名的住持，高大，美髯，爽快，笑起来连你耳朵都嗡嗡响。据说他同时管着两地的三座寺庙，在佛门中算个了不起的人物。寒暄了一阵，到高兴处，他扯起大嗓门："你们有空上寺里住两天，我们那里条件好，什么都有，就是桑拿浴也有，当然啦，小姐是肯定没有。哈哈……"

好像他也没说错什么，只是不久之后传来消息说，这有名的大和尚，因为经济问题被逮了。

又一次，是陪客人参观一所名寺，正遇见一位戴着眼镜，面相俊朗的年轻僧人发飙。听得出，肇事的女人已经走了，但他仍不依不饶："什么东西！长得好看就算了，那么丑还那么坏！劝也劝不听。惹火了我，就狠狠念经，咒她下拔舌地狱！"

这一场火气，倒是充分显示了他的职业特点。看来，僧人也不可能都是世外高人。也许，惹他生气的女子好看些，他的肝火会小一些？

还听一位女同事讲过与僧人交往的一桩逸事。一日，一位和尚给她打来电话。因为好久未联系，又十分熟悉，她随口问道："好

久不联系啦！有什么事吗？"想不到对方笑嘻嘻地答道："想你了
呗！"惊得女同事手里的电话差点掉下地去！从此，大家对该女
同事的魅力重新评估。连和尚都能打动，那魅力小得了吗？

其实，细想想，僧人的喜怒哀乐与俗世差别不大。僧人也是
职业，只是有更严苛道德标准的职业，就像西方人不能否定神父
也是一种职业一样。科学求真，艺术塑美，宗教劝善。我们只能
希望，在这个行业中，有修为的高僧更多一些。劝善的力量，更
强一些。

近些年，百姓生活日益富裕，僧人的物质水平也提高了。参
观过一家香火鼎盛的寺庙的僧舍，我认得的那位僧人（不知其级
别与年资，大约是中级吧）住的是单间，屋里有电视、空调，服装、
水电、食宿由寺里出，每月还有五百元零花钱。这是好几年前的
事了，估计现在物价上涨，薪金又有提高了吧。

多年来，有一个远在河南的寺庙，一直坚持给我邮寄佛教刊物。
有朋友说，那只是寺庙的公关宣传品，你不必太当真了吧。但我
总是反驳：你说的不对！人家又不认识我，公关这么多年也该歇了
吧？这是因为我有佛缘啊！还是那句话：只要心中有佛，哪儿没有
禅意？

美利坚，美人划过我心尖

兄弟我在美国的时候，最关注的就是美女。旅游，无非是美景、美食、美人。在我这儿，顺序正好是颠倒的，美人是排在第一位的。所以，我端起傻瓜相机做"好摄之徒"状时，心里的自我定位其实是"好色之徒"。

印象最深的是，在芝加哥的密歇根大道上，一家著名老旅馆大堂的前台领班。一位印度裔混血女子，娇小，黑发，五官精致，皮肤白晰，就像一个组合得尽善尽美的艺术品。也许这么描述，太没个性，说了等于没说。之所以无法描述，就是因为她是一位标准美女，标准到你描绘不出个性，标准到每一处都无可挑剔。或者干脆说，她美得几乎不像真人。我不知道，在生活中你有无这样的感受。反正，"惊艳"这个词太老套。那一瞬间，确实是被"雷"住啦。更有个性的，是她好听的嗓子。如果声音是有形状的话，我是这样感觉的：她的声音有金属的质地，像是一块名贵合金，裹在了一块柔软的物质中。

在美国的十几天中，大约有一周的时间都待在中部地区，依次是密苏里州、路易斯安那州、芝加哥。印象中，好像全世界的胖子都集中在美国中部了。我这一辈子看过的胖子，也没有那几天看得多。女人都胖大，胖大到你有雄伟壮丽的感觉。记得一次，在高速公路休息区的麦当劳，人不多，但同时有五六位胖女人领着孩子在里头，让这间宽敞的餐厅显得特别拥挤。见到她们，你会一下子想起中学课本中鲁迅的句子："须仰视才见"，而自己则是"渺小到榨出皮袍下的小来"。而这种感觉，是在我有一米八多身高的前提下说的。她们高、胖、结实，几乎有我两个半身板那么宽。都是大个子，但一胖就更显个子。有那么两位，嫌孩子吵，一手一个就拎出门去，壮实得你一见她们，就想自动地靠墙一边站着。顺便说说，我绝无歧视胖女人的意思。恰恰相反，生活中我也喜欢丰腴的女人。但她们真的还是太胖啦，与她们比，中国女人可能没有一位需要减肥。

说到美国胖美女，我这会儿忽然想起，一位刚刚与俄罗斯胖女人拥抱过的小兄弟。他是这样诉说感受的：那一刻，有掉进红烧肉罐头的感觉。我明白这位小兄弟爱吃红烧肉，但这种感觉是怎么回事我一直没想明白——美学上的"通感"，是怎么通到肉罐头的？

正是在这种情况下，一到芝加哥就遇上这么娇小的美女，那种对比感觉，当然太震撼啦。

在美国中部欣赏美人，常常会有这样戏剧性的情节：你进了一家商店，一位仿若你熟悉的好莱坞女明星，在柜台前坐着或蹲着操持着商品。你一走近，她立刻热情站起来迎候。这时候，你如果只顾着盯她脸蛋的话，一定会被吓一跳。精致的脸庞与壮实的身材，实在太不成比例了。但说实话，每一位女子的笑容都是那么灿烂。据说，美国人从小对牙齿的养护，是世界一流的。所以，对你咧嘴的女子，都有一口雪白整齐的牙齿，笑起来是那么健康明媚。这一点，很多中国美女比不了，远看美若天仙，但一笑就露出一口四环素烂牙。

往华盛顿、纽约去，美女就多了。商品多了自然是要贬值，但美女越多，这个城市升值的空间就越大。一位在纽约居住多年的朋友提醒我，你注意了没有？纽约的女人都不耀眼，但特别耐看。她们的服装色调以黑、灰为主，越是高级白领，越是有品位的，越这么穿。可以说，黑与灰，是纽约永不过时的流行色。

在纽约赏美女，当然得在百老汇大街、时代广场、华尔街。这就像到重庆欣赏美女，要去解放碑一样。特别是站在时代广场，看着各种肤色的美女匆匆走过，你会有站在模特T型台下的感觉。T型台上的美女，总有走完的时候；而时代广场的美女，就像一条温润的河，永远流淌不尽。

纽约是个种族大熔炉，所以街头的混血美女特别多。在时代广场，你的这一感受会特别鲜明。依我看，最有个性的美女，是那种巧克力色的美女。从颜色到质感，巧克力色美女的皮肤，简直就与真巧克力没有任何差别，盯久了你会产生品尝的冲动。如果你真的是一位巧克力的狂热爱好者，最好少盯着这种奇妙的美女，免得产生幻觉铸成大错。

看到美国雷曼兄弟公司崩溃，又听纽约市长帕特森说，华尔街将有四万员工失业，一下子想起了在纽约捧金融饭碗的一位朋友。昨天晚上，终于接到这位可爱女士的平安电话，悬着的心才放下来。

原来，几个月前，她已从瑞士 UBS 纽约分行跳到纽约银行。后者做的主要是信托业务，而且业务对象主要是大财团，所以风险小些。而这位女士，要把她所熟悉的金融专业术语，从英语单词转化成我听得懂的汉语，过程颇为不易。虽然她说得结结巴巴，但我听出了兔死狐悲的感觉。

如今这个世道，高兴的事不多，但她没把饭碗丢掉，也算一件可以欣慰的事。自从一位好朋友最近飘然而去，到另一个世界休息后，兄弟我就倍感命运无常与友情珍贵。朋友之间的缘分，都是命定的。相处时间多久，能亲密到什么份上，什么时候永不相见，都有一只神秘的手在操控。

这位朋友到美国谋生后，十三年间我们只见过两次面。一次是我去纽约，一次是她回中国。她们家三姐妹，一位赛一位漂亮，她排行最小。她父亲是教我吃第一碗新闻饭的老师。后来，老爷子离开媒体后，他最宠爱的小女儿，直接成了我的夜班搭档。或者说，我成了她的老师和上级。

岁月真是一个奇妙的雕刻师。十多年后我再见到她，一个没心没肺的小城市傻丫头，已变成了精明强干的白领，风情万种的少妇。她告诉我：如今在纽约，她的"阶级斗争"经验已非常丰富，"哼，你想要像当年那样管我，门都没有！"在 UBS 银行，她的上司是位苛刻的意大利老头。当了妈妈后，为照顾孩子，她一次次找上司谈判，一直谈到她可以上班不定时迟到，下班提早半小时为止。最后，又狠狠告了那家伙一状，再成功跳槽。那意大利老头还有什么劣迹，我不知道，但他不明白中国人"与天奋斗，其乐无穷；与人奋斗，其乐无穷"的传统，就是他的错，就是他活该倒霉。

想想当年，她与我搭档上班时，冬夜里穿着宽大到看不见手指的长袖毛衣，听着我吆喝来吆喝去，乖巧得让人心疼。我与那意大利老头比，真幸运啊。不过，我忘了告诉她，我的斗争艺术也略有进步，不知我们俩如今如果一起共事，是否还有的一拼。

朋友的丈夫，老家在美国中部山区，属爱尔兰裔，长得酷似斯大林同志。最厉害的是，连唇边小胡子的花色，也没有分毫差别。这位老兄原来也在华尔街吆喝风云，不过如今已失去饭碗五六年了。据说，正是当年手下猛将如云，美女乌乌泱泱一堆，后来找工作才高不成低不就。无奈之下，一直在家领导着儿子。这位朋友告诉我，美国人，特别是中部地区人士，保守与封闭的样子，是你很难想像的。

我对朋友说，这种家庭模式也好，你就把他当老婆嘛，他主内你主外。朋友感叹，也许正是如此，我才把饭碗捧得牢牢的。问题是，他就没有一个老婆的样子。我宽慰她，不就是带带孩子，整理一下家务吗？她叹气，哪有那么简单啊。

看来，家家都有一本难念的经，是放之四海而皆准的真理。

论医生误诊之可喜可贺

少年时读小说，看到英雄人物动不动就表决心说："俺这一百多斤就交给党了！"当时，确实是佩服得紧。如今，兄弟我也加入了组织，但不幸知道，自己绝不是"特殊材料制成的人"，并且还明白，自己这一百多斤，交给医生的机会，比交给党的机会多得多。可能医生也明白这个道理，所以我见过的医生，大部分都牛逼哄哄，从来惜字如金，语带不屑，酷极了。

最具体的酷法是这样的：一次看病，我才坐下，手比划着喉咙想说自己嗓子疼，结果还没来得及说话，医生已奋笔疾书开完药方了。我那时年轻，顿时气冲脑门，大叫："医生，我还没说哪儿不舒服呢！"那医生从鼻孔里回答了两个字："感冒！"

前一段，广东卫生厅一位副厅长的博文说，在中国的门诊看病误诊率为50%，结果在当地媒体引起了一阵风波，后来一位门诊医生出来在报纸上纠偏，说：不同的病，误诊率不同。他还说：如果你患的是诸如上呼吸道感染（俗称感冒）、皮肤过敏、消化不良等之类门诊最为常见的疾病，那么恭喜你，误诊率近于零。

看来，那一回，我患的是值得恭喜的病。所以，那位医生惟一不妥之处，就是没好好恭喜我。接下来几次，我患的恰巧都不是值得恭喜的病，所以活该撞上了那副厅长说的50%之概率。

一回，是年少轻狂之时，当时兄弟我还未加入组织，作风尚不庄重，与一妇女同志在竹凉席上打情骂俏。不料被轻轻一推，我一声哎呀，顿时小臂外侧先疼后麻，暴起一条青筋样的肉棱，触之更疼。自己的第一反应是，完了，扭错筋啦。到医院后，一位医生斜眼瞄了瞄，伸手按了按，诊断说，扭伤。于是，抱了一堆活络油之类的药瓶回家。一有空就咬着牙忍着疼，涂上活络油拼命揉。彼时，该女同志对我情深似海，连午夜时分，半梦半醒之中都要伸过手来帮我揉揉。只是这种平日里甜得发腻的举动，却让我疼得发抖。

就这么揉着，一周多时间过去了。忽一日，发现那青筋样鼓起的肉棱，红肿到流出脓来。再去看医生，也说不出个所以。既是脓肿，那就引流吧。所谓引流。就是在伤处开个口子，塞入纱布，让脓水流出。这么着，又熬了快一个月，忽然想到一个相熟的院长。这院长是一位脑外科专家，想来对付个小伤口绰绰有余。他说，引流是对的，但还得把伤口开大些。不过他还是把手伸进伤口，探摸了一番。这一摸，他突然石破天惊地大叫："这是什么？！"

天哪，是一根竹签！长约二寸，已被我的血水与脂肪养得通红透明，漂亮得让人恐怖。这根竹签，显然来自我打情骂俏时的竹凉席。这么长时间，那位亲爱的女同志，就这么每日使劲揉着我手臂里的竹签！而我再疼也得忍着，简直就是在医生指导下受刑嘛。而且，还得每日把纱布从伤口抽进抽出，让护士推着捅着那根竹签。想当年，江姐在渣滓洞也不过如此吧。

事后，我当然不能把那医生怎样，只是那位亲爱的女同志羞愧万分，对我又更好了百倍。所以，误诊也不是全无好处，至少，有增进男女感情之作用。此其可喜可贺一也。

又过了不久，一粒铁屑飞入我眼睛，不偏不倚扎在眼珠子正中央。我捂着眼往医院狂奔，还好是中午时间，病人少，很顺利地挂了眼科急诊。医生扒拉着我的眼皮看了一会儿，说：嗯，麻烦，可能要动手术。啊，这么一小粒，要手术？手术后会怎么样呢？医生答，可能会有疤痕。那么，眼珠上的疤痕是什么样的呢？医生说，大约有点像玻璃花吧。天哪，玻璃花？我忽然想起当时正在看的冯骥才的小说，那里面有一个旧时天津卫的街头混混，因为眼睛的毛病，外号就叫"玻璃花"。不过人家是街头流氓，向来是横着膀子走路的。我又不会横着走路，要玻璃花做什么！

按照我泱泱大国熟人社会的理论，我赶紧去找了这家眼科的高明医生（他姓高名明，真的就叫高明，绝非杜撰）。这高医生我本来就认识，只是当时想，无非眼中一异物，不用麻烦他的。这一回，搞不好就要成"玻璃花"了，还能不找他？结果，他一看：什么手术？我帮你拿出来吧。轻轻一拨弄一冲洗，半分钟不到，就把我从流氓队伍中拯救出来啦。

由此来看，误诊还可以让病人细想人生之选择，避免走入歧途。此其可喜可贺之二也。

　　组织上的考验总是逐步升级的，误诊的事也是如此。大约是三四年前，我咳嗽得厉害。白天好好的，一到夜里，躺倒就咳，这一咳就快一年。中间找了许多大牌医生，印象深的有好几位。

　　一位，是在抗击非典中立了大功的。他用的是排除法，你不是什么药都吃了吗，没效？这样，你大清早起床，什么也别做，先吐一大口的痰，拿到医院化验一下，看你的病菌对什么药最怕，又对什么药最有耐药性，咱们再来治疗。好招！我当时就佩服。可是，最后，我连最厉害的万古霉素都吃了，没用。还有一位医生，出的招更绝，他沉吟了半晌，然后说：你看你吃了这么久这么多药都没用，索性就别治了。什么药也不吃，说不定就自然好啦，这样的病例也是有的。无为而治，也是一种治嘛。后来下楼，正好碰上一位朋友，听了我的倾诉，很感慨地说，你不知道我们闽南的一句俗语吗："医生怕咳嗽，瓦匠怕屋漏。"寻常毛病往往最难办。一想，还真是这个理儿。我当时就五体投地，自此一写文章，就拿这句话说事。当然，这是后话。

　　咳久了，总怕咳出大毛病来。一日，在门诊遇上个可爱的学生妹，正听医生训她：咳了这么久，为什么不早来看！原来，她已咳成了支气管扩张。就想，我别也是支气管扩张吧？赶紧让医生开了张拍 X 光胸片的单子。结果出来后一看，天塌地陷！诊断书上写着：轻度肺气肿。看看，果然是咳出了大毛病！恰巧前两月，邻居一个老汉刚刚死于此症。正巧我又知道，肺气肿是器质性的不可逆的病症。顿时，日月无光，一切都虚无起来。想想自己年纪轻轻，又不抽烟，就得了这种老人家才有的病，真是悲愤。于是心怀侥幸，又找了另一家大医院。拍片结果一出，诊断书上却又明明写着：无明显异常！这是怎么回事？到底是谁异常了，是我还是医院？

　　无奈，拿着两张片子，奔了第三家大医院，等待生死判决。这一回，找的是号称全省有名的放射科大夫。人家看完片子，再看看我的身板就笑了，你这样的人，常常会被误诊为肺气肿。原来我生就一副瘦长身材，但肺在瘦高身材中的容量自然不能变小，就像一个瘦水桶，它要多盛水当然要向高处生长。这高出来的部分，常常被一些医术生涩的大夫当成肺气肿。

　　也许是老天欲苦我心志，劳我筋骨，要让我完成那50%的误诊指标，所以才总撞上这样的医生吧。但这一次，我从大惊到大喜，又被逼着思考了人生的终极意义。此其误诊可喜可贺之三也。

　　而那咳嗽，后来当然是治好了。但治疗方案，又一次让我大跌眼镜。这天，一位中年医生突然对我说：不然，你去看看胃病吧。什么？我来看咳嗽，你让我去消化科做什么？这个看上去有些木讷的家伙说：你去了就知道了，你就说，是呼吸科的医生让你来的，他们会明白的。到了消化科，真相大白。大夫让我做了个胃酸测试，从我的鼻孔处探入，吊了个金属仪器到喉咙与胸腔间的位置，以二十四小时为单位检测 PH 值。原来，人家是怀疑我胃酸泛滥，腐蚀到气管产生了炎症。果然，胃酸过多的毛病一治好，咳嗽就痊愈了。

　　在被误诊多次后，我终于遭遇了一位医生中的伟大战略家，能够指东打西、围魏求赵的战略家。此后，我想明白了50%误诊率的一点点道理。一、误诊不可避免，这就像大文豪也会写错别字，戴了安全套办事也会怀孕一样，概率如此，天意如此；二、身体像黑暗的宇宙，而目前人类对宇宙的认识，只是那几点星光；三、排除以上两点，你要降低那 50% 该死的误诊率，只有镇住那惜字如金的酷医生。怎么个镇法？目前的情势与制度下，只有一个办法——找个更酷的人来，比如你认识的院长。

出生在小便与大便之间

从国骂中，知道国人一向关心女人的性器官，而且一激动就要拿对方母亲的性器官说事。推己及人，就很想知道老外是如何关心这个问题的。

耶尔多·德伦特，荷兰著名性学医生，曾担任荷兰性学协会主席、第十届世界性学大会秘书。他的专著《世界的渊源》，是关于女人性器官的一本奇书。出于对异性隐秘的好奇，你也许看过一些这方面的书，但这么多有关女人性器官的古怪知识与故事，估计仍然会让你吃惊。

比如，许多妇产科医生都认为，分娩的过程与性反应过程基本相同，所以分娩应该有性爱的感觉。八十年代美国一些地方重新兴起的"替代性产科"，是让传统的产婆按摩产妇阴门。一位产妇如此描述这样的场景：当令她不可思议的高潮出现时，婴儿简直就是"滑溜出来的"，毫无痛苦。1989年，在第九届世界性学大会上，一位知名医生还正经八百地推荐了这一分娩方式。更早些时候，

十八、十九世纪，治疗诸多女性精神病症时，产婆与医生总要合谋一件事——按摩阴道，催生性高潮。他们认为，释放性高潮后，一切问题都迎刃而解了。

以不少人都以为知道的非洲女性"割礼"而言，这种阴蒂切除术竟然也流行于十九世纪的欧洲，而且是以一种治疗女性"歇斯底里"的面目出现，一直到二十世纪初才禁绝。那时的医生认为，这像剪去一个痔疮或切断一根神经一样简单。我们往往以为，在非洲，这一可怕的手术越来越少了。恰恰相反，在非洲的一些地方，这一习俗正在成为一种新时髦，一些以前从未有过"割礼"的村落，也开始盛行这种手术。即便是政府的严刑峻法，也挡不住这一时髦。可怕的是，"割礼"并非只是割去阴蒂，还要把外阴缝合起来，只留下一个极小的孔，平时的排泄物只能滴出来。因此，新婚之后的"破瓜"，需要一个星期至十天，那个漫长的痛苦过程，是文明世界的女子难以想象的。更为恐怖的是，这些女子在分娩之后，在下次性生活之前，必须再次将外阴缝合，重新开始新一轮的磨难。

其实，从世界范围的性文明看，对女人性器官的认识，无非两种，一种是神圣地顶礼膜拜，一种是凡涉及女人性器的，均被认定极为不洁。当然，各民族风俗中，后者居多。从性蒙昧到性文明，医生当然有开疆拓土之功。但也有不少时候，医生干下的事，比颟顸的巫师还要可怖。

美国有史以来最有名的妇科医生西姆斯，发明的西姆斯氏窥镜，至今还为现代医生广泛采用。此公为了完成膀胱阴道瘘手术，在后院养了一群女黑奴。第一个成功治愈的女奴，在四年时间里，接受了他三十次的手术！而且几乎没有麻药，被缝合的伤口每一次都发生了感染。在此之后，西姆斯才去了纽约，于1855年开了世界首家妇科医院。

一将功成万骨枯，名医的脚下一向也是血流成河的。

人类的飞行器已经登陆火星，甚至正在飞出太阳系，但对自身的理解仍处于童稚阶段。对性的探索，进行了几千年，但不论是在伦理上还是在器官上，其实仍所知甚少。也许再过几千年，性，在大多数人心中，仍会是一个神秘话题。可悲的是，其中一些人还自以为已经知道了其中的大部分。

本书的书名出自一首吟诵性器官的古典诗歌，诗名就叫《世界的渊源》。确实，以"我思故我在"的论述而言，女性的性器官对每一个人，都是世界的渊源。但我以为，有关世界渊源的所有说法，都不及一位叫欧多·范克鲁尼的家伙的胡说更生动。他的说法是："我们出生在小便与大便之间。"是的，从科学的人体解剖结构上说，每一个人都来源于此处。再从性蒙昧到性文明进程看，这个所谓的胡说就简直是入木三分了。

偷情界一瞥

情人节，约略也等于偷情节，或者说叫"偷情之劫"。每年这一天，都有人陷于尴尬。一年 365 天，哪一天偷情都方便，唯有这一天，给人以重重心理障碍。理由就不必赘述了。

对偷情我向无恶感，前提是不要偷我的女人。事实上，要是没有偷情，也就没有了《包法利夫人》、《安娜·卡列宁娜》。这个后果，想想就可怕。

卡萨诺瓦说："三分之一的女人让我欢笑，三分之一的女人让我勃起，三分之一的女人给我以思想的盛宴。但我们又何必强求我们的爱人在三个领域都精通呢？"卡萨诺瓦，系古往今来第一情圣。此一说法，可以算是偷情的西方经典理论。

卡萨诺瓦一生以偷情为事业，自称"只为另一性别而生"，情人遍及欧洲。据统计，仅有名有姓的就有 116 人。不过，关于偷情的境界，中国人的哲学比卡萨诺瓦更玄妙一些。比如，那个"什么什么又不如什么"的句式，大家都熟悉，最后一句是点睛之笔：

"偷，不如偷不着。"

我的笨朋友颇多，所以"偷不着"的故事也多。选一个说说。

有位小哥，跟一个倾慕已久的已婚女子约会。时在深夜，车处山巅，彼此心照不宣，本当顺理成章。可是，这小哥一夜磨唧，百爪挠心，就是没法破题。直到凌晨，那女的突然挣出小手，石破天惊一句话结束了他甜蜜的挣扎："都累了，回家。"

铩羽而归的小哥，想破脑袋才明白，自己错就错在"爱在心头口难开"。偷情的起承转合，其实跟写文章差不多，也需要有过渡段的。有的兄弟比较死性，上下文之间如果衔接不自然，他就死活写不下去，这位小哥就是。十年之后，一位仁兄看他后悔得可怜，贴心贴肺地拿出口诀："我在过渡段一般是这样说的：'不然，我们开间房看电视？'"

"开一间房看电视？"这不是屁话么？不是无耻得太透明了么？不是可以挨个脆亮的耳光么？可偏偏就是这句屁话，每每帮这位仁兄成其好事。偷情之道，跟上山打猎原理相当，用土铳还是狙击步枪，区别不大，只要击中就行。这位仁兄解释说，这句话，你可以淡淡地说，也可以嘻皮笑脸地说。大不了被人当白痴，谁会拿白痴怎样呢。屁话好比土铳，大略瞄瞄就行，反正火力呈扇形分布。要诀在于拿捏了时机，抠动扳机，一枪轰去。屁话说得及时，就是情话啊。情话说得不巧，还不如屁话呢。

话又说回来了，那位仁兄的土铳虽猛，可惜猎物太多，往往把南山的麻雀记成了西坡的凤凰。而那位小哥，虽一弹未发，但对那个标靶十年念念不忘，至今还想把精良的狙击步枪换成土铳，再试一回。由此可证，"偷不着"理论的厉害。

依我看，偷情的流派主要可分两种，一为技术派，一为艺术派。技术派重在偷，心里一般有个 Excel 表格，以便叠加数字，分类计算成果。艺术派则重情，往往有文青气质，有时喜欢写个日记什么的。我比较尊重后者，在偷情界，那至少算得上是原教旨主义者。

我年少时生活在一个厂子里。当时的办公楼里，楼下的文秘室一男的，跟楼上总机班一女子暗通款曲。男的未婚，帅气；女的有夫有子，体态娇小。两人坚持地下工作多年，暗语密码眼神手势用了个遍。估计目下流行的《潜伏》、《悬崖》编剧，都是从这类情况中寻找灵感的。

说起来，那男的暴露的机会很多。此君身材颀长，阳刚逼人，追求他的女子如大雁成行。更要命的是，厂子的宿舍区小而封闭，他又一副"胸中贮书一万卷，不肯低头在草莽"的样子，高调得很。那么多双眼睛盯着，可他偏偏就能滴水不漏。

女子的丈夫酷爱钓鱼。事情发生的那天，他收拾一堆行头，又约了朋友出远门了，说好隔日才回。但是，世间的事，总归出在"但是"上。反正，但是，她丈夫夜里突然回来了。听到钥匙响，两人正是鱼水欢畅时。此君端的是好身手，一把就团起衣服鞋袜，疾如闪电，蹿到阳台蹲下。

所谓"巧妇常伴拙夫眠"，那蠢丈夫果然当然自然一如平常，洗洗上床，搂着巧妇就睡了。这边阳台上，那男的肯定不能坐等天亮，一听到那厢呼噜声响起，立即翻到隔壁阳台，轻车熟路，攀着一根排水管下楼。这根排水管，也是被他用久了，两枚箍着管子的大钉子突然松脱。此君顿时肝脑涂地。保卫科赶到现场时，一时也认不出是谁，只道是个倒霉的小偷。上下寻迹，判断是从靠着水管的那个阳台跌下的。那对拙夫巧妇，被叫醒后也懵然不知所以。

让人唏嘘的是，事后在单身男宿舍找到了日记。此君为那女的，写了整整八年日记。那女子的枝枝叶叶，一颦一笑，俱被情注笔端。更让人怅叹不已的是，那夜他翻进的另一个阳台，房间里正好空荡无人。也就是说，此君完全可以轻松开门，大摇大摆地下楼。想来，天堂之上，此君俯瞰着这光景，定然恨不得用雷劈了那套空房。

更加冤上加冤的是，前些日子，我好奇地打听了一下那对巧妇拙夫的境况。回答是，挺好的呀。怎么好法？挺恩爱的呀，有时还看他们牵手买菜呢，这事都过去快二十年了么。

这些话，听得我都想打自己一个嘴巴了，没事瞎打听什么？你到底想人家这两口子好还是不好？

古罗马诗人奥维德，年轻时孟浪风流，意气轩昂，写了一本《爱经》。晚年不幸被牵涉到一桩风化案里，后悔不迭。结果，这位偷情界的泰斗，又反着《爱经》的意思，写了一本《爱药》。顾名思义，治爱之药，他把爱当成病了。联想厂子里那男人，二十年后，在天堂里回看下界那对恩爱老夫妻，也许也会悔其少作？

顺便一说，那本《爱经》是偷情的权威教材。此书关涉偷情的一切：如何选择地点，如何眉目传情，如何说情话，如何送礼物，如何瞒住情人的亲夫……凡你能提出的问题，均有答案。有志于加入偷情界的青年中年，均可一读。

脚趾弯里的干净

女人爱干净。记得小时候，隔壁有一位大叔，每次回家还没进门，大婶就先冲出来，举起一把用布条捆扎的拂尘，噼噼啪啪把大叔浑身上下暴打一顿。掸弄干净了，才让进门。如今有吸尘器有干洗店，那种款式的拂尘怕是用不着了，但女人爱干净的方式也让人摸不着头脑了。

比如，我认识的两位女性朋友，把任何男人都只分为两类：脏的和干净的。

这么说吧，一位先生，头发上没有头皮屑，衣领也没有灰垢，讲话也不喷唾沫星子，看上去挺不错。可她们拿眼一瞅说：这人脏，不好玩。又一回，我领了一位老弟来，谈吐不俗，一上来就几个段子，顿时满室花枝乱颤。可人家一走，马上又说，这人不干净，讨嫌。

我老拿不准这脏与净的标准，不知道是与胖瘦有关，还是与胡须有关，或与气质清浊有关？

古时男女之间如果犯了点什么事，判案时有一个标准，叫做"奸出女人口"。女人如果认准了，男人就百口莫辩。如今男人是否干净，当然与奸情无涉。不过，男人是否干净，女子一言也是驷马难追。但玄妙的是，我虚心请教过这些"女判官"多次，谁谁脏在哪儿谁谁又净在哪儿？总得到从鼻子发出的回答：不知道，反正就是这么觉得！

男人对干净女人的认识，比较形而下，但似乎更神圣。

川端康成在《雪国》中这样描绘过这样一位清爽的女子："她洁净得出奇，甚至令人想到她的脚趾弯里大概也是干净的。"有位朋友中了川端康成的毒，从此把洁净摆在择偶条件的首位。结果，三次成家的机会，都毁在女人的手脚上。

头一次，恋爱谈了一年半，姑娘哪儿都顺眼。只是有一天，她忽然涂了指甲油，后来想想男朋友不喜欢，又洗去了。结果没洗净，留下了点残红。第二次，姑娘温柔可人。相处了大半年就到了夏天，这天她穿了双高跟凉鞋，大概是鞋不跟脚，大拇趾二拇趾挤在前面，趾甲上嵌着一丝垢。第三次，那女子看上去真是一派清爽利索，连她的家里也考察过了，窗明几净一尘不染。结果就在女子上门订亲那日，瞄见了她脱在门外的鞋子，鞋垫油光四射，他当场一阵胃部痉挛。

这位朋友后来理直气壮地说，我不要身材火爆，口气清新就行；也无所谓明眸皓齿，指甲总得剪短吧；家里穷也不要紧，衣裳得有皂香吧。可说归说，倏忽十年过去了，他还是王老五。

所以说，谁比谁爱干净，还真不好说。

别慌

题目叫"别慌"，其实我们一家都属于比较容易着慌的那类人。

幼时看苏联电影《列宁在一九一八》，印象最深的人物，是克里姆林宫的卫队长。每当手下乱作一团时，他就会从上衣兜掏出一把小梳子，往梳上噗噗吹两口，然后一边梳着大背头一边喊："镇静，镇静！"

有很长时间，我的书包里也有一把小梳子，还是牛角的呢。只是担心，拿出来噗噗两口吹过了，结果反而更慌乱。所以，那把小梳子，从来没用上。

没有人不想掩饰自己的慌乱。高明的掩饰，是干脆不掩饰。有个美国电影，中情局审查一个假叛逃的克格勃，用的是测谎仪。每次问到敏感处，克格勃都干脆用更不合理的慌乱，让仪器指针狂跳。中情局无法相信，资深克格勃的心理可以如此脆弱，只好放弃了测谎仪的结论。

我的一位前同事，每遇大事，就捧着胸口，娇声颤曰："唉呀，不妙，心里头小鹿乱撞啊。"该同事，男性，大块头，大胡子，健美练得一身疙瘩肉。相处久了，我才知这个"小鹿乱撞"是真的。其目的与效果，正与那个克格勃官员类同。

慌乱，顾名思义，是先慌后乱。慌乱，是紧张的2.0版。紧张是可以控制的，到了慌乱的程度，控制起来就比较难。所以，对慌乱的控制与反控制，是一门学问很深的专业。

检察院的朋友告诉我，对付尚未掌握证据的犯罪嫌疑人，常用的一招，是让嫌疑人在那儿坐着，然后做"不小心"状，让另一个也许、可能、大概、估摸是同伙的一位，从门前经过。有相当比例的家伙，一看见同伙也进来了，就先慌后乱，要烟抽要水喝，然后开口了。此招屡试不爽。

慌乱，实际上是对崩溃的想象与害怕。越想越慌，越慌越乱，越乱越慌，不断循环，终至崩溃。

前几天，在报上读到，广东一个黑社会头面人物，在被抓的前几天，就在家里烧了大量钞票，房间里乌烟瘴气。那天，跟夜班司机回家的路上，我们都叹惜，销毁证据，什么办法不行啊？比如，用个大旅行袋装满钞票，走进慈善会里，往桌上一扔，转身就走。人家拉住你崇敬地问："姓名？单位？"你只要回答："善欲人知，不是真善，做好事不愿留名。"不就行啦？

这事说说容易，那是因为我们都没到崩溃的边缘。

我的一个朋友，工作在银行保管箱部。有一次，外地的纪检人员，带了一个中年女子过来。奇怪的是，纪检人员只有工作证，没有介绍信。可是按规定，即使有介绍信，还得有分行保卫处的人员带着，纪检才能进保管室察看。可能是案情紧急吧，无奈之下，纪检让那女子自己进去把盛财物的抽屉盒抱出来。在曲里拐弯的保管室内，那女子对着抽屉盒，手捧金条，拉着我朋友，用颤抖的气声说："送你送你都送给你……"我那朋友也颤抖地回答："你想害害害死我呀……"末了，那女子还是乖乖端着金条出了密室。其实，她只要把金条往抽屉格子一塞，端出其它不显眼的东西即可。然后，另找空隙时间，再来处理金条。按规定，没有合法手续，谁也无权过问私人财物，包括保管箱工作人员。这是保管箱合约上载明的。事实上，我那位朋友也不会多事。但是，那女子仍然合乎逻辑地由慌乱而崩溃了。

其实，普通的好人也慌乱，很多时候比坏人更易慌乱。这道理谁都明白，防范的方法也千奇百怪。

比如，我小时，最好奇的问题，是母鸡如何生蛋。每次我趴在鸡窝边观察，或者说是做科学研究时，都被我老妈严厉喝止。她的理由是，她姥姥的姥姥说，偷看母鸡下蛋，长大后，别人丢了钱，哪怕不是你偷的，你的脸色也会跟鸡冠一样红，任何时候都慌乱得跟贼一样。

按照这个理论推导，这个世界至少应该有三分之一的人，偷看过母鸡下蛋。在我们家，女儿、太太，全都是。

比如我女儿，每次在考场上，有同学做弊，她就心慌，似乎做弊的是她。一有老师走过，她就替同学绷起神经，自己也无端心虚起来。回想起来，她从小就是一个慌张的丫头。记得两三岁时，我跟太太分居两地，每次送别她娘俩，在火车站的月台上，别的孩子都玩得没心没肺，她总是早早就哭喊着上车呀上车呀，担心车子开走。

比如我太太，刚认识她，见我就脸红。当时觉得，这种娇羞多迷人啊。时间长了，才发现不对。二十年过去，她只要在路上突然碰见我，仍然满脸通红。我又没跟她偷情，她心虚什么嘛。如果是猛然遇上我跟朋友同事在一块，那脸部表情，咳咳，更是奇怪啦。

日头照好人，也照歹人。慌乱这东西，捉弄坏人，当然也折腾好人。好人坏人都有慌乱，但总得有个说法与区别吧。

想了半天，一个情景浮出眼前。这么说吧，同样是无法掩饰的慌乱，好人的慌乱，如暖风吹拂下树叶的颤抖；歹人的慌乱，似底朝天翻转后挣扎的龟类。

一根筋

　　一根筋又叫死心眼、认死理，或者叫一条道走到黑、撞了南墙不回头，反正意思差不多。这种人多了，对社会是好是坏，说不清，但至少可以给生活增添一些幽默感。

　　我早年在一家媒体工作时，遇上过几次难忘的一根筋。其中一次，是一位记者写的一个犯人。这犯人把别人一条腿给打折了，结果被判刑入狱。问题是，记者在写稿时没见着受害人。判决书中，那人的名儿，好像叫什么"花"或是什么"珍"；情节呢，又是犯人逼这位叫花儿或珍儿的人陪酒，最后才闹出了打折腿的事来。记者想也没想，就认为这受害人是个女子。怪的是，这犯人偏偏在牢中就看到报纸了。他不干了，辗转托人找到报社：俺打折腿的那人明明是男的，凭什么写成女的？快快更正快快赔偿俺名誉损失！写稿的记者平素一贯认真，竟然撞上这种罕有的差错，让大家吃了一惊。我们赶紧咨询法官，结果人家答复：打断了男人腿与打断了女人腿，都是犯罪，在量刑上并无区别。但犯人更不同意了：怎么没区别？我把男人的腿打折了，是应该应分的；可我一个大男人，要是把一个女人的腿打折了，多丢人！我以后还怎么混？

碰上这么有"信念"的道上朋友，哭笑不得之余，你不认错，还真不行呢。

一般说来，一根筋的遭际都不错。他们叫起真来时，往往都能遇上心眼活泛的人。绝大部分情况下，没人敢与他们叫板，真要叫板时也早就想好了退路。所以，一根筋的所向披靡，大家司空见惯了，但一根筋偏偏碰上了一根筋的情形，则比较少见。

前不久，在台湾桃源县的一家卡拉 OK 店。一男子在过道上与一女子擦身而过，碰触到女子胸部。女子指他故意吃豆腐，男子竟回嘴"胸部这么小，碰一下又不会怎样"。该女子后来的表现，就充分显露了一根筋的本色：先是找人痛扁男子一顿，然后再不依不饶状告男子公然侮辱她"胸小"。好玩的是，该女子偏偏碰上了一根筋的检察官。这位检察官认真"勘验"了女子的胸部，"验明"她的胸部不属于丰满型，也不是平坦族，应属普通型。最后，检察官得出的"一根筋结论"如下：胸部的大小如同人的高矮、胖瘦、美丑，欣赏角度不同会有不同的评价，是主观判断；即使胸部丰满被说成胸部太小，也是个人看法，不至于"贬损名誉"。

此案一根筋的无厘头，照理说应到此为止了吧？可是，偏偏不！网上又跳出更多的一根筋欢呼：好消息好消息！骂人胸小原来不犯法啊！以一根筋对一根筋，以无厘头对无厘头，让人想到了塞林格的一个谜语：一堵墙遇见一堵墙，会说什么？答案是："墙角见！"依我之见，一根筋碰见一根筋，最好也是"墙角见"！这样，大家比较不丢份。

厕所里的葬礼

　　恩格斯说，生命是正在进行的死亡。既是"正在进行"，当然挺热闹，为之操心的事也千奇百怪。

　　我妹妹小时候，经常半夜起来，悄悄地摸至老爸老妈身边，伸手至鼻前，试试他们还有没有出气儿。为这事，她三十多年后还不原谅我：你怎么从来就能呼呼大睡呢？可见你打小就是个自私的家伙！我有一表哥，也常常半夜惊醒，他倒没有我妹妹那么伟大，是怕自个儿会死掉。大汗淋漓之余，他往往忍不住拧一下枕边人，说："老婆啊我真爱你！"这种对死亡的恐惧，让我表嫂很满意：生死关头还能想着老婆，真不错。

　　读小学时，我目睹了两次"正在进行"的死亡，因为太过稀松平常，从此使我能免于对此类事项的忧虑与猜想。

　　一次，是一位街坊大爷的临终，我扒在门边不错眼珠地盯着。只见大爷提肩点头状地深呼吸着，一下比一下慢，一下比一下浅。街坊的家人，嘴里唤着"穿新衣啦穿新衣啦"，轻手轻脚地帮他换寿衣。大爷最后的出气儿，很久以后我听医生说，那叫临终的"点头样呼吸"。还有一次，是在公社卫生院里，看到一位事故中死去的小伙子，在担架上仍旧一只手高举着，同伴无论怎么抚弄，也无法让这只手归位放平。后来，那小伙子就这么被抬走了，一只手支楞着伸出白被单，随着扛担架人的步子一起一伏，远远看去像不停地招手："快来吧快来吧……"

一位西方哲人说："死不是生，人不能活着经历死。"死之猜想，是人类的终极猜想；死之达观，则是人类的最大乐观。不过，有关死之达观的总总说法，都不及黄永玉说的一个笑话。

这位艺术大师接受央视"大家"栏目采访时，促狭地调侃他自己的身后事：把骨灰从火葬场拿回家后，在厕所举行一个仪式。把骨灰放进水箱里面，请一个年高德劭的先生拉一下水箱，拉一下，冲一下，就随水而去了。但后来他老婆反对说，不行啊，骨灰会塞到水管。

大师说，"不行就还有一个办法，让所有的朋友骂我，恨我恨到极点。永远恨我。把骨灰和到面里头包饺子，让朋友吃。吃完了宣布这里头是骨灰。"

在这个世界，一切的生命都是临时的，一切死亡都是永恒的。以脆弱渺小的临时，嘲笑坚固伟大的永恒，真的很酷。

白日梦俱乐部

我认识两个睡觉的高手，他们可以像切香肠似的，把睡眠时间切成无数片。想什么时间睡，就什么时间睡；想什么时候醒，就什么时候醒。因为工作的需要，他们一夜得上街狂奔多次，但只要一回屋，倒头就打呼噜。电话一响，又甩门狂奔而去。一夜如是者再三再四，睡着——起床——再睡——再起——再睡。这种本事，我简直惊为天人。

我也认识一位专门在夜里"学雷锋"的失眠者。与他出差一次后，我才领教了他"学雷锋"行动的绵密细致。那一夜，他一会儿起来拉紧窗帘，一会儿又起来关紧水龙头，甚至走廊上窗户的风钩，他也起来出门一个不拉地查验、挂紧。一定要四周妥帖得如世界末日般死寂，他才能睡下。

还有一位失眠的老兄更绝。每日早早睡下，凌晨一时准时起床，稀里胡噜洗脸刷牙，然后再大张旗鼓非常正式地睡下。他的理论，是这样一番之后，第二天起床之后就可以直接上班了，省下洗脸刷牙的时间，好多睡一会儿。睡眠时间宝贵，多睡一秒是一秒啊！

失眠的人大都有一点神经质。外人看着滑稽，失眠者却有苦难言。

最近，我又认识了一群白天失眠的人。白天失眠，是因为得通宵上班养家糊口，只好白天来压床铺。这一群人最大的问题，不是有无娱乐的时间，也不是有无与亲友交流的时间，而是白天能不能睡着，睡着时间的长短。

记得有一本苏联小说，叫《一日长于百年》。白天睡觉，常常会有这种时间的相对感。有时你睡了很长时间，醒来却只感到仿佛一瞬；有时你只在瞬间打了个盹，却又做了一个长得恍如一辈子的梦。

曾听一位在120上班的妹子诉苦：早晨八点下了班，似乎睡得正香，忽然觉得主任闯进门来，立刻惊跳起来，大叫"我没睡觉我没睡觉"！她以为自己还在岗上。其实她是没睡觉，她只是在美容厅里打了几秒钟的盹，有人开门进来，就惹出了这么大的乱子。在外头能睡，但如果回家，恐怕又睡不着了。

夜间失眠与白天失眠，完全是两个概念。晚上失眠，你会觉得夜很长；白天失眠，你会觉得时间飞逝。有一句歌词叫"白天不懂夜的黑"。听到这样的歌唱，估计白天睡觉的家伙个个都会哭笑不得。说起来，他们应该是最"仇恨光明"的人，窗帘就怕不厚，屋子就怕不黑。

一位在媒体从业的仁兄，一个冬日的凌晨五点，趁黑赶紧上床，一觉醒来是下午了。睡得很好，真满足，打个电话给老妈："晚上回去吃饭啊！"结果引来一顿胖骂："你是饿死鬼呀，这么早就打电话！"一看，才睡了十分钟——是窗外广告牌的一点灯光，彻底毁了他的好梦。

前些日子，世卫组织发布报告说，全球有 20% 的工作者在上夜班。我总觉得，这些白天睡觉的人，该有个什么组织，定期开个年会什么的，至少让他们在失眠时有个念想儿。

闻声识姨妈

多年前,在一家工厂时,青工宿舍的安排,楼上住女,楼下居男。木板地不隔音,女工起夜,尿盆里清亮的声音,涓滴入耳。第二天,都成了男工们的话题。那是压抑的年代,越是隐私越是禁忌,越是让那些可怜的男人们兴奋。时间久了,几乎每个女工的流量与规律,男工都有热烈的交流与精确的统计。回头想想,真真荒唐残酷得让人不知说什么好。

所有的生物,对声响都有与生俱来的敏感。声色犬马,声居于首位,不是没有道理的。人在娘胎里,意识还处于混沌,就能听见外界的声音。风啸,鸟鸣,丝竹之声,叫床之欢,都是人所乐听的。还有,鲸鱼的叫声,能达到两百分贝,跟火箭发射的动静相当;盲人可以根据听闻的说话声呼吸声,判断对方的胖瘦高矮,这些都是常识。

关于声音,还有一些偏门知识,则尚待普及。比如,美国科学家对人声的一项研究是,把一群男人分成几组,让他们根据女性录音判断经期。结果发现，有些男人仅凭录音，就可以准确判断，哪些女子处于月经期，哪些女子处于排卵期。诀窍也简单，极动听的是排卵期，最难听的则在经期。拙见以为，有"闻声识姨妈"本事的男人，适合安排在妇联或女工委员会挂职，相信他们在体恤女人方面，定有独到的见解。

有关声音的教养，中国的传统要求是，君子不出恶声。我最近不幸，频闻恶声。

前一段，物业要创"安静小区"，在正对我屋子的楼下中庭，安装了一块噪音显示屏，屏幕上的红色数字超级灵敏。哪怕是重一点的脚步，也能让数字闪动变化。没有人不对科学表示崇拜，所以楼下总有人咿咿呀呀哈哈地尝试，然后兴致盎然地盯着声音的分贝往上跳。对新玩意儿好奇，这个我能理解，也有耐心等待大伙们的喜新厌旧。还有就是，几个保洁员专挑在显示屏下吵架，我也完全赞同，此法有利于科学提高吵架的力度与技巧。

没想到的是，喜新厌旧的过渡期无比漫长。专门在楼下喊叫的人，确实是少了；可总有那么几个人，经过显示屏时，要猛地来一声"哈"或"哇"，然后拔腿就走。有时，我正蹲在马桶上，突然接到一声嘹亮的"哈"，结果把正在关口徘徊的一砣给吓回去了，只好从头再用功。这种晴天霹雳旱地拔葱，最让人生气。你又不能专门埋伏在窗下，等着制止。再说，等你开窗，人家早走远了。

悦耳的声音，讲究的是旋律与节奏。人声之中，我最喜欢无伴奏合唱，音乐术语为"无伴奏人声"。特别是童声合唱的和声部分，让人宛如置身晴空之下，欣赏着群鸟的盘旋追逐，婉转入云。"无伴奏人声"，是音乐的最高境界。闽南民间舞蹈里，有一种"拍胸舞"，又叫"打七响"，早前也是无伴奏的。此舞全靠以掌击身，打出节奏。舞者头戴草圈，赤足，裸上身。基本动作以蹲裆步为主，双手先于胸前合击一掌，接着双手依次拍打左、右胸部，随后双臂内侧依次夹打右、左肋部，双手再依次向外拍打右、左腿部，此为"七响"。

"拍胸舞"我欣赏过无数次，精髓在于，观赏精壮汉子以掌击胸。他们双脚反复顿地，瓜唧瓜唧，有节奏地拍打胸脯，直到浑身通红。虽说现在的拍胸舞，已配上闽南风情的音乐，但观赏要诀，仍在那清脆的拍打声。

事有蹊跷，这个纯男性舞蹈，忽然混进了女子。此地的一镇成立了"女子拍胸舞队"。据报道说，队员均为四十出头至七十岁的大嫂大妈。拍胸舞本来是要赤裸上身的，这个"女子拍胸舞"肯定没有，我能想通。想不通的是，何以非要大嫂大妈，就不能是青春玉女呢？推导了一下，估计是小女孩子家家，不太愿意，也不方便在胸脯上拍出那脆亮的节奏。

这么想，实在没有反对改革的意思，也丝毫没有歧视大嫂大妈的意思。谁说大嫂大妈的胸脯就不结实了？谁说大嫂大妈的胸脯就拍不响了？一直让人悬想的问题是，这个女子拍胸舞，拍出的动静，究竟是闷响还是脆响？

另外，有个联想可以一说，从前观拍胸舞时，脑中总是想到美国电影中，咚咚捶打自己胸脯的金刚。金刚捶胸表现的是愤怒，闽南汉子拍胸展示的是诙谐，总的说来，那声响就是雄性的力量。大嫂大妈，你们为的是什么呀？

图书在版编目（CIP）数据

我为什么没有成为江洋大盗 / 卢小波著 . — 上海：上海三联书店，2013.5
ISBN 978-7-5426-4195-3

Ⅰ . ①我 ... Ⅱ . ①卢 ... Ⅲ . ①随笔－作品集－中国－当代
Ⅳ . ① I267.1

中国版本图书馆 CIP 数据核字（2013）第 091325 号

我为什么没有成为江洋大盗

著　　者／卢小波
责任编辑／陈启甸　王倩怡
特约编辑／李剑敏
装帧设计／甘植凡
监　　制／任中伟
出版发行／上海三联书店
　　　　　（201199）中国上海市都市路 4855 号 2 座 10 楼
　　　　　http://www.sjpc.1932.com
印　　刷／北京京都六环印刷厂
版　　次／2013 年 7 月第 1 版
印　　次／2013 年 7 月第 1 次印刷
开　　本／960×640　1/16
字　　数／230 千字
印　　张／22.5

ISBN 978-7-5426-4195-3/I · 707

定　价：36.00元